삼포

Orum Edition

■ 작가의 말

여성 가족원 강사정년이 몇 년 앞으로 성큼 다가왔다.

사회라는 거대한 회전목마에서 내리면 오래전부터 하고 싶던 일을 할 계획을 세웠다. 하고 싶던 일이란 어머니보다 더 나를 아끼고 사랑한 할머니의 삶을 쓰는 것이었다.

글을 잘 쓰려면 국어 공부가 우선돼야 했다. 게으르고 추진력이 부족해서 언제나 계획만 거창하고 용두사미 격으로 흐지부지했기에 목적부터 세웠다. 틈틈이 4년간 준비했다. 2014년 10월 우리말 겨루기에 도전했다. 달인은 못됐으나 고유어와 문법 등 글쓰기의 튼튼한 주춧돌이 돼 주었다. 글을 쓰고 싶으면 우리말 공부부터 하라고 강력하게 추천할 정도이다.

어디서 누구한테 글쓰기 공부를 할 것인가?

전국에 있는 각 대학 평생교육센터와 유명 작가 개인지도까지 무궁무진했다.
결정하기 더 어려웠다.

강사 모임에서 고민을 털어놨더니 중토 안갑수 강사님이 금방 추천했다.
"대전시민대학에 소설 잘 가르치기로 유명한 분이 계세요!"

2015년 1월부터 유달상 교수님 반에 등록해 명강의를 들으며 열심히 공부했고 2021년 9월 문학시대를 통해 소설가로 등단했다.

기꺼이 발문을 써주신 유달상 교수님을 비롯하여 첫 소설집 『삼포』가 세상 밖으로 나오기까지 도움을 주신 여러분께 깊이 고개 숙여 감사드린다.

2025년 김범순

■ 차례

작가의 말 _ 002

삼포 _ 008
시간의 얼굴 _ 035
파라다이스 별곡 _ 064
32일 _ 095
코이 _ 125
내가 누구냐? _ 153
소실점 _ 178
비렁 동백 _ 208
목강 _ 233
염생 _ 267
슈퍼 썬 _ 296

발문 | 류달상 _ 328

삼포

김범순 소설

삼포

"이렇게 부탁해. 또 전화할게. 꼭 들어줘!"

가슴이 두근거리며 잊고 있던 울분이 용비늘처럼 일어났다. 다시는 받지 않으려고 무음을 눌러 전화기를 멀리 던져버렸다. 살이 터지고 뼈가 부서지도록 몸태질이라도 쳤으면 속이 시원할 것 같다. 옥탑방 여름은 거대한 찜통이나 다름없었다.

쌍놈의 더위!

줄줄 흐르는 땀을 거칠게 훔쳐내며 밖을 내다보았다. 햇볕이 하얀 혀를 날름거리며 옥상에 있는 모든 것들을 깡그리 태워버릴 것처럼 기승을 부리고 있다. 열 아지랑이가 피어오르고 훅훅 단내가 끼쳤다. 더위와 통분이 겹쳐 눈앞이 아찔했다. 크고 작은 플라스틱 통에 심은 채소들이 축축 늘어져 있다. 수건을 흠뻑 적셔 머리와 어깨를 덮고 양동이 가득 시원한 물을 받아 채소 위로 들이부었다.

쩌르르-!

바짝 마른 흙이 물 빨아들이는 소리를 내며 단숨에 들이켰다. 화풀이 할 겸 내친김에 물뿌리개 질도 마음껏 했다. 호박, 오이, 대파, 상추, 고추가 두 팔을 벌리고 시원하다며 춤을 추는 것 같았다. 11층까지 올라와 뿌리를 내린 것이 기특하고 장해서 뽑아 버리지 않고 따로 심어놓은 쇠비름, 비노리, 강아지풀, 박주가리도 덩달아 싱싱해졌다. 펄펄 끓어오르던 분노가 조금 누그러졌다.

옥상에 처음 올라왔던 날의 감동을 잊을 수가 없다. 눈앞에 철골로 지주목을 댄 것 같은 산막 인삼밭이 그림처럼 펼쳐졌기 때문이다. 고장 난 기계식 주차타워가 그렇게 환상적으로 보였던 것이다.

주차 타워가 쓸모없어지자 옥상까지 올라오는 이는 아무도 없다. 가끔 인정 많은 건물 관리인이 오고 더 가끔 자식들이 오고 까치만 무시로 찾아왔다. 사람이 오는 것은 반갑지만 공들여 키우고 있는 작물을 노리는 까치는 이만저만 성가신 게 아니다. 속이 엉큼하고 욕심 많기가 회덕[1]선생인 나는 까치와 나눌 생각은 눈곱만큼도 없기 때문이었다.

스물일곱 봄까지 눈만 뜨면 온갖 잡초와 씨름을 했다. 독거노인이라는 유쾌하지 않은 별명이 붙은 지금은 잡초를 가꾸고 까치와 먹이다툼을 하며 산다. 방으로 들어오니 전화기 검은 화면이 환했다. 한 동

---

1) 회덕 선생 : 겉으로는 점잖은 체하나 속마음은 엉큼하고 욕심 많은 사람을 이르는 말. 회덕에 살던 송시열을 중상하려는 사람들이 만들어 낸 말이다.

네 살면서 초등학교를 같이 다녔던 아까 그 친구였다. 못 도와준다고 분명히 거절했는데 저런다. 불에 덴 듯 얼른 전화기를 엎어놓았다.

172cm. 여자라면 아주 크고 남자는 중간 조금 넘는 키다. 힘이 장사였던 아버지를 닮아 리어카 가득 커다란 돌을 싣고 거뜬히 끌고 다녀 동네 청년들한테 흠모 대신 두려움의 대상이었다.

"일을 시키려면 잘 먹이기라도 하던가!"

투덜거리며 옹달샘에 담가놓았던 열무김치를 꺼내고 아침에 어머니가 내온 쉰내 풍기는 꽁보리밥 보자기를 펼쳤다. 불평할 때와는 달리 꿀맛이다. 허겁지겁 배가 터지도록 먹고 밭둑 머리에 허리를 반듯하게 펴고 누웠다. 비료 포대 밑으로 숨죽여 누운 풀포기가 폭신하고 온종일 볕에 달궈진 흙이 따뜻했다.

핏물처럼 붉은 황혼에 잠긴 대둔산 등마루가 아스라했다. 바위에 잠시 목을 얹었던 홍시 빛 해가 꼴딱 넘어갔다. 저토록 붉은 것을 보니 한동안 징그럽게 덥고 가물 모양이다. 하늘은 점점 박명으로 변하며 깊어지고 걷잡을 수 없을 만큼 눈꺼풀이 무거웠다. 온몸이 꿀물처럼 녹아내리며 흙과 버무려지고 있었다. 이대로 잠들면 안 된다. 정말 큰일 난다. 끙-차! 간신히 몸을 일으켰다. 지주목에 걸었던 고성능 손전등을 들고 셰퍼드 목줄을 다잡았다.

이제부터 시작이다. 워리 가자!

사방이 숲으로 둘러싸이고, 저— 아래 어둠에 잠겨가는 마을 끝이 조금 보이는 산 중턱. 여기는 5년 근 인삼이 온전하게 사람 모양을 갖추고 캘 날을 기다리는 삼천 평 인삼밭이다. 옆에 있는 묵은 밭 이천 평은 내년에 심을 것이다. 온종일 퇴비를 만들기 위해 베어놓은 풀더미가 작은 동산만 했다. 풀 베는 틈틈이 땅을 들쑤셔 인삼 농사를 망치는 두더지도 때려잡아 퇴비에 보탰다.

어느새 이슬이 내려 풀숲이 함초롬히 젖었다. 바짓가랑이가 축축하고 검정 고무신이 미끈거려 걸음이 더뎌졌다. 더디면 어떠냐? 조금도 서두를 까닭은 없었다. 계속 밭 가장자리를 돌면서 손전등을 높이 들고 여기저기 비추었다. 지키는 사람이 있다는 걸 확실하게 보여주기만 하면 되는 것이다.

사위는 숨이 멎은 듯 고요하고 팔에 스치는 서늘한 바람결이 상쾌했다. 호젓한 오솔길을 걷듯 콧노래가 절로 나왔다. 어금니를 꽉 깨물며 참았다. 하마터면 큰일 날 뻔했다. 풀 방구리에 쥐새끼 드나들 듯 도둑이 들끓는 곳이 인삼밭이다. 말이나 노래 부르는 것은 스물 갓 넘은 여자가 지키고 있으니까 전부 캐가라고 광고하는 것이나 다름없다.

돌고 돌고 또 돌고. 밤이 깊어 은하수가 안개치마를 입고 춤추는 시간이 되면 계속 걸으면서 잠을 잤다. 기계적으로 손전등을 휘두르지만 꿈까지 꾸었다. 걷다가 걸음을 멈추면 워리가 컹컹! 짖어 깨우고 휘청거릴 때마다 꺾어진 무릎 밑을 받혀 넘어지지 않게 했다. 대견하고 고마운 녀석이다.

인삼 캔 밭은 10년이 지나야 다시 인삼을 심을 수 있다. 인삼이 흡수해 버린 미생물과 다양한 영양분은 물론 유기물질까지 완벽하게 복구되어야 하기 때문이다. 인삼 예정지는 한 해 동안 아무것도 심지 않고 묵히면서 풀과 소똥을 섞어 만든 퇴비를 뿌려 땅심을 키운다. 남들은 그렇게 했으나 인삼 농사를 잘 짓기로 소문난 그녀의 어머니는 달랐다. 인분 섞은 재와 퇴비로 두엄더미를 만들어 삼사 년 푹 삭힌 것을 뿌리고 갈아엎기를 반복하면서 한 해를 더 묵혔다. 거름이 덜 삭아 흙과 똑같지 않으면 인삼에 팥알보다 작고 짙은 황금색 반점이 생긴다. 이 반점을 황이라고 하는데 황이 끼면 상품 가치를 잃어 인삼값이 절반으로 떨어진다.

뼈가 무른 나이부터 삼포에서 일하다 보니 그녀도 어머니처럼 인삼이 목마른지 아픈지 추운지 저절로 알게 되었다. 그녀가 밤을 도와 인삼 농사를 짓는 동안 오빠들은 서울에서 대학에 다니며 호- 불면 날아갈 잠자리 같은 여학생들과 차를 마시고 영화감상을 했고 셋째 오빠는 미국으로 유학까지 갔다.

그녀는 가끔 나는 고등학교도 못 가고 이게 뭔가 회의가 들면 체념이라는 두꺼운 이불을 덮고 눈물을 삼키며 힘겹게 넘어갔다.

삼 씨를 놓으려고 손질해 놓은 황톳빛 인삼밭은 콩가루를 잔뜩 뿌린 인절미 떡판처럼 푸짐하고 흐뭇했다. 어머니는 나무로 만든 두꺼운 점파 틀을 대고 구멍을 뚫어 인삼 씨 한 개를 떨어뜨렸다. 네 살 그녀가 뒤따르며 수수비로 쓸었다. 이듬해 삼이 자라면 민달팽이를 잡으며 온종일 풀을 뽑았지만 단 한 번도 어머니한테 칭찬받지 못했다. 그녀는 어머니의 헌신적인 보살핌과 숭배에 가까운 사랑을 받는 인삼과 오빠들이 눈물겹게 부러웠다.

열 살부터는 온종일 인삼 깎을 놉들에게 나누어 줄 인삼을 헤아려 소쿠리에 담았다. 깎아 온 인삼을 장부와 대조해서 받는 것도 그녀 몫이었고. 그러자니 결석을 밥 먹듯 했다. 어머니는 오빠들과 달리 돌대가리라 공부도 못한다고 구박을 했다.

큰올케 감이 인사하러 온다는 기별을 받았다. 어머니는 텃밭에서 뽑은 배추 오백 포기를 쌓아놓고 평생 안 하던 머리 염색을 하느라 정신이 없었다. 서울 사는 부잣집 딸이라니까 나름 신경을 쓰고 싶은 모양이었다. 못마땅한 그녀와 외숙모는 칼을 곧추세워 들고 퍽퍽 배추를 쪼개 소금물에 처박았다. 김장이 모두 끝난 다음 날 한주먹도 안 되는 여자가 큰오빠 팔에 매달려 조심스럽게 대문을 들어섰다. 어머니는 버선발로 뛰어나가 맞아들였다. 아니꼽게 지켜보던 그녀는 금방 회심의 미소를 지었다.

네 앞날도 깜깜하다.
고추보다 맵고 호랑이보다 무서운 시집살이가 코앞에 기다리고 있으니!

명절과 아버지 제사가 되면 큰올케는 일할 줄 몰라서 죄송하다고 몸을 꼬며 머리를 조아렸다. 어머니는 호쾌하게 마음 놓고 편하게 쉬라고 했다. 막내가 있으니까 괜찮다고. 막내가 다 알아서 한다고.

이런 우라질!

예상이 완전히 빗나갔다. 그녀는 어머니에게 어떤 존재일까? 막 뽑아버려도 괜찮은 잡초나 다름없는 모양이었다. 무관심도 큰 상처가 되고 가치 절하에 따른 질시 질타의 아픔은 몇백 배 더 크고 뿌리가 깊었다. 오죽하면 일흔다섯이 되었어도 11층 옥상까지 날아와 뿌리 내린 풀이 자신과 똑같다는 동질감 때문에 함부로 뽑지 않겠는가.

인삼 수확은 탱글탱글하게 살이 가장 많이 오른 한여름에 했다. 가을이 되면 수분이 줄고 탄력을 잃어 상품 가치가 떨어진다. 어머니는 이문이 적다며 밭떼기를 하거나 기계로 인삼을 씻고 깎아 말려주는 백작소에 맡기지 않았다. 그녀가 죽어나거나 말거나 직접 캐서 깎아 말렸다. 인삼 캐기 직전 무성한 잎이 달린 삼대를 베어 차곡차곡 쟁여놓으면 인삼 사탕과 인삼 비누 공장에서 비싼 값으로 사 갔다. 이제 그녀는 두세 달 추상같은 어머니의 호통 속에서 쪽잠을 자며 노예처럼 일해야 했다.

그녀는 셰퍼드를 데리고 휘휘 돌며 밤새 인삼밭 지키는 것이 훨씬 자유롭고 편했다.

삼천 평에서 캔 인삼 더미가 낟가리보다 높았다. 그녀가 리어카에 실어다 집 앞 냇가로 옮기면 기다리고 있던 놉들이 한 뿌리 한 뿌리 아기 목욕시키듯 씻겼다. 갓 캐낸 인삼인 수삼을 씻는 작업은 깨끗하면서도 신속하게 이루어져야 한다. 물속에 오래 있으면 향기와 약 성분이 빠져나간다.

물기를 뺀 수삼은 잔뿌리를 떼어내고 흠집이 생기지 않게 조심스럽게 껍질을 깎았다. 어머니는 인삼하고 쇠붙이는 상극이라 칼이 닿으면 약효가 줄어든다고 대나무를 깎아 만든 갬대만 쓰게 했다. 깎은 인삼은 여러 개의 멍석에 광목을 깔고 꾸덕꾸덕할 때까지 말렸다. 그렇게 말린 것을 다시 물에 담갔다 건져 물기를 빼고 돌돌 예쁘게 회오리쳐서 말리면 백삼이 된다.

백삼의 수분이 10% 정도 남으면 곱게 접고 실로 묶어 변색 되지 않고 볼품없이 쪼그라들지 않도록 끊임없이 모양을 잡아주면서 오래오래 말렸다. 드디어 눈부시게 아름다운 신부 속살 같은 보약 곡삼이 완성되었다. 그 무엇보다 귀하고 눈물 어린 보배가 아닐 수 없다. 어머니를 향했던 불길 같은 반항심조차 봄눈처럼 녹는 순간이기도 했다.

곡삼을 포대에 담아 리어카 가득 실었다. 조심성 없다는 어머니의 잔소리와 욕설이 고막을 지나 뇌수까지 파고들었다. 들은 체도 안 하고 인삼 조합으로 갔다. 품위 검사를 하는 동안 어머니는 으스대며 조합장한테 자랑했다.

"나는 삼 씨를 떨구기만 하면 인삼 농사가 잘 되던디요."

조합장이 웃으며 말했다.

"금산은 해발 250m의 비옥한 분지입니다. 여름에는 고온다습한 해양성기후이고 연평균 기온이 섭씨 11.4°로 일교차가 크고 강수량이 적어서 인삼이 잘 자라는 거예요."

"고런 것덜이 인삼 농사하고 상관있다는 기 참 신기허네요"

"기후와 지형 덕분에 금산 인삼이 단단하고 효능이 뛰어난 것입니다."

"워디서든 열심히만 하면 되는 중 알았더니 아닌 갑네."

"전국에서 인삼재배 최적의 조건을 갖춘 곳이 금산입니다. 달리 인삼의 본고장이라고 하겠습니까?"

갑자기 실내가 웅성웅성했다.

일등 급을 맞아야 할 텐데!

마른침을 삼키는 그녀와 어머니의 간절한 눈길이 마주쳤다.

발표가 시작되었다. 인삼은 4등급이 병(丙), 3등급 매(梅), 2등급 죽(竹), 1등급 인삼 왕은 송(宋)이다. 송이라는 단어가 그녀 귓속으로 화살처럼 날아와 꽂혔다. 그녀와 어머니가 기뻐할 새도 없이 도매업자들이 벌떼처럼 달려들었다. 최고가에 팔고 돈 자루를 받았다. 한두 번도 아니건만 사뭇 가슴이 두 방망이질을 했다.

어머니는 아들들이 한곳에 모여 사는 것이 소원이었다. 대전에 오빠들 명의로 최고급 택지 세 필지와 논 열다섯 마지기를 사서 자랑스럽게 나누어줬다.

"내 껀? 왜, 내 껀 없어?"

몽니[2]를 부리자 어머니는 소갈딱지가 밴댕이 같다며 빗자루로 등짝을 후려갈겼다.
"때려, 더 때려. 그렇게 오빠들하고 차별하려면 이참에 아주 죽여버려!"
그녀는 이렇게 살면 뭐 하나 정말 죽어버리고 싶었다. 횡하니 나가버리는 어머니 등 뒤에 대고 소리쳤다.
"땅 사주기 싫거든 네 살부터 여태까지 부려 먹은 품삯 온품[3]으로 쳐서 당장 내놔!"
어머니가 되돌아오며 일갈했다.
"그렇게 억울하걸랑 오빠 친구 중 젤 부자한티 시집가서 돈 속에 파묻혀 뒈져 이년아!"
어림 반 푼도 없는 소리였다. 머슴 중에 상머슴 같은 그녀를 오빠 친

---

2) 몽니 : 받고자 하는 대우를 받지 못할 때 내는 심술. 순우리말.

3) 온품 : 온전히 셈하여 받은 품삯.

구 누가 좋아하겠는가. 그것도 제일 부잣집 아들이? 어머니는 참 꿈도 야무지다.

그녀는 사흘을 내리자고 오후 느지막이 일어나 아무도 없는 뒤란 우물가에서 모처럼 느긋하게 목욕을 즐겼다. 못 견디게 더우면 옷 입은 채로 바가지 물만 뒤집어썼으니 제대로 된 목욕이 두 달 만인지 석 달 만인지 모르겠다. 튼실하면서 길고 미끈한 팔다리와 잘록한 허리가 마음에 쏙 들었다. 자신감이 되살아났다. 어머니는 돈놀이[4]를 하면서도 항상 돈 씨가 말랐다고 죽는소리했다. 돈으로 품값 계산하는 것이 아까워 그저께부터 인삼 품앗이하러 갔으니 내일 밤에 돌아올 것이다.

인삼의 약효는 몸통보다 땅속 깊이 뻗어 내려가 영양분을 빨아올리는 잔발[5]에 더 많다. 손질해서 말린 잔발을 미삼이라고 하는데 인삼보다 훨씬 비쌌다. 어머니는 그저께 건재약방 사장한테 미삼을 몽땅 팔고 돈을 안방 벽장 나무 깔판 밑에 감추었다. 그녀는 그 돈을 몽땅 꺼냈다. 그만큼은 쓸 권리가 충분히 있는 그녀였다.

새벽같이 일어나 아침은 먹는 둥 마는 둥 집을 나섰다. 첫차를 타고 대전으로 나와 시외터미널에서 서울행 버스를 탔다. 가슴이 터져 나갈 듯 마구 뒤설렜다. 푸르고 노란빛으로 휘감긴 신기루 같은 서울이 그녀에게 손짓하는 것 같았다. 올케가 시집올 때 선물한 실크 원피스

---

[4] 돈놀이 : 남에게 돈을 빌려주고 이자를 받는 것을 업으로 하는 일.
[5] 잔발 : 무나 인삼 따위의 굵은 뿌리에 덧붙은 잘고 가는 뿌리.

의 보드라운 감촉이 그녀를 달뜨게 했다.

들고 있는 돈이면 무엇이든 다 할 수 있었다. 가장 먼저 백화점에 가서 원피스와 어울리는 예쁜 구두부터 사야겠다. 구두를 사면 신고 있는 셋째 오빠 운동화는 벗어서 어머니가 있는 시골집을 향해 보란 듯이 집어던질 것이었다. 힘든 일을 해내기 위해 많이 먹고 일하기 편해서 오빠들 옷을 입고 남자 고무신을 신었을 뿐 누구보다 여자다운 여자가 되고 싶은 그녀였다. 열 살 때부터 오빠들 먹을 쌀과 반찬을 목이 움츠러들게 이어 나르느라 한 달에 한 번꼴로 서울을 오갔다. 하지만 백화점은 처음이었다.

밝고 화려한 실내가 훤히 보이는 출입문 앞에 섰다. 빙그르르 어지럼증이 나서 문을 밀고 들어설 엄두가 나지 않았다. 유리문에 새까맣게 탄 그녀가 커다란 손을 내려뜨리고 마주 서 있었다. 그 손을 위로 들면 포항 호미곶 해맞이 광장에 세워진 손 조형물과 똑같을 만큼 커다랬다. 파란 실핏줄이 드러나도록 흰 피부를 가진 또래들이 하늘거리는 옷에 높은 구두를 신고 화사하게 웃으며 사분사분 오갔다. 기가 팍 죽었다. 아무래도 자신감은 버스에 놓고 내린 것 같다.

다음에 오자!

쇼핑을 포기하고 나니까 금세 마음이 가벼웠다. 큰오빠 내외가 수고 많았다며 크게 환대할 것이었다. 그사이 많이 컷을 조카들도 보고 싶었다. 큰오빠 내외는 어머니와 다르게 딸을 키웠다. 아침이 되면 오빠가 세수를 시키고 수시로 예쁘다며 입을 맞추고 자장가를 불러 재웠다. 항상 구박만 당하던 그녀는 그런 모습을 본 적이 없었기에 샘이 나서 오장이 뒤집히는 줄 알았다. 특히 조카딸이 얄미워 아무도 없을 때 눈을 흘기고 주먹질을 하곤 했다. 그녀도 결혼해서 딸을 낳으면 반드시 그렇게 키울 것이었다. 대궐 같은 큰오빠네 대문 앞에 섰다. 은골 논밭에서 캔 인삼을 팔아 산 집이었다.

"어머나, 작은 아씨가 웬일이세요?"

대문을 열던 큰올케가 숨이 멎을 듯 놀랐다. 자신의 피땀이 반 넘게 들어간 집에 살면서 조금도 반가워하지 않는 것을 보고 그녀가 더 놀랐다. 그 집을 사기 위해 어머니 구박을 한 몸에 받으며 열다섯, 열일곱, 열여덟 여름밤마다 인삼을 지켰다. 큰올케는 앉으라는 말도 없이 오빠한테 전화부터 했다. 큰오빠가 그렇게 바쁘다는 신문사 일을 제쳐두고 한달음에 달려왔다. 역시 핏줄은 다르구나! 감동해서 가슴이 뭉클하고 목이 메었다.

"오빠!"

큰오빠는 조금도 반가워하지 않았다. 험상궂은 얼굴로 눈코 뜰 새 없이 바쁠 텐데 뭐 하러 왔느냐고 따져 물었다. 어찌나 삼엄한지 선 채로 쫓겨날 것 같은 위기감이 몰려왔다. 그녀는 절박한 심정이 되어 여기서 살고 싶어 왔다고 했다. 큰오빠가 버럭 고함을 쳤다.

"미쳤어? 당장 돌아가!"

공부를 더 하겠다는 것이 아니라 기술을 배우거나 직장에 다니고 싶다고 했다. 오빠네 집에서 같이 사는 게 불편하면 방 얻을 돈이 있으니까 따로 살아도 좋다고 했다. 그녀는 큰오빠 다리를 붙잡고 매달렸다.

"큰오빠 동생이 아닌 딸의 소원이라 생각하고 꼭 들어줘요. 이렇게 부탁할게요!"

"늙은 어머니 혼자 그 많은 일을 어떻게 감당하시라고? 그러다 어머니 돌아가시면 어떡할래?"

"그러니까 오빠가 어머니 서울로 모셔오고 농사는 전부 어우리 주면 되잖아요?"

세모진 올케의 눈이 큰오빠를 무섭게 쏘아보았다. 큰오빠가 갑자기 그녀의 멱살을 움켜잡아 일으켜 세웠다.

"이걸, 확 그냥!"

울컥한 그녀도 소리쳤다.

"왜, 나랑 어머니만 시골에 살아야 하는데 왜?"

"잔말 말고 따라와. 길게 고집부리면 나한테 맞는 수가 있다!"

"싫어. 안 가, 죽어도 못 가!"

신기루 같은 도회지는 단 하룻밤도 그녀를 허락지 않았다. 오빠가 서둘러 조퇴한 것은 대전에서 금산 가는 마지막 버스를 놓칠까 봐서였다. 밤 10시 반 넘어 버스가 마을 어귀 산모롱이를 돌았다. 집이 가까워질수록 견딜 수 없이 소마소마[6]해서 주먹에 식은땀이 가득 고였

---

6) 소마소마 : 무섭거나 두려워서 마음이 초조한 모양.

다. 어디 가서 무슨 일을 하든 지금처럼 하면 못 살 까닭이 없었다. 집에 가서 저승사자보다 더 무서운 어머니한테 경을 치느니 이대로 앵두장수[7]가 되어 지구 반대편으로 줄행랑을 치고 싶었다.

어머니는 그녀를 보자 길길이 날뛰었다.
"저, 벼락 맞을 년. 저년이 하다 하다 도둑질까지!"
간수처럼 그녀 뒤를 따라오던 큰오빠가 얼른 앞으로 나서며 어머니를 가로막았다.
"이러지 마세요. 지금은 무조건 달랠 때예요."
어머니는 오빠한테 질질 끌려가면서도 손을 뻗어 그녀를 쥐어뜯으려고 안간힘을 다했다. 오빠가 언성을 높였다.
"그만 좀 하시라고요! 어머니가 이러시니까 막내가 가출하지요?"

가출! 오빠 집에 간 것뿐인데?
그녀는 잠깐 어리둥절했다.

어머니도 가출이라는 말에 날벼락을 맞은 것처럼 손을 거두었다.
"오죽하면 제가 이렇게 되짚어 데리고 왔겠어요? 보나 마나 온종일 굶었을 테니 밥부터 먹이세요."
어머니가 알았다며 허둥지둥 부엌으로 달려갔다. 그런 어머니를 보자 가슴이 뻥 뚫리며 이루 말할 수 없이 통쾌했다. 한참 뒤 밥상에는 그녀가 좋아하는 흰쌀밥에 돼지고기찌개와 자반고등어가 있었다. 어

---

7) 앵두장수 : 잘못을 저지르고 어디론지 자취를 감춘 사람을 이르는 말.

머니는 정성껏 가시를 발라 큰오빠 수저에 올려놓았다. 큰오빠가 눈살을 잔뜩 찌푸렸다. 오빠 서슬에 놀란 어머니가 얼른 그녀한테 주며 많이 먹으라고 했다. 옆구리 찔러 절 받는 격이었지만 어머니한테 처음 받아보는 대접이라 기분이 좋았다. 큰오빠가 다정하게 말했다.

"어린 네가 풀뿌리 캐고 바위 굴려서 일군 산막 밭 오천 평은 너한테 주기로 어머니와 이야기 다 끝냈다."

"흥, 말도 안 되는 소리. 아까워서 어머니가 어떻게 나를 줘요?"

"어머니, 부엌에서 상 차리면서 저랑 약속하신 거 맞지요?"
어머니는 대답하지 않았다.

그러면 그렇지! 그녀는 쓴웃음을 지었다.

어린 날 그녀가 잠든 줄 알고 어머니가 사촌 이모한테 하던 말이 생각났다. 아들이 아니라 낳자마자 죽으라고 폭 엎어놨어. 핏덩이 주제에 안간힘을 다해 기어이 고개를 옆으로 돌리고 숨길을 트는데 아비까지 잡아먹고 태어난 것만 같아 끔찍하게 무섭고 싫더라. 꼬투리 잡히는 대로 욕하고 죽도록 두들겨 팼어.

밥을 다 먹고 나자 큰오빠가 말했다.

"막내야. 네가 지금부터 취직해서 돈 번다고 치자. 한 푼 안 쓰고 30년을 모아도 산막 밭 못 산다. 내 말 무슨 뜻인지 알지?"
그녀는 대답하지 않았다.

"너는 장대 같은 오빠가 셋씩이나 있어. 뭐가 걱정이야. 너 시집

갈 때 우리가 가만히 있겠냐? 밭과 함께 바리바리 혼수 장만해 주마. 그러니 앞으로 몇 년이 될지 모르겠지만 어머니 모시고 집에 있어라. 응? 이렇게 부탁한다."

"몇 번이나 말해요. 이젠 죽어도 농사짓기 싫다고 했잖아요!"

"어머니, 아까 막내한테 빼앗은 돈 돌려주세요. 앞으로는 시키던 일 반으로 확 줄이고 매달 용돈도 주시고요."

귀가 솔깃했다. 의도했던 것과는 다르지만 그리 나쁘지 않았다. 어머니가 깜짝 놀라 펄쩍 뛰었다.

"그 많은 일을 누가 다 햐? 그라구 이 촌구석에서 돈 쓸데가 워디 있다구 논 댓 마지기 값하구 매달 용돈꺼정 주라는 겨?"

"그러지 마시고 주세요. 오늘 같은 일 또 생기면 저는 이제 모릅니다!"

이튿날 큰 오빠는 구두 사라며 꽤 많은 돈을 주고 갔다. 며칠 후 둘째 오빠한테 화장품과 가방을 선물 받았다. 석 달이 지나자 미국에 있는 셋째 오빠가 구구절절 감동적인 편지와 예쁜 옷을 보내왔다. 가족들에게 사랑받는 존재라는 것을 확인한 그녀는 다시 삽을 들고 씩씩하게 논고랑을 파고 지게 가득 진흙을 져 날랐다.

사람의 욕망은 우주보다 더 크다.

아흔아홉 섬 가진 부자가 한 섬 가진 사람의 것을 빼앗아 백 섬을 채우고 싶어 한다는 옛말도 있다. 또한 사람은 이기적이어서 자신을 위해 누군가가 희생하면 그 희생조차 자신의 능력이라 착각하고 보다 철저한 희생을 요구한다. 그녀는 까맣게 몰랐다. 오빠들이 잠깐 그녀를 뜨거운 감자라고 인지한 것에 지니지 않았다는 것을.

네 살짜리 그녀가 여름 학질을 앓느라 땡볕에 앉아 사시나무처럼 떨고 있었다. 어머니는 서둘러 풍로에 인삼 넣은 약탕관을 얹고 달이기 시작했다. 그녀는 빨리 먹고 싶은 마음에 어머니 턱밑을 바짝 받치고 앉았다. 시간을 감옥에 가둔 것처럼 지루하고도 지루한 기다림이 끝났다. 어머니는 사발 위에 삼베 보자기를 깔고 약탕관을 쏟더니 막대기를 걸어 야무지게 비틀어 짰다.

좌르륵!

인삼 물이 더운 김을 피워올리며 사발 가득 쏟아졌다. 수증기 입자 하나하나가 약기운을 품고 합창하는 것 같았다. 그녀는 어머니가 달인 인삼탕도 얻어먹을 수 있고 아프기를 잘했다고 생각했다. 얼른 뜨거운 약사발에 손을 대자 어머니가 탁! 치며 일어났다. 황망하게 따라 일어서는 그녀한테 어머니가 일갈했다.

"감히 집안의 기둥인 큰오빠 멕일 보약을 넘봐? 학질 거리 한다고 엄살떨라면 빨랑 뒈져버려!"

"그럼, 인삼 무거리는 먹어도 되지?"

"재탕해야지 이년아. 손모가지 대면 맞아 뒈진다!"

인삼 달인 물 딱 한 모금만 마시면 병이 나을 거 같아 도무지 풍로 옆을 떠날 수 없었다. 방에서 나온 어머니는 물을 붓고 오래오래 끓여

재탕한 뒤 다시 짰다. 기운이 샘솟을 것 같은 맑은 물이 풍경소리를 내며 떨어졌다. 침이 꿀떡꿀떡 넘어갔다.

"또. 또, 침 생키고 지랄하네!"

약 보자기 안에 뭉개진 인삼 무거리가 가득했다. 눈앞이 환해졌다.

"엄마, 그거라도 조금만!"

어머니는 눈을 흘기며 인삼 무거리를 들고 쏜살같이 잿간으로 달려가 재 속에 파묻고 꼭꼭 밟았다.

"사람 같잖은 네년 멕이느니 인삼밭 밑거름에 보태는 게 백배 나승께!"

그녀는 어머니가 방으로 들어간 것을 확인하고 잿간으로 달려갔다. 며칠 전 뒷간에 가득했던 똥을 퍼서 재와 버무렸지만 상관없었다. 재를 헤치고 덩어리진 인삼 무거리를 허겁지겁 골라 먹었다. 옅은 인삼 향이 앓느라고 아무것도 먹지 못한 메마른 입안과 온몸에 가득 퍼졌다. 이 신비로운 명약 앞에서는 학질도 무릎을 꿇고 말 것이었다.

그녀는 그렇게 학질을 고쳤다.

오빠들은 방학 때마다 친구들을 잔뜩 데리고 왔다. 인삼이 온 집안을 뒤덮어 눈코 뜰 새 없이 바쁜데도 아랑곳하지 않고 기타 치며 노래를 불렀다. 인삼을 썩힐지 몰라 안달이 난 어머니는 오빠들 치다꺼리를 살뜰하게 하지 못한다고 그녀와 외숙모를 쥐 잡듯 몰아붙였다. 따분해진 오빠들은 솥과 부식 거리를 리어카에 싣고 자그마한 섬이 있어 운치 있는 천내강이나 경치 좋은 제원면 용화, 아니면 부리면 적벽강으로 야영을 떠나기도 했다. 열흘 넘게 거치적거리던 오빠들이 돌아간다고 했다. 어머니는 눈동자처럼 간직하던 곡삼을 커다란 베주머니에 터지도록 담아 각각의 손에 들려주며 당부했다.

"서운해서 으쩌꺼나. 촌구석이라 줄게 있이야지. 이거라도 부모님께 갖다디리고 겯 방학하먼 또 와. 응? 꼭이여?"

도대체 저걸 다 합치면 얼마야?

소금 내가 시오리까지 진동하는 자린고비 어머니는 아깝지도 않은가 보았다. 곡삼 한 개가 만들어지려면 그녀의 손길이 오백 번도 넘게 닿았을 것이다. 쳐다보기도 아까운 인삼을 눈뜨고 도둑맞는 것 같아 허망하기 이를 데 없었다. 어머니가 뾰로통한 그녀를 나무랐다.

"오래비들 가는데 인사도 안 하는 못 돼 쳐먹은 년!"

"나한테는 인삼 무거리도 아까워하면서 남한테는 막 퍼주니까 그렇지?"

"그러게 누가 너더러 천하디천한 지저바로 태어나랴. 이 깨밀어 갈 년아?"

"씨-. 누가 나를 여자로 낳았는데?"

"조년이 오늘 뒈지고 싶어 환장했나. 왜, 저 지랄발광이여?"

"여자는 사람 아닌가 뭐? 그러는 엄니도 여자잖아?"

형용키 어려운 분노와 억울함으로 어머니 앞에서 발딱 나자빠져 죽어버렸으면 꼭 좋겠다.

"썩을 년! 백삼 배짝 말르먼 다 뿌러지는 디 해찰하고 자빠졌네.

빨랑 안 햐?"

빗자루를 집어 드는 어머니한테 쫓겨 바깥마당으로 나와 인삼 멍석에 쪼그리고 앉았다. 땡볕이 쏟아져 정수리와 어깻죽지를 인두로 지지는 것처럼 뜨거웠다. 그녀는 관성의 법칙에 따라 뒤집고 다듬고 또 뒤집었다.

신앙처럼 강한 인삼 향기가 코를 찔렀다.

그때와 똑같은 불볕이었다. 강아지풀에 조롱조롱 매달린 물방울을 보며 그녀는 친구 말을 곱씹었다.
 "10년 전에 큰오빠한테 산막 밭을 샀어."
그녀는 철퇴로 머리를 세게 얻어맞은 것 같았다.
 "내년부터 아들이 그 밭에 인삼 농사를 짓고 싶대. 너는 누구보다 인삼 농사를 잘 지을 뿐 아니라 그 밭에 대해서 잘 알잖아. 네 아들처럼 생각하고 도와줘, 부탁이야. 자문해 주면 섭섭지 않게 대우할게. 정말이야 약속해!"
어머니와 큰오빠도 지키지 않는 것이 약속이었다. 그녀는 사람과의 약속은 절대 믿지 않았다.

산막 인삼밭!

산이 밭으로 변하던 벅찬 희열. 용광로처럼 타오르던 어머니에 대한 분노. 긴 노동의 고달픔과 사무치는 허기. 무럭무럭 자라는 것으로 수고와 정성에 보답하던 인삼들의 무한한 위로. 그 밭은 그녀의 희로애락과 영혼이 고스란히 담겨있는 성전 같은 곳이었다.

산막 인삼밭은 언제까지나 우리 것인 줄 알았는데 이미 오래전에 상관없는 허무의 공간이 되어버린 것이었다. 이게 다 어머니 때문이었다. 어머니가 큰오빠를 너무 떠받들어 키워서 그렇다. 수그러들었던 울분이 다시 치솟아 허공을 휘젓고 쾅쾅 발을 구르며 땅이 꺼지도록 한숨을 쉬었다. 까치가 날아와 난간을 거닐다 그녀의 발소리에 놀라 잽싸게 날아갔다. 저만큼 날아가더니 못내 아쉬웠는지 다시 돌아와 고개를 갸웃거리며 그녀를 지켜보았다. 까치까지 빨리 안 내려가느냐고 뭐 하느냐고 재촉하는 것만 같았다. 학교 앞 낙엽송에 둥지를 튼 까치는 언제나 천적인 그녀의 동태를 살폈다. 그녀가 잠시 볼일을 보러 나갔다 와보면 어김없이 그물을 들치고 잘 익은 블루베리를 골라 따먹고 토마토를 쪼았다.

아카시아꽃을 따라 인삼꽃도 피었다. 인삼은 만 3년이 지나야 꽃을 피운다. 인삼 뿌리를 튼실하게 키우고 싶으면 꽃으로 가는 영양분을 막기 위해 재빨리 따냈다. 인삼꽃은 다방이나 인삼차 공장에서 비싼 값으로 사 갔다. 삼 씨가 필요하면 꽃을 따지 않고 그대로 익혔다. 삼딸이라고 부르는 빨갛게 익은 삼꽃은 장미꽃보다 더 예뻤다. 너무 영글어서 쏟아지기 전에 삼 씨를 따서 빨간 과육을 문질러 벗기고 깨끗해질 때까지 끊임없이 씻었다. 이때 나온 과육도 인삼껍질 말린 것과 아울러 인삼 한과 공장에서 사 갔다. 인삼은 버리는 게 하나도 없다.

삼 씨는 그대로 심으면 싹이 잘 안 텄다. 커다란 자루에 삼 씨와 모래를 섞어 켜켜이 담아 그늘진 곳에 두고 석 달 동안 하루에 한 번씩 물 주며 개갑[8]을 시킨다. 삼 씨도 쌀알처럼 한 개 두 개 하지 않고 한 립 두 립 헤아렸다. 귀한 것이라 그럴 것이다. 삼 씨, 삼 껍질, 삼꽃, 과육, 삼잎, 삼대, 미삼 중에서 가장 값이 싼 것은 무엇일까? 과육이다.

11월에 개갑한 인삼 씨를 놓고 볏짚으로 엮은 덧발을 덮어 외기의 찬 기운을 막아준다. 씨앗은 겨우내 땅내를 맡으며 꼼지락꼼지락 준비하고 있다가 봄이 되면 어느 날 갑자기 불쑥 세상 밖으로 목부터 내민다.

놀라운 자연의 섭리다.
마술보다 더 신기했다.

콩나물 같은 새싹이 올라오면 서둘러 통대를 세우고 발을 둘러 해가림하고 북쪽은 높게 한 다음 지붕을 덮었다. 인삼은 반음지 식물이라 인삼밭은 모두 북쪽을 향하고 있다. 인삼은 직사광선을 싫어할 뿐 아니라 화학비료나 살충제를 뿌리면 속절없이 죽어버렸다. 어머니는 인삼이 싫어한다고 로션은 물론 화장수 한 병 사주지 않았다. 삼포 또는 삼장이라고 부르는 인삼밭은 사람의 땀 냄새만 허용하는 완벽한 무공해 공간이었다. 그러다 보니 땅강아지, 잎말이나방, 민달팽

---

8) 개갑(開匣) : 종자의 파종에서 발아까지의 기간을 단축하기 위하여 인위적으로 씨눈의 생장을 촉진 시켜 종자의 껍질이 벌어지는 것.

이, 귀뚜라미가 들끓고 며칠 지나면 잡초가 인삼보다 무성했다.

그녀는 아까운 양분을 조금도 빼앗길 수 없어 원수를 무찌르듯 풀을 뽑았다. 인삼밭은 그늘이라 논에서 농약을 치거나 콩밭을 매는 것보다 시원해서 훨씬 좋았다. 하지만 한 살 한 살 나이를 먹으며 키가 자라자 사정이 180도 달라졌다. 마음 놓고 허리를 펼 수 없이 곳이 또한 인삼밭이기 때문이었다. 쪼그려 앉으면 능률이 안 올라서 온종일 어정쩡하게 허리를 구부리고 정신없이 풀을 뽑았다. 일이 끝나면 몸이 기역 자로 굽어 펴지지 않았고 허리와 엉치뼈가 끊어지는 것처럼 아팠다.

어머니는 빼앗은 돈도 돌려주지 않았고 일도 줄이지 않았다. 어머니는 그녀한테만 그런 사람이었다. 다만 큰오빠와의 약속 때문에 떨리는 손으로 용돈을 건넸다. 딱 여섯 번이었다. 그녀는 더이상 영혼을 헐뜯기는 집이 싫었다. 몇 년 동안 혼자 차근차근 떠날 준비를 했다. 어머니와 오빠들이 옴짝달싹하지 못할 순리적이고 합법적인 방법으로.

마침내 그녀가 폭탄선언을 했다.

인삼 조합 직원과 결혼하겠다고. 예상했던 대로 어머니는 길길이 뛰며 내년 인삼까지 캐놓고 후년 겨울에나 시집을 가든지 말든지 하라고 했다. 혼수와 산막 밭을 주겠다던 큰오빠는 스물일곱밖에 안 됐는데 늙은 어머니를 혼자 놔두고 벌써 시집가느냐고 마음대로 하라며 입을 싹 씻었다.

아까 친구가 했던 말이 또 고막을 때렸다.
 "너 속 많이 상했겠더라. 농지법 바뀔 때 큰오빠가 이장과 짜고 여기저기 있는 논밭 옛날에 어머니한테 산 것으로 서류 조작해서 전부 가로챘다며?"
그녀는 맨몸으로 쫓겨나다시피 결혼하면서 친정과 거의 발길을 끊었고 어머니 장례 때부터 오빠들의 치열한 재산 싸움이 벌어졌다. 큰오빠가 어이없다는 듯 말했다.
 "어머니가 각자 명의로 집 사주고 논 사줬잖아. 그랬는데 왜 장남 것을 넘봐?"
장성한 조카들은 제 아버지 편을 들어 주먹다짐을 벌이며 법정 운운하더니 끝내 의절하고 말았다.

그녀가 큰오빠한테 왜 자신의 동의 없이 산막 밭을 팔았냐고 따지면 틀림없이 이럴 것이다.
 "그 밭 네 명의 아니야. 설령 네 명의였다 하더라도 큰오빠한테 그까짓 것도 못 주냐? 도대체 형제 좋다는 게 뭔데?"
정의롭고 믿음직한 큰오빠를 저토록 파렴치한으로 만든 것도 다름 아닌 어머니였다. 견딜 수 없이 어머니가 미웠다. 관리인이 급한 걸음으로 올라왔다.
 "왜 전화를 안 받으세요?"

"받기 싫은 전화가 있어서 소리를 죽여 놨어. 왜?"
"바깥 사장님이 걱정된다고 계속 전화하시잖아요. 오늘도 여기서 주무실 거예요? 지금 퇴근하시면 제가 옥상 출입문 잠그고요."
그녀는 아니라고 조금 더 있다 가겠다며 관리인을 내려보냈다.

뒷짐을 지고 휘 - 옥상을 둘러보았다. 첫날처럼 환상적이지는 않지만 사무치도록 그리운 인삼 향이 감돌아 꼭 산막 인삼밭 가운데 서 있는 것 같았다. 주차시설이 미흡해서 오랫동안 팔리지 않던 이 건물이었다. 투자가치가 없다고 남편과 아들들이 사지 말라고 극구 반대했으나 인삼밭 정취에 꽂힌 그녀를 꺾지 못했다.

서둘러 지하 주차장으로 내려가 고향으로 차를 몰았다. 삼신할머니는 학대하는 어머니를 닮을까 봐서인지 그녀에게는 딸을 점지하지 않았다. 한 시간 가까이 달려 산길로 접어들자 멀리 산막 밭이 보였다. 두 눈과 가슴에서 피가 철철 흘러내리는 것 같았다. 운전하는 그녀의 커다란 두 손이 부르르 떨렸다. 어머니 산소에 도착한 그녀는 이성을 잃고 악에 받쳐 소리쳤다.

나 지금부터 어머니 딸 안 할래요.
혹시 저승에서 만나더라도 절대 아는 척하지 마세요!

그녀는 단단하고 큰 돌멩이를 주워 비석 뒷면 세 오빠 밑에 새겨진 자신의 이름을 내리찍었다. 불꽃을 튕기며 돌멩이가 깨졌다. 어라,

이거 봐라? 그렇게 단단할 줄 미처 몰랐다. 그래 좋다. 누가 이기나 해보자! 오기가 솟아 트렁크에 있는 쇠망치를 꺼내다 정신없이 내리찍었다.

쨍강!

날카로운 소리에 정신이 번쩍 들었다. 비지땀으로 멱을 감은 온몸이 사정없이 후들거려 풀썩 주저앉았다. 지금 내가 무슨 짓을 한 거지? 그때 아랫입술이 터진 그녀의 이름 첫 글자가 훌쩍이며 말했다. 절대 어머니와 화해하지 마!

두 시누이에게 이 글을 바친다.
이 땅 어딘가에 많이 있을 그녀들에게도.

終

시간의 얼굴

"어성초, 나하고 살고 싶으면 빨리 안 하겠다고 전화해!"
남편이 재촉했다.

"너보, 그러지 마~!"
사전 세 권을 층층으로 쌓은 것 같은 남편 아랫배에 손을 넣었다. 그 튼실한 배가 사랑스러운 나는 항상 어루만졌고 원하는 것이 생길 때마다 뱃살 사이를 간질이거나 꼬집어 목적을 달성했다. 25년을 그렇게 살아왔는데 오늘은 휙 뿌리치고 나가버렸다. 어라, 필살기도 안 먹힌다. 이 남자 단단히 작정한 모양이다.

마음이 시끄러워 TV를 켰다. 홈쇼핑, 낚시, 바둑, 여행, 부동산 프로를 신경질적으로 넘기다 손을 딱 멈췄다. 가슴이 뛰었다. 내가 사무치게 동경하던 세계가 방송되고 있었기 때문이다. 녹화 방송인 것 같은데 편집을 제대로 안 했는지 우왕좌왕 무질서한 행사장 모습을 그대로 내보내고 있었다. 선거관리위원 띠를 두른 여자 진행자가 목소리를 높였다.

"여러분, 우리는 대한민국 미용장입니다. 질서를 지켜주십시오. 1·2번 문 모두 투표장 입구입니다!"

그때 여럿이 손을 들고 거칠게 항의했다.

"일을 똑바로 해야지. 이게 뭡니까? 2번 문에 출구라고 붙어 있으니까 이 난리가 난 거잖아요!"

당황한 진행자가 얼른 확인해 보고 말했다.

"준비과정에서 큰 실수가 있었음을 인정합니다. 대단히 죄송합니다. 두 군데 모두 입구입니다. 다시 정렬해 주시기를 부탁드립니다!"

산업체 부설 야간 고등학교를 졸업했다. 내 졸업만 기다렸던 어머니는 미용학원 보낼 돈이 없으니까 골프장 수위인 아랫말 정 씨한테 담배 열 갑을 디밀고 캐디로 취직시켰다. 우리 집은 삼순구식[1]을 할 정도로 가난했다. 온종일 무거운 골프가방을 메고 다녔지만 힘들지 않았고 길들인 개처럼 공만 주우러 다녀도 괜찮았다. 돈을 벌 수 있다는 사실이 마냥 좋기만 했으니까. 피부가 하얀 나는 잘 타지 않아서 화장만 짙게 하고 자외선이 강한 시간 외에는 스카프로 얼굴을 감싸지 않았다. 그거 하나만으로도 골퍼들은 뛸 듯이 좋아했고 날이 갈수록 단골과 팁이 늘어났다.

키가 크고 적극적이며 걱실걱실[2]한 내가 소극적이고 작은 인형처럼 귀여운 영은이와 기숙사 룸메이트가 되었다. 우리가 영혼까지 물들만큼 단짝이 될 수 있었던 것은 외모와 성격의 상호보완이나 대리만족을 해서가 아니라 동생이 많고 가난한 집 딸이라는 공통점 때

---

1) 삼순구식 : 삼십 일 동안 아홉 끼니밖에 먹지 못한다는 뜻으로, 몹시 가난함을 이르는 말
2) 걱실걱실 : 성질이 너그러워 말과 행동을 시원스럽게 하는 모양.

문이었다.

"영은아, 나 있지. 초등학교 5학년 때 밥이 없어서 술지게미 먹고 학교 갔다가 담임선생님한테 술 마시고 학교 왔다고 죽지 않을 만큼 두들겨 맞았다."

"그런 놈은 선생도 아니다. 집이 어디냐? 당장 쫓아가서 우리 성초 왜 때렸냐고 반쯤 죽여 놓게!"

우리에겐 울고 웃을 이야깃거리가 365일 끊이지 않는 샘물처럼 솟아났다. 영은이 잘생긴 골프장 회원 세형과 연애를 시작했다. 둘은 클럽하우스 뒷산 떡갈나무 밑에서 구름이 둥둥 떠 있는 맑은 호수를 내려다보며 마음껏 데이트를 즐겼다. 세형은 유명 백화점 사장 셋째 아들이었다. 영은이 선물 받은 화장품과 명품가방을 안고 복사꽃 웃음을 날렸다. 명품가방 한 개 값이 우리 시골집 1년 치 생활비와 맞먹는다고 했다. 너무 놀라서 입이 다물어지지 않았다.

어느 결에 나는 영은을 부러워하고 있었다. 내 마음을 읽은 영은이 세형에게 부탁해 소개팅 자리가 마련되었다. 가슴이 설레어 잠이 오지 않았다. 기대했던 것과 달리 남자는 만나자마자 노골적으로 나를 골프채보다 값싼 노리개 취급을 했다. 그래도 혹시나 하고 두세 번 다른 남자를 소개받아 봤으나 번번이 똑같아 아예 소개팅은 하지 않기로 작정했다. 소개팅했던 남자들이 세형을 통해 또 만나자고 애걸했지만 단호하게 거절했다. 참사랑이 아니면 명품가방 아니라 지구를 선물한다 해도 싫었다. 영은을 부러워하던 마음을 접고 나를 소중하게 여기고 아끼는 사람이 나타날 때까지 기다릴 것이었다.

지금은 골프가 대중스포츠로 자리 잡고
캐디도 전문 직업으로 인정받지만
30년 전의 골프장 풍토는 아주 달랐다.

카메라가 전국에서 모인 미용장들을 비추며 무대 중앙으로 옮겨갔다.
 "안녕하십니까? 노래면 노래, 춤이면 춤, 욕이면 욕. 이 세 가지를 다 잘하는 유능한 광대 인사드립니다!"
사회자는 날씬한 몸매에 재치가 넘치고 분위기를 잘 띄우는 MC계의 거물 이번개였다. 선거가 있는 총회라더니 돈을 많이 쓴 모양이었다. 화면 가득 예쁜 은영의 눈망울이 겹쳤다.

영은은 첫사랑인 세형과 결혼까지 꿈꾸었다. 내가 찬물을 끼얹었다.
 "세형 씨는 너를 진심으로 사랑하지 않아. 더구나 그는 결혼을 앞둔 예비 신랑이잖아. 어쩌려고 그래?"
 "세형 씨는 나만 사랑한다고 했어. 애정 없는 정략결혼이 죽기보다 싫대. 나만 좋다면 지금 당장이라도 해외로 도망치자고 한단 말이야!"
영은의 사랑은 흔들리지 않았고 아기를 가졌다. 영은은 세상을 다 가진 것처럼 기뻐했지만 세형은 수술비만 던져주고 다른 골프장으로 떠나버렸다. 스물두 살 영은은 나날이 자라는 뱃속의 새 생명 때문에 괴로워하다 세형과 즐겨 찾던 골프장 뒷산 떡갈나무 아래서 극약을 먹고 자살했다. 나한테 그 자리에 유골을 뿌려달라는 유서를 남기고. 아무리 세월이 흘러도 영은만 생각하면 가슴이 저렸다.

캐디 4년 차에 아버지가 소작으로 부치던 하늘바라기 다랑논 세 마지기를 샀다. 소처럼 우직하고 무뚝뚝한 아버지였다. 자신의 이름이 적힌 땅문서를 들고 눈물 흘리는 모습을 들키지 않으려고 돌아서서 오래도록 하늘만 올려다보았다. 그런 아버지를 뒤에서 안으며 어머니가 울먹였다.

"여보, 성초 덕분에 이제 굶지는 않겠어요."

그렇게 좋은 날에도 아버지가 쳐다보던 먼 하늘가에 영은이 있었다. 6년 차가 되면서 프로 캐디가 되었다. 골퍼들은 경기에서 이기기 위해 내 조언에 의존하기 시작했다. 아버지한테 땅을 사준 금액의 열 배를 모았다. 모임에서 재산 이야기가 나왔다. 동료들은 신도시와 서울에 어마어마한 부동산을 보유하고 있었다. 자만에 빠져 있던 나만 풍년거지[3]라는 사실에 큰 충격을 받았다. 이대로 가만히 있을 수 없었다. 캐디들만의 은어로 핑크 필드를 뛰기로 했다. 모아놓은 돈은 아버지한테 주며 논을 더 사라고 했다. 앞으로 4년 악착같이 모아 빌딩을 사야겠다.

― 영은아, 조금만 기다려. 가난이라는 원수 내가 갚아줄게! ―

---

3) 풍년거지 : 모든 사람이 다 이익을 보는데 자기 혼자만 빠져서 이익을 보지 못하는 사람을 이르는 말.

화면에는 시·도별 장기자랑이 시작되고 있었다. 사회자 이번개가 정중하게 인사를 하며 사투리로 맞이했다.
"어서 오시드래요!"
아홉 명이 화려한 드레스를 입고 춤을 추며 무대로 올라왔다. 대표 선수가 말했다.
"안녕하셨드래요? 우리는요. 감자바우 강원지회 선수드래요!"
그녀들은 이번개한테 바짝 다가서며 몸 곡선을 따라 손 웨이브를 그렸다.
"워매, 워매 좋은 거. 곡목이 뭐드래요?"
"아싸, 아싸. 오빤 강남스타일!"
신나는 말춤이 시작되었다. 가만히 있을 이번개가 아니었다.
"밀붕생이[4]를 많이 먹어서 그런지 웨이브가 장난이 아니드래요. 옵! 옵! 옵!"
장내 분위기는 초장부터 들썩들썩했다. 어느결에 나도 들썩이고 있었다.

골프장 매점에는 매일 납품차가 드나들었다. 기사는 키가 작고 배불뚝이에 눈이 툭 튀어나온 아주 못생긴 노총각이었다. 그는 캐디들과 마주쳐도 인사는커녕 눈길조차 주지 않았다. 우리는 목석같은 그를 돌부처라고 불렀다. 그 돌부처 아니, 철석이가 자기 눈에는 오직 한 사람 어성초밖에 안 보인다며 무릎을 꿇고 공개 구혼을 했다. 매점 앞 파라솔 밑에 있던 동료들이 유리창 깨지는 소리를 내며 웃었다.

---
[4] 밀붕생이 : 통밀가루를 거칠게 갈아 감자 위에 얹어 찐 떡. (출처 : 두산백과)

"이게 웬일. 감히 어성초한테 들이대? 돌부처가 더위 먹으면 저렇게 미치는구나!"

그 시절 골프 치는 중장년 남자 중 십중팔구는 실속 없이 바람만 가득 든 유부남들이었다. 나는 많은 남자를 겪으며 결혼에 깊은 회의를 느끼고 있었다. 그런데 이런 뜻밖의 일이 벌어진 것이다. 동료들은 돌부처가 보기 좋게 차이는 꼴을 상상했지만 나는 그녀들의 기대를 저버리고 돌부처 손을 잡아 주며 일어나라고 했다.

이튿날 레스토랑에서 철석을 만났다. 철석은 품격 높은 레스토랑 분위기에 압도당한 데다 나와 마주 앉자 안절부절못했다. 음식도 내가 주문하고 말문도 먼저 열었다.
"나 같은 여자랑 살기 어려울 텐데요?"
철석이 땀을 흘리며 책 읽듯 열심히 말했다.
"문란한 성생활로 성병 병력이 많고 여러 번의 낙태로 아이를 못 낳는 것 때문에 그러는 거 아닙니까? 나는 괜찮습니다. 가난해서 형제들과 먹을 거 하나 놓고 목숨 걸고 싸우며 자랐어요. 부모 없는 집 장남이라 재작년까지 동생들을 책임졌고요. 그래서 자식에 대한 미련은 하나도 없습니다. 살다가 정 아기가 키우고 싶으면 입양하면 되지 않습니까?"
"나는 술도 많이 마시고 주사도 심해요."
"생활이 바뀌고 진정한 사랑을 받으면 해결될 문제입니다. 나는 성초 씨가 얼마나 심지 굳고 성실한 사람인지 잘 알고 있어요."

철석은 생각이 깊고 의지가 굳은 사람이었으며 내 사생활을 속속들이 알고 있었다. 있는 그대로의 나를 진심으로 사랑한다면 거절할 이유가 없었다. 긍정적인 내 표정을 읽은 철석이 수줍게 말했다.
 "성초 씨 첫 출근날 매점으로 담배심부름 왔었잖아요. 그때 한눈에 반했습니다!"

철석은 여러 차례 고백하고 싶었지만 거절당할 걸 잘 알기에 차에서 숙식을 해결하며 마냥 지켜보기만 했다. 새벽이고 밤중이고 잠을 줄여가며 골프 연습하던 성초가 3년 전부터는 매일 밤 남자들과 술 파티를 하고 호텔에 들렀다 아침에 돌아왔다. 이대로 더 방치하면 얼마 못 가 망가질 것 같아 서둘러 청혼을 했다.

담배, 게임, 술. 모든 중독은 똑같았다.

돈맛도 지독한 중독이라 끊기 어려워 캐디 옷 벗기까지 다섯 달씩이나 걸렸다. 괴롭고 힘든 다섯 달 동안 철석은 말없이 등을 토닥이며 지켜보기만 했다. 철석의 애정 어린 침묵은 큰 힘이 되었다. 시답잖게 잔소리를 하거나 재촉했으면 더 오래 걸렸을 것이다.

 "광주서 왔다고라고라? 뭣을 할라고 그란디?"
여덟 명의 품바 패가 목판을 메고 엿가위를 쩔걱거리며 무대로 올라왔다. 선수 중 하나가 손으로 이번개 얼굴을 쓰다듬는 시늉을 하며 걸쭉하고 진한 사투리로 말했다.

"워매, 징하게 반갑소잉. 나가 요로코롬 유명한 냥반을 워디서 만나본다요. 오늘 이병개허고 느그 전국으 미용장덜 우덜 품바 패헌티 다 죽어브렀으야!"

이번개가 쓰러지는 척하며 엄살을 떨었다.

"죽어도 좋아라. 멋져븐 그대들이 이참에 나를 아주 쥑여 부러 주시쇼!"

품바 패가 이번개를 빙 둘러싸고 커다란 엿가위를 높이 들고 쩔걱거렸다. 이번개는 얼른 수건을 뭉쳐 등에 넣고 곱사춤을 추며 말했다.

"여러분. 각설이 타령을 한당게 들어보씨요. 으매, 조아 브네. 으매, 조아 브러!"

미용장들은 모두 자리에서 일어나 냅킨을 흔들며 열렬하게 환호했다. 품바 패들은 장내를 뒤집어 놓을 듯 신나게 한바탕 놀고 난 다음 무대 아래로 내려가 원탁을 돌며 목판에 있는 엿을 잘라 골고루 나눠 주었다. 나는 눈을 크게 뜨고 어딘가에 있을 성 원장과 한 원장을 찾았다.

결혼하면서 시 외곽 사거리에 5층 건물을 샀다. 1층은 남편이 꿈에도 그리던 큼직한 슈퍼마켓을 차리고 5층에서 신접살림을 했다. 12년 동안 매일 무거운 골프가방을 메고 온종일 걸어 다니다가 살림만 하니까 너무 편하고 좋았다. 남편은 속도 모르고 집안에만 들어박혀 있으면 울화병 생긴다며 외출을 하라고 성화를 댔다. 2년이 눈 깜짝하는 사이에 지나갔다.

"너보, 우리 언제쯤 아기 데려올까?"

"집에만 있으니까 심심하지. 아기 빨리 데려오고 싶어?"

임신 체험복을 입고 첫딸 미소를 가슴으로 낳았다. 그렇게 했어도 입양했다는 소문이 날까 봐 다른 도시로 이사를 했다. 미소가 막 7개월 되었는데 소화가 안 되고 자꾸 헛구역질이 났다. 어린 미소를 놔두고 암에 걸린 건 아닐까 놀라서 병원으로 달려갔다. 임신이라고 했다. 아들 규오가 건강하게 태어났다.

미소를 명문 사립 유치원에 보내고 자모회에 가입했다. 다들 보는 눈이 있어서 그런지 아니면 호구로 봐서 그런지 대학 나온 의사 부인 제치고 나더러 회장을 하라고 했다. 못 할 것 없었다. 조용했던 우리 집은 자모들의 아지트가 되었다. 그녀들은 가끔 이 말로 기분을 상하게 했다.

"자기는 여왕 같은데 미소 아빠는 꼭 머슴 같아서 둘이 너무 안 어울려!"

나는 우리의 러브스토리를 드라마틱하게 각색해서 들려주고 감동과 부러움을 한 몸에 받았다. 그녀들에게 내 남편이 얼마나 성실하고 유능한 사람인가 알려야 했다.

"우리 슈퍼가 다른 곳보다 가격도 싸고 품질이 좋은 건 전국 생필품 유통구조를 미소 아빠만큼 잘 아는 사람이 없기 때문이야. 미소 아빠하고 한번 거래한 사람은 절대 다른 데 못가. 거기다 남들은 안 하는 배달서비스까지 하잖아. 어때 완벽하지?"

자모들은 남편 슈퍼를 이용했고 애경사가 생긴 이웃들을 소개해 음료수에서 일회용품, 식료품, 포장육에 이르기까지 대량 주문이 쇄도했다.

설자겸을 만나지 말았어야 했다.
필리핀으로 골프 투어만 가지 않았어도
평생 만나지 않았을 것이다.
시간을 거꾸로 돌려놓고 싶다.

이번개가 재빨리 수건을 머리에 두르며 목을 길게 빼고 말했다.
 "어서 오셔유. 아줌니들 시방 콩밭 매러 오셨슈?"
대답 역시 구수하고 느렸다
 "그렇구먼이유~."
 "시상에 무대 올러오다가 날 다 새겄슈."
흰 저고리에 검정 치마를 입고 호미를 든 열한 명의 선수들이 느릿느릿 무대 위로 올라왔다. 갑자기 이번개가 소리쳤다.
 "대전·충청 선수들입니다. 음악 큐!"
전주가 시작되자 선수들은 호미를 놓고 잽싸게 치마저고리를 벗어 객석으로 던졌다. 세련미 넘치는 검정 스키니 의상이 드러났다. 선수들은 미용가위를 이리 돌리고 저리 돌리며 절도 있고 멋지게 가위춤을 추기 시작했다. 찰캉! 찰캉! 찰캉! 금속성 가위소리를 표현한 날카로운 음악과 춤이 절묘하게 어우러져 춤을 추는 사람이나 보는 사람이나 전부 무아경에 빠져들었다.

공중을 누비는 은갈치 지느러미 같은 가위 자취를 보며 나는 저들의 세계에 녹아들지 못하는 것이 가슴에 사무쳤다.

미소가 고1 규오가 중3 되었을 때 성실하고 머리 좋은 남편은 직원 여덟 명을 거느린 식자재마트 사장이 되었다. 온종일 집안에만 있는 내가 안 돼 보였는지 자신을 위해서는 천 원도 쓰지 않는 자린고비가 수줍어하며 각봉투를 내밀었다.
"너보, 이게 뭐야?"
"우리나라에서 가장 좋은 곳이래."
고액 골프 회원권이었다.

캐디가 아닌 고객으로 신분이 바뀌어 골프장에 들어섰다. 만감이 교차했다.

설자겸은 대학교에서 강의도 하고 압구정동에서 미용실을 하고 있었다. 그녀는 나에게 없는 지적인 아름다움을 갖추고 있었다. 견딜 수 없이 부러웠다. 어렸을 때부터 하고 싶던 미용만 하면 나도 저렇게 멋있는 사람이 될 것 같았다.

이번개가 부산을 떨었다.
"속보, 속보예요. 참 안타까운 일이 발생했습니다. 오늘 서울에 있는 모 여고에서 피구를 하다 여학생이 사망하는 사고가 발생했습니다. 그 여학생은 왜 죽었을까요? 맞히는 분께는 십만 원 상당의 화장품을 선물로 드리겠습니다!"
저요, 저요! 여기저기서 손을 들었다.
 "저기, 맨 뒷줄 탁자 위에서 머리와 팔에 휴지 감고 환자 춤 신나게 추던 언니!"
 "공에 맞아서."
 "땡!"
방금 답했던 미용장이 벌컥 화를 냈다.
 "그럼, 뭔데요?"
이번개가 무섭다는 듯 몸을 부르르 떠는 시늉을 하며 말했다.
 "다른 분들은 전부 귀 닫으시고 언니만 들으세요. 답은 네 글자입니다!"
장내는 웃음바다가 되었고 다른 미용장이 손을 번쩍 들고 말했다.
 "금 밟아서!"
 "맞았습니다. 축하합니다!"

나는 설자겸을 못 견디게 닮고 싶고 모든 것을 따라 하고 싶어 생병이 날 지경에 이르렀다. 아이들이 다 커서 허전해서 그런가 했지만 절대 그런 종류가 아니었다. 아무래도 안 될 것 같아 미용실이 하고 싶다고 남편을 졸랐다. 남편이 정색하고 처음 레스토랑에서 만났을 때처럼 책 읽듯 또박또박 말했다.
 "어지간하면 당신이 원하는 것 다 들어 주고 싶어. 하지만 미용실은 안 돼. 미용은 다른 직업과 달리 충분한 경험이 있어야 한다고. 어렵겠지만 마음 접어."

"작은 미용실은 그렇지만 큰 미용실은 달라. 직원들이 다 알아서 한단 말이야!"

"다 알아서 할 만큼 원장 실력이 뛰어난 거야. 안 돼!"

"너보, 나 미용 못 해보면 한이 맺힐 것 같아!"

"지난번에도 말했듯이 불경기라 대형 식당들이 줄줄이 문 닫아서 우리 식자재마트도 힘들어."

"나 미용실 하고 싶어 미치겠어. 너보, 내 소원 좀 들어줘."

"재고가 쌓여서 도산 직전이라니까 그러네."

나는 남편의 뱃살 사이를 헤집고 세게 꼬집어 끝내 승낙을 받아냈다.

미용실 창업 자문을 하려고 골프장에서 만나 친해진 성 원장과 한 원장을 만났다. 미용장인 그들은 대뜸 미용실을 하지 말라고 했다. 죽기 전에 꼭 해보고 싶다며 자격증 없어도 미용실 차릴 수 있다고 들었다니까 프렌차이즈 미용실인 경우라고 했다.

"그럼 나도 프렌차이즈 미용실 하면 되잖아요?"

"프렌차이즈는 본사에서 인테리어하고 비싼 가맹비와 로열 티를 내야 해요."

"여기저기 프렌차이즈 미용실 많은 거 보면 그래도 할 만하니까 자꾸 생기는 거 아닌가요?"

"친한 원장도 프렌차이즈 미용실을 했었는데 3년마다 인테리어 바꿔야 하고 로열 티를 감당하지 못해 폐업해버렸어요. 꼭 하고 싶으면 자격증부터 취득하고 취업해서 헤어디자이너 될 때까지 근무한 뒤에 창업하세요."

"헤어디자이너 될 때까지 얼마나 걸리는데요?"
"대략 5년 정도요."

말도 안 되는 소리였다.

자격증 따는 기간도 못 참겠는데 어떻게 몇 년씩이나 남의 미용실에 근무한단 말인가? 금방 미용실 차리게 될 줄 알았던 나는 바람 빠진 풍선처럼 풀이 죽었다. 남편은 두 미용장 말이 한마디도 틀리지 않다며 빨리 미용학원에 등록하라고 했다. 나는 또 남편 뱃살을 주무르며 콧소리를 냈다.

"미용사 자격증 딸 테니까 바로 창업하게 해줭. 웅?"

합격하자마자 미용 재료 번창사를 찾아갔다. 귀신도 불러 파마를 시킨다는 최강 부장을 만나기 위해서였다. 최 부장이 정중하고 깍듯하게 맞았다.

"원장님, 무슨 일로 오셨나요?"
미용실 원장처럼 보이는 모양이었다. 미용 실력이 없어서 그렇지 외모만큼은 원장감이라는 건 잘 알고 있었다. 아주 기분이 좋았다.

"미용실을 개설하려고요."
최 부장이 반색하며 무릎을 탁! 쳤다.

"마침 목 좋은 미용실이 있어요. 시설이 낡아서 인테리어 새로 하려면 일억이 훨씬 넘을 텐데 그래도 괜찮으시겠어요?"

"좋아요."

최 부장이 잠시 기다리라며 전화를 걸었다.

"원장님, 미용실 보러 오셨는데 지금 갈까요? 네? 지금 하와이에 계신다고요? 그럼, 언제 모시고 뵈러 갈까요? 보름 뒤요? 네 알겠습니다!"

일만 오천 세대 아파트와 일반주택 밀집 지역 중심부 사거리.
계약 평수 100평. 직원 열다섯 명.
권리금 일억. 전세 일억에 월세 오백.
인테리어, 미용기기와 도구 삼억. 오픈 행사 비용 일억.

미용실 '퀸 엘리제 헤어'가 탄생했다.

안팎으로 축하 화환이 뒤덮이고 애드벌룬 세 개가 두둥실 떠올랐다. 인기 상종 가를 치고 있는 미남 영화배우 장스타를 오픈 식에 초청했다. 손님이 밀고 쓸어 일손이 모자랐다. 능력 있는 최 부장이 연봉 일억짜리 헤어디자이너와 스탭 한 명을 득달같이 대령했다. 일일 매출 천만 원을 계속 찍었다. 남편이 탄복했다.

"당신은 손님을 몰고 다니는 특별한 재주가 있는 모양이야. 참 대단해!"

"그러게, 물 묻은 바가지에 깨 달라붙듯 돈이 벌리네. 고마워, 다 당신 덕분이야!"

남편은 식자재마트를 정리해서 내 욕망을 채워주고 아파트 상가에 일곱 평짜리 슈퍼마켓 주인이 되었다.

"성 원장하고 한 원장이 개업 축하해주러 와서 그러는데 미용실

성패는 오픈 날 결정 난다네. 조금만 기다려. 당신한테 식품 유통회사 차려줄게."

이번개가 자세를 반듯하게 하고 목소리를 가다듬었다.
"쌀, 잣, 도자기, 유기그릇의 고장 경기도 선수들이 전국에서 모인 미용장님들께 난타 공연을 선사한다고 합니다!"
말을 마친 이번개는 혀를 길게 내밀어 손바닥에 침을 바르더니 양쪽 옆 머리를 위까지 바짝 쓸어 올렸다가 마구 흩트렸다. 좌중에서 와 - 웃음이 일었다. 북 다섯 개와 꽹과리가 올라오자 장내가 술렁거렸다. 고려 시대 호위무사 복을 입고 요란한 입체 화장한 선수들이 온몸으로 장단 맞추며 북을 치고 꽹과리를 쳤다. 온몸에 소름이 돋고 북채를 휘두를 때마다 심장을 얻어맞는 것 같아 몸이 움찔거려졌다.

나도 미용 인의 한 사람으로 저런 끼와 열정을 풀어내고 싶었다.

참 신기한 일이 일어났다. 그렇게 많던 손님이 하루가 다르게 줄어들어 매출이 뚝뚝 떨어졌다. 얼마 못 가 손익분기점을 넘기지 못하고 적자가 나기 시작했다. 대학생이 된 두 아이 학비와 생활비가 부족했다. 큰일이었다. 최 부장을 찾아가서 하소연했다.
"기술 없는 원장이라고 소문나서 그럴 겁니다."
아픈 정곡을 콕! 찔렀다. 삼천만 원을 들여 이벤트를 했다. 며칠 빤하더니 이내 도루묵이 되었다. 하루하루 피 마르는 나날이 이어졌다.

남편은 그럴수록 미용실에 있으라고 했지만, 손님이 줄자 가기 싫었다. 침대에 누워 뒹굴다 될 수 있으면 자리를 비우지 말라는 성 원장과 한 원장 당부가 떠올라 모처럼 미용실에 갔다.

"손님들 머리할 건 아닐 테고 설마 우리가 돈 떼먹나 감시하러 온 건 아니겠죠?"

김 실장이 노골적으로 무시하며 기분 나빠했다. 다른 직원들 역시 인사 한마디 없이 힐끗거리며 휴게실로 몰려가 참았던 웃음을 터트렸다. 꼭 나를 비웃는 것 같았다. 이런 대접을 받기 위해 골프 회원권까지 팔아 저것들의 월급을 마련했나 싶어 괘씸하고 이루 말할 수 없이 허탈했다. 손님 없는 미용실은 휑- 하니 찬바람이 돌았다. 친화력이 남다른 나였다. 그런 나였지만 유독 미용실 직원들 앞에서는 주눅이 들고 한없이 작아졌다. 참으로 이해할 수 없는 노릇이었다. 고객이 아니라 미용 의자에 앉기도 그렇고 스낵바에 우두커니 혼자 있는 것은 더 우스웠다. 그나마 카운터가 만만한데 내가 온 줄도 모르고 박 선생은 스텝을 데리고 컴퓨터 게임을 하느라고 정신이 없었다. 영국 왕실을 모티브로 한 화려하고 드넓은 공간이었지만 그 어디에도 내 몸 하나 있을 곳이 없었다. 10분을 견디지 못하고 밖으로 밀려났다. 이럴 줄 알았으면 원장실도 만들 걸 그랬다. 지금 만들자니 돈도 없고 모양새만 더 빠졌다.

언젠가 골프 치면서 성 원장이 말했다.

"정치인들 우리 보고 한 수 배워야 한다니까."
한 원장이 맞장구쳤다.
"맞아, 미용장 협회장들은 판공비 전액을 회원 자녀 장학금으로 기부하잖아!"

"이 문디 지금 뭐라카노? 각오 단디해라!"
상념에 잠겨있던 나는 깜짝 놀랐다. TV에서 나는 소리였다.
"대구 선수들이 올라오시네예. 열 분이 곱게 한복을 입고 달 타령을 불러주시겠다 카십니데이."
선수 하나가 이번개를 공박했다.
"이벙개. 니 다른 건 몰라도 대구 사투리는 영 파이다!"
이번개가 손을 비비며 애걸 투로 말했다.
"에이, 그카지 말고 좀 바도!"
달 타령이 시작되었다. 아름다운 한복은 무대를 화려한 꽃밭으로 만들었다. 이번개가 엄지손가락을 치켜들고 흔들었다.
"누부야들 댁기리다!"
선수들은 노래가 끝나자 손에 들고 있던 커다란 달덩이를 무대 아래로 힘껏 던졌다. 달이 갈라지면서 핸드크림이 쏟아졌다. 와-! 장내에 함성과 환호가 동시에 터졌다.

미용실을 시작한 지 아홉 달이 지났다. 직원 열한 명이 그만두는 사이 우리는 집을 팔고 전세로 연립주택을 얻어 이사했다.

미용학원 다닐 때였다. 학원에는 적극적이며 사람 좋아하는 이들로 가득했고 나처럼 전부 미용에 매료되어 있었다. 서로를 알아본 우리는 금방 친구가 되어 신나게 공부하고 맛있는 점심을 먹으러 학원 주변의 식당가를 누볐다. 오전 10시부터 오후 4시까지 꼬박 서서 연습해도 전혀 힘들지 않았다. 즐거운 학원 생활은 합격하면서 다섯 달 만에 끝이 났다. 그때 사귀었던 친구들이 보고 싶어 전화하려는데 전화벨이 울렸다.

혹시 미용실인가 무슨 일 생겼나? 미용실은 아니고 옆 건물 부동산에 근무하는 박 여사였다. 잔뜩 흥분한 박 여사가 따발총 쏘듯 말했다.
 "아무리 원장이 기술 없는 미용실이라지만 어떻게 이런 일이 다 있대? 지금 당장 미용실 나와 봐요!"
단걸음에 미용실로 뛰어갔다. 자동문이 열리자 향내와 뒤섞여 형언하기 어려운 냄새가 코를 찔렀다. 드넓은 미용실에는 아무도 없고 크고 작은 대야들만 어수선하게 흩어져있었다.
 "김 실장 어딨어요. 미용실이 이게 뭐야?"

주방을 들여다보던 나는 깜짝 놀랐다. 직원 여섯 명이 미용실 식비로 김장을 해서 각각 집으로 가져가기 위해 통에 담느라고 정신이 없었다. 손님도 안 받고 꼬박 이틀 동안 김장을 한 것이었다.

김 실장, 박 선생, 임 선생. 셋 다 당장 그만둬!

기술 없는 나는 감히 이 말을 하지 못했다. 그러면 그들은 틀림없이 이럴 것이었다. 그러잖아도 그만두려고 벼르고 있었거든요!

의지할 사람은 최 부장밖에 없었다. 그길로 최 부장한테 가서 미용실을 처분해 달라고 했다.
"규모가 커서 쉽지 않겠지만 최선을 다하겠습니다. 제가 누굽니까 귀신도 불러 파마를 시키는 최강 아닙니까?"
그 후 최 부장은 전화를 받지 않았다. 내일은 월세와 재료비 보내는 날이고 열흘 뒤에는 직원 월급날이다. 돈 나가는 날은 어찌 그리 빨리 돌아오는지 야차보다 더 무서웠다.

"원장니임~, 드릴 말씀 있으니까 빨리 나오세~요."
전화기 속의 김 실장 목소리가 나긋나긋하다. 이제야 직원들과 마음을 나누게 되나 보았다. 언짢았던 마음이 확 풀리고 설레는 마음으로 미용실 문을 열었다. 직원 여섯은 실내조명을 모두 끄고 어둑한 스낵바에 둘러앉아 있었다. 달떴던 마음이 순식간에 찬물을 뒤집어쓴 것 같았다.
"왜 불도 안 켜고 이러고 있어?"
김 실장이 얼굴을 바짝 들이밀며 다그쳤다.
"우리한테 감쪽같이 속인 꿍꿍이가 뭐죠?"
"속이다니? 미용실 내놨다고 했잖아!"
"아, 됐고요. 우리 모두 그만두기로 했으니까 빨리 월급이나 계산해주세요!"

"왜들 이러는데. 손님이 없어서?"

"모르는 척하는 건지 멍청해서 정말 모르는 건지!"

"뭐라고?"

"아까 경매로 건물 매입한 새 주인 왔다 갔단 말이에요. 이래도 잡아뗄 거예요?"

"경, 경매?"

"핸드폰 가게 공사한다고 미용실 당장 철거하래요!"

뒷골에서 폭죽 터지는 소리가 들렸다. 망해도, 망해도. 아주 폭삭 망한 것이었다. 계약하기 전에 최 부장한테 전세 등기하자니까 건물주가 전세 등기해달라는 사람한테는 세를 안 놓는다고 했다. 융자가 많아서 걱정이라고 했더니 요즘 융자 없는 건물 드물다며 걱정하지 말라고 먼저 원장님은 13년이나 했다고 했다. 그때 등기 안 해주면 계약 안 한다고 끝까지 버텼어야 했다. 빨리 미용실을 하고 싶다는 허욕이 불러온 참담한 결과였다.

"아지매요!"

TV도 나를 놀리는 것 같았다.

"우리가 남이가, 자갈치 아지매들 밥 뭇나?"

선수가 주먹을 쥐며 이번개 말을 받아쳤다.

"니 주디 뭉개쁜다."

이번개가 얼른 입을 가렸다 떼며 노랫가락을 섞었다.

"오륙도 돌아가는 연락선마다 ~ ♬. 부산 선수들이 까리뽕삼한 헤어 퍼포먼스를 선사한다고 하시네예."

무대에 일곱 개의 의자가 놓였다. 일곱 명의 모델이 일곱 개의 문으로 들어와 크로스로 장내 워킹을 마치고 의자에 앉았다. 기다리고 있던 일곱 명의 선수가 노련한 손놀림으로 모델의 머리를 땋거나 헤어 피스와 장신구로 작품을 만들었다. 전국의 미용장들은 모두 숨을 죽였고 부지런히 움직이는 열네 개의 손가락만 살아 있는 것 같았다. 갑자기 쾅! 하는 소리와 함께 미용사와 모델이 손을 잡고 일어나 무대를 누비며 쇼를 펼쳤다.

나는 그들과 함께 무대를 도는 착각에 빠졌다.

직원들 소행머리를 생각하면 봉급을 미루어 잔뜩 애를 먹이고 싶었으나 어차피 줘야 할 돈이었다. 돈을 건네자 짐을 챙겨 놓고 기다리고 있던 직원들은 액수를 확인한 뒤 인사도 없이 가버렸다. 직원들이 빠져나간 문을 넋을 잃고 바라보다 한참 만에 셔터를 내리고 미용실 바닥에 큰 대자로 누워 연한 살굿빛 대리석을 손바닥으로 쓸었다. 눈물이 방울방울 떨어졌다.

"여보, 내가 잘못했어. 미소야, 규오야. 고생시켜서 미안해!"

돈 찾으러 은행에 갔다 만난 부동산 박 여사 말이 뼈를 으스러뜨렸다.

"이 자리에서 먼저 하던 원장은 계속 혼자 일했어요."

"그렇게 큰 미용실에서요?"

"크긴요. 다섯 평밖에 안 됐어요. 어느 날 갑자기 가전제품 빠진 자리까지 넓히더니 공짜로 머리를 해주더라고요."

나는 그런 줄도 모르고 권리금을 일억이나 줬다.

"전세 보증금 빨리 받고 빠지려고 권리금 없이 우리 부동산에도 내놨었어요. 우리뿐 아니라 주변 부동산 모두 융자가 많아 위험해서 중개를 안 했거든요."

건물주가 전세 등기 안 해준다고 했을 때 주변 부동산에 물어봤으면 얼마나 좋았을까?

"아하, 돌이켜 보니까 어 원장 속이려고 큰 미용실인 것처럼 위장한 거였네. 남편이 소문난 미용 재료 부장이니까 식은 죽 먹기였겠지 뭐."

이럴 수가! 먼저 원장 남편이 최강 부장이었다.

벼락 맞은 것 같은 충격에서 벗어나지 못하고 앓아누웠다. 남편은 가끔 들어와 먹지 않은 음식을 치우며 말없이 따뜻한 손길로 어깨를 두드렸다. 남편이 나가고 나면 참고 있던 뜨거운 눈물이 쏟아졌다. 전화도 받지 않고 두문불출한 지 보름이 훨씬 넘었다.

전화가 왔다. 전화기를 들고 누군지 확인해 보았다. 국내 굴지의 에이스 골프 송 사장이었다. 통화 버튼을 눌렀다.

"나와 같이 일하지 않을래요?"

송 사장은 미용실 고객이었으므로 내 사정을 훤히 알고 있었다.

"골퍼들의 동반자이자 훌륭한 코치가 돼줬으면 좋겠어요. 어성초 씨는 얼마 안 가 프로 캐디에서 캐디 명인으로 거듭날 인재입니다."

눈앞에 푸른 신호등이 반짝 켜지는 것 같았다.

"근무할 거지요? 빨리 대답해요!"

"남편과 상의한 뒤에 전화하겠습니다."

"기다리고 있을 테니까 세 시간 안으로 답 줘요!"

오랜만에 샤워를 하고 거울을 보았다. 초췌해서 더 깊은 멋을 풍기는 아름다운 내가 웃고 있었다. 빛나는 내 시간을 뒷전에 두고 남의 시간을 탐낸 것이 부끄러웠다.

미용학원에서 만난 용례의 뭉툭한 손가락이 눈앞을 오갔다. 용례는 미용실 근무 경력이 30년 넘었지만, 자격증이 없었다. 초등학교 졸업과 동시에 읍내에 있는 미용실에 보조로 취직해 원장 아들을 업은 채 바닥 쓸고 기저귀까지 갈며 기술을 배웠다. 용례는 몇 년 뒤 모든 단골의 머리를 할 수 있는 미용사가 되었다. 원장은 아예 미용실을 용례한테 맡겨버리고 나오지 않아 자격증 딸 겨를이 없었다. 용례는 자격증을 취득하면서 곧바로 미용장 공부를 시작했다. 10년 지나면 시험 볼 수 있다면서.

용례의 시간 30년. 새삼 그 시간의 얼굴이 빛나고 아름다워 보였다. 꽃잎처럼 져버린 영은이도 생각났다. 영은의 삶이 아깝고 아파서라도 남이 쌓은 시간의 얼굴을 탐내지 말았어야 했다.

이 기쁜 소식을 남편한테 빨리 전하고 싶었다. 남편은 계단 밑 창고에서 양배추를 꺼내다 나를 보고 깜짝 놀랐다.
 "기운 없는데 뭐 하러 나왔어?"
힘이 없어 계산대 의자에 풀썩 주저앉았다. 남편이 따뜻한 대추 생강차를 들려줬다.
 "내 갈 길이 이렇게 따로 있는데 뭐에 홀려 왕창 손해만 보고. 당신한테 정말 면목이 없어."
 "무슨 소리야 잘해보려다 그렇게 된 거지."
 "너보. 죽으라는 법은 없나 봐. 캐디로 근무하라고 골프장에서 러브콜 받았쩌!"

기뻐할 줄 알았던 남편은 뜻밖으로 얼굴색이 변하면서 안 된다고 했다.
 "가까워서 집에서 출퇴근해도 돼. 몇 달 지나면 월 칠백 이상 벌 수 있어."
 "없었던 일로 하고 당분간은 아무 생각 말고 건강부터 회복하자. 응?"

골프장 근무를 반대하는 남편을 이해할 수 없었다.

이번개는 갑자기 당차면서도 지적인 여자 목소리로 말했다.

"여기는 대한민국의 심장. 수도 서울입니다. 서울 선수 다섯 분이 올라오고 계십니다. 어서 오십시오."

무대에 이젤 다섯 개가 놓이고 그 위에 200호짜리 대형 캔버스가 올려졌다. 손에 붓과 팔레트를 든 다섯 선수가 등장해 능숙한 솜씨로 캔버스에 헤어스타일을 드로잉했다. 열정적으로 그림 그리는 모습도 하나의 예술작품 같았다. 놀라운 것은 습식 드로잉을 5분 만에 완성한 것이었다. 조선 시대의 화려한 가체 스타일, 로코코 시대 마리 앙투아네트의 헤어스타일, 범선을 올려 장식했던 로코코 시대 헤어스타일, 레이스를 주름 잡아 장식했던 바로크 시대 퐁탕주 헤어스타일, 그리스 여신 파마 스타일이 압도적인 모습을 과시했다.

선수들이 붓과 팔레트를 놓자 캔버스 뒤에서 그림과 똑같은 헤어스타일을 한 모델들이 나와 선수 손을 잡고 워킹을 시작했다. 장내에 있던 미용장들이 함성을 지르며 열렬하게 환호했다.

내가 꿈꾸던 바로 그 세계였다.

성 원장과 한 원장이 말했었다. 미용 시작하고 수십 년 동안 다섯 시간 이상 자본 적 없이 공부했다고. 내가 미용에 바친 시간은? 헛된 욕망에 정체성을 잃어버리고 타인들의 시간 위에 모래로 탑을 쌓으려다 와르르 무너진 것이었다. 갑자기 심술이 나서 발을 버둥거리며 소리쳤다. 그래, 내가 졌다 이것들아. 잘 먹고 잘살아라!

문갑에서 미용사 자격증을 꺼내 입을 맞추고 품에 꼭 안고 말했다.
"안녕 미용사!"
자격증을 가위로 먼지가 될 때까지 잘랐다.

"어서 옵서예. 제주도 선수는 몇 명이나 왔쑤과?"
남편이 또 들어 왔다.
"왜 또?"
"송 사장한테 근무 안 하겠다고 전화했지?"
"제발 이 프로그램이나 끝나거든 이야기하자. 좀!"
신경질을 부리자 남편은 미용이라면 넌더리도 안 나느냐며 TV를 꺼 버렸다. 속이 부글거렸지만 부드럽게 남편 뱃살을 쓰다듬기 시작했다. 아까처럼 뿌리치지는 않았다. 기대감에 콧소리로 애교를 떨었다.

"송 사장이 나한테 신입 캐디 교육도 맡아 달랭. 나 꼭 하고 시포."
"미소 엄마. 내 말 잘 들어. 요즘 캐디들은 다 대학 나와서 체계적인 사고방식을 갖추고 있어. 그런 사람들한테 주먹구구로 익힌 기술을 어떻게 가르칠 건데? 미용실 직원들한테 당한 것으로 모자라 후배 캐디들한테까지 까이고 상처받아야 속이 시원하겠어?"
"미용은 초보지만 캐디는 프로자낭. 나 잘할 수 있어. 너~봉!"
"이 답답한 사람아. 당신은 30년 전의 당신이 아니야!"
"걱정하지 마. 골프 치러 다니면서 나이 먹은 프로 캐디들 잘나가는 거 내 눈으로 똑똑히 봤자낭~"
"그 사람들은 쉬지 않고 계속했으니까 그렇지."

"이 나이에 이 상황에 일자리 있다는 건 행운이나 다름 없쩡. 근무하다 아니다 싶으면 그만두면 되~자낭~!"
"아까 분명히 말했다. 골프장 근무하려면 이혼 도장 찍고 하라고!"

배에서 안 떨어지려는 내 손을 떼어 팽개친 남편은 문을 쾅! 닫고 나가버렸다. 결혼 후 처음 접한 거칠고 냉정한 태도였다. 한동안 손가락 하나 까딱하지 않고 남편의 반대와 아이들 학비를 곱씹었다. 천천히 송 사장 전화번호를 눌렀다.

"사장님, 어성초입니다!"

終

- 2021년 문학시대 가을호 등단 작품

파라다이스 별곡

– 파라다이스에 오신 것을 환영합니다 –

문을 밀고 들어서던 일행은 세상에 이런 곳이 다 있구나! 감탄했다. 전망과 시설이 뛰어나 말 그대로 파라다이스였기 때문이다. 남자 직원이 정중하게 김을 5호 방으로 안내했다.
– 뭐해, 얼른 물 받아오지 않고?
– 네? 아, 네.
당황한 김은 앞다투어 내미는 물병을 들고 로비 중앙에 있는 정수기 앞으로 갔다. 양 선생이 사나운 표정으로 소리쳤다.
– 지금 뭐 하는 거예요. 누가 물 받으래요, 누가?
아, 이럴 땐 어떡해야 하나?

〈55세 강복임 님〉
– 어디 불편한 데 없으세요?
– 시, 시끄러!
님은 만사가 불만투성이였다. 관심과 사랑을 절실하게 갈구하기 때문일 것이다. 저럴수록 더 따뜻하게 대해야겠다. 권사님이 손을 저으며 성질이 못돼서 그러니까 아예 아는 체를 하지 말라고 했다.

⟨79세 김홍금 님⟩
도도한 눈빛이었다. 근엄한 왕의 눈빛? 아니면 모든 동물을 얕잡아 보는 사자의 눈빛? 흔들림 없이 강렬하게 파고들어 마주보기가 버겁다. 벽에는 3년 전에 오일파스텔로 그린 추상화가 걸려있었다. 어둡고 칙칙한 색만 골라 힘껏 내리찍어 뭉툭하고 짧은 선들이 끊임없이 방향을 바꾸며 회전하고 있다. 절망을 축소하고 또 축소해도 희망이 보이지 않자 아예 체념해 버린 것을 표현한 것 같았다. 혹시 화가였느냐고 물었더니 미동도 하지 않았다.
- 제가 뭐 도와드릴 거 없나요?
그 물음에 대한 대답 역시 없다. 전신마비에 언어장애도 있는 것 같았다. 어쩌나, 24시간 꼼짝하지 못하고 같은 자세로 누워있으면 욕창이 생길 텐데!

⟨89세 양한수 님⟩
침대 위에 무릎 세우고 앉아 그사이에 얼굴을 묻고 있다. 몹시 슬퍼하는 것 같아 조심스럽게 어깨를 감싸며 왜 그러느냐고 물었다. 사흘이 지나도록 말도 못 붙이게 하더니 웬일로 거부하지 않고 순하게 대답했다.
- 속상해서.
- 무슨 일인데요?
- 나는 남자처럼 머리 짧은 게 제일 싫어. 그런데 머리 안 깎는다고

떼로 달려들어 지랄하잖아.

- 지금도 짧은데 또 자르라면 당연히 싫으시죠. 걱정하지 마세요. 제가 편들어드릴게요.

님은 고맙다며 김의 두 손을 덥석 잡았다.

- 어머나 손이 너무 차요. 소화는 잘되세요?

- 내 손이 찬 게 아니라 니가 열이 많다!

- 하하, 그런가요?

기분이 풀린 양한수 님은 활짝 웃으며 이불 속에 고이 감춰두었던 신을 꺼내 신었다. 담당인 조 선생이 아무리 말려도 듣지 않았다. 님은 두 손으로 공들여 머리를 매만지고 흐트러진 침상을 각 잡아 완벽하게 정리한 뒤 밖으로 나갔다. 직원들이 염려하고 통제할 때는 그만한 이유가 있을 것이다. 눈치채지 못하게 따라갔다. 님은 미용 봉사가 한창인 유희실을 몇 바퀴 돌더니 번개같이 머리카락 한 움큼을 주머니에 넣고 화장실 쪽으로 갔다.

화장실 건너편 응접실 가리개 뒤에는 갖은 잡동사니와 대형 행거가 있고 여기저기 김 일행의 옷과 소지품이 웅크리고 있다. 첫날 남자 직원이 안내할 때 도벽 있는 분이 있으니까 지갑과 귀중품은 반드시 사무실에 맡기라고 했다. 님은 어두운 응접실로 들어가 가리개를 걷고 구석구석에 놓인 일행의 주머니와 가방을 샅샅이 뒤졌다. 김은 긴장해서 마른침을 삼켰다. 다행히 걱정했던 일은 일어나지 않았다.

님은 응접실 점검이 끝나자 곧바로 휴게실로 가서 커다란 소파 등받이 밑에 머리카락을 감췄다. 도벽이라고 오해받을 수 있는 저장강박증이었다. 님이 낮잠 들기를 기다렸다가 팀장과 휴게실로 갔다. 여러 개의 소파 등받이 밑에는 노란 고무줄, 무침 주사기, 머리빗, 사무실에서 잃어버렸다는 서류, 과자부스러기, 먹다 남긴 썩은 고기 조각 등속과 아무리 찾아도 없던 님의 이름이 붙은 물병이 있었다.

〈84세 황입분 님〉
비대한 몸집이었다. 피둥피둥 살찐 눈가에 눈물이 허옇게 말라붙어 닦아도 되겠느냐고 물었더니 상관하지 말라고 기분 나빠했다. 권사님이 그이도 성질이 사나우니까 건들지 말라고 했다. 황입분 님은 눈을 치뜨며 내가 뭘? 하고 버럭 소리를 지르며 돌아서는 김을 불러 가래 뱉은 휴지 뭉치를 건넸다.
- 그거 이쪽으로 끌어다 놓고 버려!
청소부가 바닥 닦을 때 밀려난 쓰레기통이 계속 신경에 거슬렸던 모양이었다. 알맞은 자리로 옮겨 놓고 이제 됐지요? 하고 눈을 찡긋하니까 못 볼 꼴을 본 듯 혀를 차며 외면했다.

일지 쓸 때 부원장과 팀장이 주고받는 말에 의하면 석 달 전에 입소했는데 아들이 집을 팔아 돌아갈 곳이 없다고 했다. 늙고 병든 것도 서러운데 얼마나 충격이 컸을까? 생면부지 낯선 곳에서 마음에 안 드는 사람들과 함께 지내야 하는 것이 가장 힘들 것이다. 요양보호사들은 화장실 출입을 할 수 있는 데도 시간 맞춰 거친 손길로 기저귀를 갈아 채우며 걷다 넘어지면 큰일 나니까 가만히 누워있으라고 강요했다. 님은 갈수록 다리에 힘이 빠져 부들부들 떨리고 일어서기 힘들었다.

⟨91세 손명자 권사님⟩
무슨 질환인지 모르지만 30분 이상 이동 변기에 앉아 오줌을 누며 올빼미처럼 방 안 동태와 오가는 사람들을 지켜보고 실시간으로 생중계했다. 김이 김홍금 님 침대 시트를 정리하는데 권사님이 불렀다.
- 아나, 이거!
권사님은 소변 뒤처리한 누런색 휴지가 잔뜩 들어있는 커다란 비닐봉지를 건네며 눈에 띄지 않는 구석에 놓으라고 했다. 이건 손수 하셔야 합니다! 거절하고 싶었지만, 거동이 불편한 것을 감안해서 시키는 대로 했다.
- 하나님, 인간의 죄를 용서하시고 지상천국에 살게 해주셔서 감~사합니다. 할렐루야! 김 선생 고마워. 복 받을 거야!
거절하려 했던 것이 부끄럽다. 권사님은 감격에 찬 얼굴로 편하게 숨 쉴 수 있는 것에 대해, 음식을 배불리 먹을 수 있는 것에 대해, 불편하지만 움직일 수 있는 것에 대해, 모든 직원의 수고에 대해 끊임없이 소리 높여 찬미했다. 최강의 긍정적 사고였다. 다들 신경이 날카로운 상태라 시끄럽다고 불평할 만도 한데 신기하리만큼 언짢아하지 않았다. 전폭적으로 동의하기 때문일 것이다.

할 일이 없다. 짧은 순간의 무위를 견디지 못하는 김이었다. 집에서라면 낮잠을 자거나 게임에 빠져 있을 것이다. 의자가 없는 이곳은 핸드폰 사용을 허락하지 않았다. 권사님이 자기 침대에 걸터앉으라고 했지만 사양했다. 상황실에서 모니터를 통해 각 방을 지켜보다 일어나라고 방송하기 때문이었다. 휴지를 깔고 잠깐이라도 앉고 싶어 사각지대가 어디일까 살펴보았지만 알 수 없어 포기하고 강복임 님 침대로 갔다. 구석으로 미끄러지며 마비된 쪽 웃옷이 잔뜩 말려 올라가 허연 배가 온통 드러나 있다.
- 옷 펴 드릴까요?
손을 뿌리치며 잔뜩 찡그렸다. 권사님이 변기에서 일어나며 말했다.
- 친절할 필요가 없는 사람이라니까 그런다. 아까 그 봉투나 가져와!

양한수 님이 또 시무룩한 채 침대로 올라가 무릎 사이에 고개를 묻었다. 조금 전 카운터 안에 있는 의자를 꺼내 식탁으로 옮겼다고 직원들한테 지청구를 들어서다.
- 왜 그러셨어요?
- 밥 먹을 때 부족할까 봐 그랬다.
속마음을 헤아려주지 않아 많아 섭섭했겠다고 위로했더니 금방 기분을 회복하고 다시 밖으로 나갔다. 부지런해서 탈이라는 직원들 불만이 또 터졌다. 정수기 밑에 물방울 떨어진 것을 행주로 닦았기 때문이었다. 님이 발을 구르며 항변했다.
- 누구 지나가다 미끄러질까 봐 그랬다. 왜?
- 그래서 밀걸레 가져왔잖아요. 고새를 못 참으면 어떡해요. 제발 방에 가서 가만히 좀 계세요!

님은 쉬지 않고 부지런히 움직여 아픈데 없이 지극히 건강했다. 눈에 띄는 대로 비뚤어진 탁자를 바로잡고 먼지 부스러기를 주워 청결을 도왔으나 칭찬은커녕 상추밭에 똥 싼 강아지 취급만 받았다. 귀찮아 할 게 아니라 가족들과 상의해서 소일거리를 제공하고 칭찬과 좋아하는 간식 등으로 적절한 보상을 하면 어떨까?
- 댁이 이 근처 어디라고 하셨지요?
- 응. 바로 조기!
님은 냉큼 침대로 올라가 창밖을 내다보며 자랑스럽게 손가락으로 아파트를 가리켰다.

- 가까운 곳에 대형 슈퍼마켓도 있고 백화점도 있고 위치가 아주 좋은데요.

님은 이내 흐느끼기 시작했다. 돌아갈 집이 없어도 막막하지만, 눈앞에 집을 놔두고 갈 수 없는 것도 견딜 수 없이 안타깝고 애달플 것이다. 다정하게 어깨를 감싸안고 토닥였다. 김은 자기 어머니를 보는 것 같아 가슴이 짠했다. 어머니도 시설에서 지낸다면 인지 기능이 돌아올 때마다 이렇게 슬퍼할 것이었다.

직원이 점심 식사 준비를 하라고 했다. 식사라는 말에 죽은 듯이 눈을 감고 누워있던 강복임, 김홍금, 황입분 님이 반짝 눈을 떴다. 첫날은 그게 무슨 말인지 몰라 어리둥절했다. 친절한 권사님이 또박또박 알려줬다. 먼저 침대를 올려 편하게 앉히고 발치에 있는 식탁부터 펴. 목에 턱받이를 두르고 그 턱받이 자락으로 식탁을 전부 덮고 나서 식판을 그 위에 놓으면 음식을 흘려도 턱받이로 떨어져 옷과 침상이 깨끗해.

양한수 님은 카운터 앞에 있는 식탁으로 나가고 강복임 님은 김이 가까이 오는 것이 싫어서 잔뜩 찡그린 채 마비되지 않은 왼손으로 허겁지겁 반도 더 흘리며 수저질을 했다.

김홍금 님은 떠먹여야 했다.
- 식사 시작할까요?
님은 표정 없이 고개만 끄떡했다. 국을 떠서 온도를 확인하고 입에 넣었다. 다른 날과 달리 미간을 잔뜩 찌푸리며 못마땅해했다. 의아해하고 있는데 느닷없이 오른손을 뻗어 수저를 빼앗더니 놀라서 입을 벌리고 있는 김을 왼손으로 확 밀어내고 능숙하게 밥을 먹기 시작했다.

손이 마비된 게 아니었다. 온전히 두 손을 쓸 수 있는데 왜 그동안 스스로 식사하지 않았을까? 수저질하는 모습이 보기 좋다며 뭐 부족한 거 없느냐고 물었더니 손으로 물병을 밀었다. 따끈한 물 한 병을 가져오자 벌컥벌컥 남김없이 마신다. 더 먹고 싶어도 말을 하지 못해 식사가 부족한 것 같았다.
- 사무실에 식사량 늘리라고 보고할까요?
긍정이든 부정이든 고갯짓으로 보낼 신호를 기다리는데 뜻밖의 반응이 돌아왔다.

― 싫어, 맛없어. 죽지 못해서 먹는 거야!

또렷하고 엄격한 말투였다. 김이 깜짝 놀라자 재빨리 형형한 눈길을 돌렸다. 말도 할 수 있었던 것이었다. 닷새 만의 일이었고 그 후 다시는 입을 열지 않았다. 님은 어쩌면 걸을 수 있을지도 몰랐다.

황입분 님 입가에 음식물이 잔뜩 묻어 있다. 닦아주려니까 내버려 두라고 화를 내며 베개 밑에 있는 휴지나 달라고 했다. 베개를 들치자 몇 번씩 써서 얼룩진 휴지가 서로 엉겨 붙은 채 수북하게 쌓여 있었다. 손대기가 망설여져 그중 깨끗한 것을 고르다 새 휴지를 떼어 건넸다. 님은 식탁을 두드리며 화를 냈다.

― 썼던 것 달랬잖아! 땅을 파봐라, 휴지 한쪽 나오나?

님은 6·25 전쟁 때 여덟이나 아홉 살 정도였을 테고 전후 불모지에서 삼순구식하며 굶어 죽어있는 시체를 목격했을 수도 있다. 이날까지 궁핍에서 벗어나기 위해 악착같이 일하고 지독하게 아꼈을 것이다. 비위생적인 습관이라고 단정하기보다는 환경의 이해가 우선이었다. 김이 공손하게 사과했다.

― 근검절약을 되새기고 본받아야 하는데 제 생각이 짧았습니다.

황입분 님은 김의 사과가 끝날 때까지 수저질을 멈추었다. 진심이 받아들여져서일까? 식사가 끝나고 새 휴지를 한쪽 떼어 턱을 닦아도 제지하지 않았다.

권사님은 식사 때마다 밥과 찬을 식판 가득 담게 하고 개인 냉장고에서 간장게장을 꺼내오라고 했다. 그러고는 과하다 싶게 밥 위에 게장 국물을 끼얹었다. 그 위에 감사의 말을 끼얹었고, 신나게 노래 교실에 다니던 지날 날을 아주 많이 끼얹어 한 시간 넘도록 식사를 했다.

강복임 님은 반찬이 맛없다고 투덜거렸다. 김이 어떤 게 마음에 안 드느냐고 다가가니까 기다렸다는 듯 명령했다.
- 징, 징하게 심들다. 밥, 밥 좀 멕여봐라.
국에 만 밥을 한 수저 떠주자 널름 받아 그대로 김의 얼굴에 품으며 소리쳤다.
- 나, 나가 생쥐가니. 맨밥만 멕이게. 반, 반찬은 애꼈다 지, 지사 지낼래?
두부조림을 잘라 얹자 또 소리쳤다.
- 커, 커서 아, 아가리 찢어지겠다!
마음먹고 생트집을 잡는 것이었다. 큰 소리가 나자 팀장과 담당 요양보호사가 달려왔다. 강복임 님은 언제 그랬느냐는 듯 입을 딱딱 벌리며 말했다.
- 여, 여그는 반찬이 참, 참말로 맛, 맛나!

그 까칠한 성격에 아부까지 한다.

님은 어느 날 갑자기 반신불수가 되어 침이 줄줄 흐르고 말도 어눌해졌으나 마음은 현실과 반대라 괴로웠다. 살이 많이 쪄서 도무지 믿기 어려웠지만, TV에 소개된 유명한 댄스강사였다. 김은 밥을 다 먹이고 흘린 음식물로 범벅이 된 앞치마를 세탁실로 가져가기 위해 두르르 말았다. 언제 들어왔는지 담당 요양보호사가 앞치마를 가로채더니 탁탁 오염물을 털어내고 사물함 위로 던지며 소리쳤다.

— 저녁 식사 때 또 써야지요. 더럽다고 매번 빨면 우리 지쳐 죽어요!

김홍금 님이 손짓으로 눕겠다고 했다. 힘들겠지만 소화될 때까지 조금만 더 앉아 있자니까 고개를 끄떡했다. 근엄한 표정과 달리 말을 들어줘서 고마웠다. 투약이 끝나고 이름 적힌 칫솔과 컵을 배분했다. 덜컥덜컥! 여기저기 틀니를 빼서 양치 그릇에 넣는 소리가 들렸다.

연분홍색 틀니는 볼 때마다 소름이 끼치고 비위가 홀떡 뒤집혔다.

오전 10시 30분. 큰 키에 몸집 좋은 김홍금 님이 목욕을 마치고 돌아왔다. 이동 침대에서 침대로 옮기기 위해 김과 요양보호사 세 명이 둘씩 마주 서서 방수포를 들었다. 꿈쩍도 하지 않았다. 요양보호사 한 명이 바빠 죽겠는데 이런다고 신경질을 부리며 장화도 벗지 않고 침대 위로 뛰어 올라가며 소리쳤다.

— 하나, 둘, 셋!

구령과 함께 김홍금 님 몸이 철퍼덕! 소리를 내며 던져지듯 옮겨졌다. 김의 가슴이 철렁 내려앉았다. 입소자가 파라다이스에 오래 묵을수록 말이 없어지는 이유를 한 번 더 확인하는 순간이었다. 김은 언니가 왜 목숨 걸고 어머니를 시설에 모시자는 걸 반대하는지 조금은 알 것 같았다.

그렇다면 앞으로 어머니는 어떡해야 하지? 눈앞이 캄캄했다.

간호사가 멸균 솜과 마른 수건을 주며 김홍금 님 발가락 사이를 소독하고 바짝 건조 시키라고 했다. 흠씬 젖은 발가락 사이에서는 순두부 같은 허연 곱이 끊임없이 나왔다. 일주일에 한 번씩 목욕을 시키는데 어떻게 이럴 수 있을까? 세 번째 발가락 사이를 닦을 때 고약한 냄새가 물씬 풍겼다. 멸균 솜을 다섯 번 갈아도 코린내가 가시지 않아 발가락을 벌리고 자세히 들여다보았다. 살찐 발가락 안쪽 깊숙한 곳이 새까맣게 썩어있었다. 권사님 칭찬에 웃느라고 정신없는 간호사를 불렀다.
- 발가락 사이에 상처가 있어요.
- 그러니까 손질하라는 거죠.
- 손질이 아닌 처치가 필요한 것 같아요.
- 그건 내가 판단합니다!
간호사는 자존심이 상했는지 쌩하니 나가버렸다. 보고를 받았으면 상처를 확인하고 그에 맞는 치료를 해야지 이건 분명한 직무유기였다.

권사님이 변기에 앉으며 김을 불렀다.
- 나 여기 있을 때 담요만 반듯하게 펴줘.

담요를 잡아당기자 밀린 방수포가 바닥까지 내려가 있었다. 이불을 걷어 휠체어에 실어놓고 방수포와 담요를 걷었더니 더러운 침대 시트가 한쪽 구석에 똘똘 뭉쳐 있었다.

- 배겨서 통 잠을 못 잤어. 손댄 김에 그것도 바꿔 줘!

벗긴 시트를 들고 비품실로 갔다. 양 선생이 누구 맘대로 시트를 바꾸느냐며 꾸짖었다.

- 쓸데없는 오지랖 떨어 꼭지 돌게 하지 말고 시키는 일이나 제대로 해요 좀!

신나게 하늘을 날다 유리 가림막인 줄 모르고 머리를 부딪친 까치의 심정이 이럴까? 약이 오르고 묘하게 자존심이 상했다.

침대 위로 올라가 잔뜩 구겨진 시트를 잡아당겨 펼쳤다. 매트리스를 감싸야 하는데 침대가 벽에 바짝 붙어있고 바윗덩어리처럼 무거워 꼼짝도 하지 않았다. 겨우 시트 한 귀퉁이 집어넣었을 뿐인데 손등이 벌게졌다. 비지땀을 흘리며 쩔쩔매는 김에게 권사님이 말했다.

- 직원들은 눈 깜짝할 새에 해치우던데 그까짓 것도 못 해?

김이 발끈했다.

- 그렇게 잘하는 직원들 놔두고 왜 나를 시키세요? 힘들어 죽겠단 말이에요!

권사님 목소리가 금방 처연해졌다.

- 정신없이 바쁜 사람들한테 어떻게 이런 것까지 시켜. 불편해도 내가 참아야지.

이 눈치 저 눈치. 이 사람한테 이 아부, 저 사람한테 저 아부. 권사님은 언짢은 일에도 오로지 감사를 외치며 감정을 다스렸던 것이었다. 겨우겨우 정돈을 마쳤다. 무거웠던 이유는 침대 매트리스 위에 두꺼운 욕창 예방 매트리스가 깔려 있어서였다.
- 김 선생 고마워, 하이고 하나님 감사합니다. 이 여린 손길에도 축복을 내려 주시옵소서. 아멘!

건물 한 층 아래 있는 파라다이스 주간보호센터로 가는 날이 돌아왔다.

낯선 이름, 낯선 공간, 낯선 사람! 이곳에서는 어떤 일이 기다리고 있을까? 주간보호센터는 파라다이스 요양원과 경영자가 달랐고 60~96세 사이의 남녀 어르신 50명이 오전 9시에 왔다가 오후 4시 30분에 돌아갔다. 자녀가 늦게 퇴근하는 경우는 저녁 식사도 제공했다.

대부분 거동이 불편했으나 집에 있어서 그런지 안정적이며 자신감이 있고 여유로웠다. 벽에 걸려있는 대형 TV에서 내 나이가 어때서라는 노래가 흘러나왔다. 모두 어깨를 들썩이며 따라 부르자 실장이 다가왔다.
- 김 선생. 박수만 치지 말고 어서 노래도 해요.
- 노래를 못해서요.
- 못 하는 게 어디 있어? 이 일 하려면 노래도 잘 불러야지!
나는 이 일 안 할 건데! 살짝 반감이 들었지만 내색하지 않고 차라리 춤을 추겠다고 했다. 실장이 리듬을 타며 좋다고 했다.

간식타임이 끝나고 사회복지사가 지시하는 대로 여러 가지 재질로 만들어진 각양각색의 퍼즐을 지정한 책상에 놓았다. 85세 송인수 님이 갑자기 일어나 넘어질 듯 비틀거리며 뛰어나갔다. 센터장이 김에게 빨리 따라가라고 했다. 님은 긴 복도를 지나 드넓은 시청각실로 가며 애타게 엄마를 불렀다.
- 엄마, 울 엄마 어디 있어?
김이 부드럽게 말했다.
- 집에 계세요.
- 그래? 그럼, 빨리 집에 가자!
실내 산책코스를 몇 바퀴 거쳐 센터로 돌아왔다. 님은 그새 엄마는 깨끗하게 잊어버리고 네 조각 짜리 초 간단 퍼즐을 맞추기 위해 쩔쩔매기 시작했다.

체조에 이어 일곱 가지 건강 박수를 치고 기도한 다음 점심 식사가 시작되었다. 음식물을 씹지 못하는 저작 장애가 있으면 다진 반찬이, 입병이 났거나 삼킴 장애가 있으면 죽이 나왔다. 요양원과 달리 턱받이를 해주지 않고 떠먹이지 않아 여유로웠다. 창밖으로 시선을 옮기자 부신 햇살 너머로 유유히 흐르는 한강이 보였다. 실장이 김의 곁으로 바짝 다가서며 말했다.

- 식사 시간 참 평화로워 보이지요? 우리는 이 시간이 가장 긴장돼요.

- 아니, 왜요?
- 자칫하면 사레들리고 목이 막혀 질식하는 사고가 발생하니까요. 김 선생도 한눈팔지 말고 잘 살피세요.

김이 깜짝 놀라 얼른 자세를 고쳤다.

- 또 하나. 이름 끝에 님자를 붙이던데 그건 존칭이 아니에요. 어머니 아버지, 할머니 할아버지도 마찬가지고요. 어르신이라고 해야 맞습니다.
- 어르신이라는 포괄적인 호칭보다 젊은이 대접받는 것 같다고 굉장히 좋아하시던데요.

실장은 듣기 싫다는 듯 머리를 흔들며 목소리를 높였다.

- 아, 됐고요. 여기서는 무조건 어르신이라고 하란 말이에요!

아무리 실습생이지만 한가지쯤은 마음대로 할 수 있는 거 아닌가? 끝까지 님자를 붙일 것이었다. 마음은 그랬지만 알았다고 시원하게 대답했다.

30분 낮잠 시간이 끝나고 청·백으로 나누어 알록달록 커다란 팥 주머니 던지기를 했다. 그 게임이 싫은 팀은 바둑알을 걸고 고스톱을 했다. 여기저기서 탄성이 터져 센터 가득 생동감이 넘쳤다.

10년 전 아버지가 갑자기 돌아가셨다. 혼자 남은 어머니는 아버지 부재를 받아들이지 못하고 우울증에 시달렸고 우울증은 슬그머니 치매로 이어졌다. 어머니가 수상해지자 언니는 곧바로 자신의 집으로 모셔 갔다. 얼마 지니지 않아 언니는 전생에 어머니한테 진 빚이 얼마나 많으면 이러냐고 넋두리를 했다. 그때마다 김은 단호하게 요양원에 모시자고 했다. 언니는 내 혈육이라도 감당이 안 되는데 남은 오죽하겠느냐며 어머니를 천덕꾸러기로 만들 수 없어 절대 안 된다고 했다.

지난 2월 김이 퇴직했다. 언니는 기다리고 있었다는 듯 어머니를 모시고 왔다.
– 딱 6개월 만이야. 직접 모셔봐야 내 고충을 알지!

언니는 김의 집 방문과 화장실 문 잠금장치를 떼고 현관문 안팎에 커다란 자물쇠를 달았다. 어머니는 잠깐씩 맑은 정신이 돌아왔다. 그럴 때면 현관문을 열고 밖으로 나갔고 몇 발짝 안가 돌아오는 것을 잊었다. 언니는 집안의 모든 수도는 반드시 중간 밸브를 잠가야 한다고 신신당부했다. 그러지 않으면 수도꼭지를 틀어 아파트 전체에 물난리가 난다고.

김의 집에 온 어머니는 점심도 먹지 않고 온종일 잠만 잤다. 어떻게 사나 걱정했었는데 이 정도면 함께 살만하므로 적이 안심되었다. 저녁때가 되었다. 어머니는 맑은 눈을 뜨고 일어나 밥을 맛있게 먹었다.

설거지를 끝낸 김이 양치와 샤워를 마치고 나와 보니 어머니는 냉장고를 열고 부지런히 냉동식품을 냉장실로 옮기고 있었다. 과일과 채소가 보이지 않아 어디에 뒀냐고 물었더니 해맑은 표정으로 모른다고 했다. 집안을 샅샅이 뒤져보니 이불 속에 있었고 반찬과 김치는 옷이 가득 들어있는 서랍장에 쏟아부어 김을 경악하게 했다.

김은 언니가 생색내기를 좋아하고 과장해서 넋두리한다고 아니꼽게 여겼었다. 그런데 그게 아니었다. 하루가 채 안 지났는데 벌써 진저리가 쳐졌다. 언니는 어떻게 10년 가까이 어머니와 함께 살았을까? 김은 이튿날 아침 일찍 냉장고와 신발장, 서랍장, 옷장에 잠금장치를 달았다. 잠시 들른 언니가 퍼부었다.

— 어머니 장난감과 먹을거리를 모조리 빼앗으면 어떡해? 어지르면 치우면 되잖아. 구십이 내일모레인 어머니가 앞으로 사시면 얼마나 사신다고? 이건 빨리 돌아가시라고 등 떠미는 것과 똑같아. 이 피도 눈물도 없는 냉혈녀야!
— 나한테 뭘 더 기대하는데? 나는 인정이 차고 넘치는 언니와 다르거든!

집안의 불이란 불이 모두 켜져 있어 신경이 곤두서고 어머니가 설레발을 쳐서 한숨도 못 자고 두 번째 밤을 맞았다. 피곤한 데다 언니까지 울면서 돌아가 사뭇 뒤숭숭했으나 말썽이 될 만한 것들을 모두 원천 봉쇄해서 어쩌면 쉽게 잠들 것 같기도 했다. 준비했던 안대를 쓰고 누웠다.

놀잇거리가 없어진 어머니는 밤 이슥토록 집안을 끊임없이 배회하더니 입은 옷과 이불자락을 이로 물어뜯고 손으로 찢어발기기 시작했다. 그러다 갑자기 생각난 듯 기저귀를 잡아 빼고 간신히 잠든 김을 마구 흔들어 깨우고 물었다.

– 언니, 이게 뭐예요?

– 뭔데 그래요 ~ ?

잠에 취해 가까스로 눈을 뜬 김은 어머니 손에 들린 똥을 보고 기절초풍을 했다.

– 더럽게 이게 뭐 하는 짓이에요? 그리고 내가 왜 언니야. 엄마 딸이지. 제발 정신 좀 차려요!

김이 발악을 하자 어머니는 풀이 죽어 아주 귀한 건데 간직할 곳이 없어서 그런다고 했다. 새벽 4시였다. 즉시 언니한테 전화를 걸었다.

– 날 밝는 대로 엄마 요양원에 모실 테니까 그렇게 알아. 비용은 전부 내가 부담할게!

언니는 여태 모신 나도 있는데 이틀 만에 이러기냐며 펄쩍 뛰었다.

– 언니야. 세상이 바뀌었어. 치매 걸린 부모 때문에 자식 인생이 엉망진창 되면 안 되잖아. 요양원 입소는 부모와 자식 모두에게 바람직하고 합리적인 방법이라고!

– 너 진짜 끝까지 이럴래? 아는 사람들 하나같이 요양원은 산지옥이라고 절대 모시지 말라더라!

언니는 차라리 자기를 죽이고 마음대로 하라고 했다. 언니가 아무리 그런다 해도 김은 단연코 어머니를 모실 수 없었다. 그동안 어머니를 모신 언니한테 기분 좋은 동의를 얻고 싶었을 뿐이었다.

어떻게 해야 언니를 설득할 수 있을까?

요양원에서 지내며 실태를 파악하는 게 가장 좋은데 멀쩡한 상태로 입소할 수는 없었다. 며칠 동안 인터넷을 뒤진 끝에 기막힌 방법을 찾아 곧바로 요양보호사 학원에 등록했다. 요양보호사 자격시험을 보려면 요양원 현장 실습 80시간이 필수였다. 80시간이면 현장을 면밀하게 파악하고도 남는다. 그 뒤에 결정한다면 언니도 반대하지 못할 것이다.

언니는 반드시 객관적인 평가여야 한다며 마지못해 어머니를 모시고 갔다.

김은 실습 직전까지 '노치원'이라 부르는 주간보호센터가 있는 줄 까맣게 몰랐다. 한두 번 길에서 주간보호센터 차가 지나치면 도대체 뭐 하는 기관인가 했었다.

파라다이스 주간보호센터에서는 밤 수면을 유도하기 위해 30분간의 낮잠 외에는 졸릴 틈 없이 프로그램을 진행하고 있었다. 차량 운행은 기본이고 요양보호사들이 대소변 시간을 기록하고 화장실로 안내했다. 거동이 어려우면 기저귀를 갈아주고 일주일에 한 번씩 목욕도 시켰다. 더더욱 반가운 것은 어머니보다 훨씬 중증인 치매 환자가 다섯이나 있는 것이었다.

김은 실장한테 보고한 뒤 어머니 입소 등록을 하기 위해 사무실로 갔다. 김의 집과 거리가 멀고 정원이 50명이라 안 된다고 하면 어쩌나 몹시 불안했다. 사무실에 도착하기 직전 언니한테 전화를 걸었다. 혼자 결정했다고 언짢아할지 몰라서였다.

- 그런 데가 다 있어? 빨리 등록이나 하지 전화는 왜 해?

주간보호센터에서는 물병 소독, 화첩 정리, 종이접기 작품 꾸미기, 공과금 납부와 간식 사 오기, 병원 나들이 등으로 심심하지 않아서 좋았다. 파라다이스 요양원은 점심 식사 후 귀여운 강아지 밑그림에 색칠이 끝나면 낮잠 시간이었다. 김은 또 할 일이 없다. 다섯 침대를 돌아보며 욕창 예방 쿠션의 위치를 바꾸고 이불자락을 꼼꼼하게 여미고 시계를 보았다. 5분도 안 지났다. 더는 견딜 수 없어 꼼꼼하게 손을 씻었다. 사무실에서 로션을 가져다 권사님 침대에 걸터앉았다.
- 손마사지 해드릴게요.
- 그냥 쉬지. 뭘 이런 것까지. 할렐루야!
권사님은 로션을 바르자 벌써 시원하다고 극찬했다. 과장된 표현인 줄 알면서도 기분이 좋았다. 권사님은 이 방법으로 전 직원과 각별하게 지내고 있었다.

김홍금 님 담당 요양보호사가 마사지하는 김을 보더니 한달음에 뛰어오며 안된다고 소리쳤다. 뭐가 잘못됐나 싶어 깜짝 놀랐다.

- 생각이 없는 건지 머리가 나쁜 건지. 감염되면 모든 책임 다 질 거예요?

일회용 장갑을 끼지 않았다고 머리 운운하다니. 흥! 그렇게 위생 관념 철저한 사람이 김홍금 님 발가락은 왜 제대로 씻기지 않아 그 지경이 되게 만들었대? 못 들은 척 리드미컬하게 손을 움직였다. 정성껏 마사지한 권사님 두 손은 피부색이 살아나며 보들보들해졌다.

- 왜, 나부터 안 해줘?

양한수 님이 샘을 부렸다. 손을 잡고 님의 침대로 갔다. 작고 주름진 손에 로션을 듬뿍 바르고 힘줄을 따라 손목부터 주물러 심장 쪽으로 피를 올려보냈다. 두 손으로 꾹꾹 누르며 시원하냐고 물으니까 소녀처럼 웃으며 몸을 꼬았다.

조심스럽게 강복임 님한테 다가갔다.
- 손마사지 해드릴까요?
찡그린 채 대답이 없다. 이건 승낙의 신호나 다름없었다. 싫으면 소리를 질렀을 테니까. 마비된 손부터 마사지하자 기대 이상으로 좋은지 말을 다 걸었다.
- 아, 아직 시집 안 갔지. 멧, 멧 살 먹었어?
이런! 김은 난감했다. 시집 안 간 건, 아니 못 간 것은 맞지만 나이 때문이었다. 어떤 대화로 관심을 돌릴까 궁리 중인데 신경질적으로 또 묻는다.
- 귀, 귀먹었어. 메, 메, 멧 살이냐니께?
김이 일곱 살이나 많아 사실대로 말할 수 없었다. 어리게 봤는데 자신보다 더 많다면 기분 좋을 사람이 어디 있겠는가? 간신히 좋아진 사이가 나빠지는 건 김이 원하는 바가 아니었다.

– 맞춰보세요. 정확하게 맞추시면 상으로 뽀뽀 열 번 해드릴게요.

– 어, 어린 것이 남, 남의 돈 좀 벌, 벌어보겠다고 제, 제법 까분다.

옆 침대 황입분 님이 그 말을 받았다.

– 솔직히 어리진 않다. 마스크로 얼굴을 가려서 그렇지 눈가와 목에 주름이 자글자글한 거 보니 쉰은 훨씬 넘었다. 맞지?

– 딩동댕 ~ ♪♬

원장이 각 방에 있는 김의 일행을 회의실로 불렀다.

– 실습해 보니까 어떠세요?

장이 어르신들이 예민해서 무척 힘들다고 했다.

– 배우자나 자식을 기다리고 있어서 그래요. 일 년에 한두 번 올까 말까 한데도 계속 문만 지켜보고 계시잖아요. 실습생한테 화풀이하는 게 유일하게 숨통 트는 길이거든요. 널리 이해해 줬으면 좋겠어요. 여러분의 노고가 어르신들 삶에 원동력이 되었다면 실습 효과 300% 아닌가요? 요양원, 주간보호센터, 재가 세 군데 중 어디가 가장 쉽던가요?

김을 비롯한 실습생 모두 직원들이 상냥해서 주간보호센터가 좋다고 했다. 성은 재가 실습 때 청소하고 장 봐다 식사 준비하고 설거지 마치니까 가족들 옷까지 손빨래를 맡겼다고 했다. 홍은 3시간에 걸쳐 가사 일을 마친 뒤 김치까지 담갔고 민은 성희롱을 당했다며 격분했다.

재가 실습 때 김과 박은 83세 정완식 님 집으로 갔다. 님은 젊은 날 건축 현장에서 추락해 하반신이 마비되어 전동휠체어를 타고 있었다. 골목길에 접한 검정 코팅지를 바른 알루미늄 새시 문을 밀었다. 시멘트 바닥에 허름하고 투박한 탁자가 놓인 작은 공간과 같은 크기의 주방과 방이 한눈에 들어왔다. 싱크대에 대못이 박힌 기다란 각목이 걸쳐 있어 섬뜩했다. 무엇에 쓰는 물건인지 물어보지 않을 수 없었다.
– 휠체어 타면 싱크대 수도꼭지가 손이 안 닿잖아. 수돗물을 틀거나 잠그고 출입문 손잡이 걸 때 써. 왜?

님은 거친 목소리로 방 청소를 시킨 뒤 밥을 많이 짓고 시래기와 선지를 삶아 가마솥 가득 국을 끓이게 했다. 네모지고 커다란 깡통에서 피비린내 풍기는 선지를 국자로 덜어낼 때는 징그럽고 역겨워 실습이고 뭐고 당장 때려치우고 싶었다. 하지만 혼자 지내며 오래 두고 먹으려는 것이 안쓰러워 정성을 다하기로 했다.

식사 준비가 거의 되자 님은 만족스러운 표정으로 전화를 걸어 친구 일곱 명을 초대했다. 이건 아니지 않나? 김과 박은 매우 기분이 상해서 눈살을 찌푸렸다. 님은 식사 후 박한테 설거지를 시키고 김은 주방 뒤에 있는 마당으로 나가라고 했다. 그곳에는 지난해 김장철에 썼던 양파와 대파 껍질과 배추 겉잎들이 썩거나 말라비틀어진 채 가득 널려 있었다.

– 아줌마, 아줌마는 이거 치워!

아줌마? 40년 동안 선생님이라 불렸던 김은 심한 모욕감을 느꼈다. 열이 치받아 바닥에 달라붙은 것들을 발로 마구 비벼 커다란 포대에 담았다. 마당을 쓸고 물청소를 끝내자 실내 구석구석에 있는 상자들을 꺼내오라고 했다. 먼지를 뒤집어쓴 음료수 상자들은 옮길 때마다 바닥의 습기를 머금은 종이가 터져 와르르- 병이 쏟아졌다.

수돗가에서 먼지투성이가 된 손을 닦는데 왜 벌써 손을 씻느냐며 분리수거를 하라고 명령했다. 가래침이 엉겨 붙은 각종 비닐봉지, 껍질이 그대로 붙어있는 계란판들, 음식물 쓰레기가 담긴 일그러진 종이상자, 정체를 알 수 없는 걸쭉한 노란 액체가 지르르 흐르는 천막 따위가 거짓말 보태서 산더미 같았다.

- 분리수거는 못 하겠는데요!

거역한 김이 괘씸한지 님의 얼굴에 노기가 가득했다. 무슨 일이든 시간 초과가 많이 되었든 말든 시키는 대로 다 하는 것이 힘없는 실습생들이었다. 님은 1년에 한두 차례 배정받는 실습생들의 노동력을 착취하기 위해 작정하고 기다렸던 것이었다. 말 안 듣는 실습생도 있다는 걸 보여줄 필요가 있었다.

- 3시간 약속했는데 4시간이 훨씬 넘었잖아요. 이만 가보겠습니다!

언제나처럼 회의실 한쪽에는 커피와 일회용 컵, 일회용 장갑, 각종 과자가 쌓여 있었다. 성이 속삭였다.

- 커피 한 잔 마셨으면 딱 좋겠다!

불면증 때문에 커피를 마시지 않는 김은 관심이 없었으나 성은 절실한 모양이었다. 김이 물었다.

- 원장님 저 커피 마셔도 되나요?

원장은 화들짝 놀라며 필요 이상으로 크게 대답했다.

- 그, 그럼요. 모두 실습생 여러분을 위해 준비해 놓은 거예요.

뭐야, 그럼. 저게 모두 전시용이었다고? 첫날 팀장이 실습생은 반드시 개인 컵과 일회용 장갑을 지참해야 하고 회의실은 물론 시설 내에 있는 모든 것은 절대 손댈 수 없다고 못 박았었다. 실습생 모두의 눈살이 꼿꼿해지자 원장이 서둘러 변명했다.

- 여러분한테 편하게 드시라고 하면 모두 집으로 가져가서 이틀 만에 동이 나버리거든요. 그래서 말을 못 했던 거예요.

최가 조심스럽게 운을 뗐다.

- 이런 말씀 드려도 될지?

원장이 상냥하게 웃으며 기탄없이 말하라고 했다.

- 지난 화요일 9호 방에서 있었던 일이에요. 요양보호사가 이순자 님이 타고 있던 휠체어를 확 밀어 문까지 굴러가 발을 찧었어요. 얼마나 놀라고 아팠는지 마구 비명을 지르시더라고요.

원장 얼굴이 일그러졌다.

그 요양보호사 혼 좀 날 것 같았다. 이때다 싶어 김도 나섰다.

― 행거에 빈자리가 많으니까 실습생 옷도 걸게 해주세요.
모두 그렇다고 했다. 원장이 말했다.
― 다른 학원 실습생들은 우리 요양원이 최고의 시설과 최상의 서비스를 제공한다고 칭찬을 자자하게 했거든요. 그랬는데 이렇게 불만이 많은 경우는 처음이라 매우 당황스럽네요.

예상 밖의 반응이었다.

― 이순자 님은 엄살이 심하기로 유명하세요. 아무것도 아닌 일을 침소봉대해서 문제 삼다니 어이가 없네요. 그리고 조직에는 위계질서가 있는 겁니다. 직원과 실습생 위치가 똑같은가요? 아니잖아요. 나란히 옷을 걸어 상하 구분을 없애면 직원들 사기가 떨어진다고요.

실습생은 사람 아닌가, 같은 행거에 옷도 못 걸게? 밥 먹을 때도 원장, 실장, 팀장, 사회복지사, 간호사, 요양보호사, 실습생 순이었다. 실습생은 가장 먼저 줄을 섰더라도 맨 뒤로 밀려났다. 정수기 옆 싱크대는 직원과 요양보호사만 사용해서 실습생이 손을 씻으면 날벼락이 떨어졌다.

파라다이스에 입소한 님들은 담당 요양보호사의 관심이 받고 싶어 일거수일투족에 촉각을 곤두세우고 눈치를 살폈다. 생명 유지에 필수 불가결한 먹을 것과 배설이 그 손에 달려있어서 그럴 것이다. 그런데도 훤히 들리는 곳에서 누구는 욕심이 많고 누구는 자식 복이 없다며 서슴없이 흉을 보았다. 기저귀를 갈 때도 참 많이도 쌌다 뭘 먹어서 이렇게 냄새가 지독하냐며 있는 대로 수치심을 자극했다.

김은 이점에 대한 재교육이 절실하다고 건의하려고 했었는데 접기로 했다. 원장은 마음과 귀를 닫은 사람이었으니까.

— 이렇게 말 많고 탈 많아서 실습생 안 받으려고 했는데 학원에서 하도 목을 매서 어쩔 수 없이 허락했더니 기어이 일이 터지네요. 여러분 실습 점수 우리가 주는 거 잊지 마세요. 몇 사람 불평 때문에 전부 낙제를 받는다는 생각은 왜 못하는지 몰라? 더 이야기하고 싶지 않으니까 각자 위치로 돌아가세요!

한 시간쯤 지났을까? 이번에는 원장실로 모이라고 했다. 원장은 CCTV에 녹화된 영상을 보여줬다. 최는 등을 보이고 앉아있었고 요양보호사가 이순자 님 태운 휠체어를 획 밀어버리고 침대로 껑충 뛰어 올라갔다. 잠시 후 휠체어가 주르르 밀려가는 것으로 영상은 끝이었다. 원장이 핏대를 올리며 말했다.

— 보셨지요. 부딪치기는 어디가 부딪쳐요? 부딪쳤다면 노인학대죠. 노인학대 행위자는 요양보호사 자격 박탈 징계도 받을 수 있다고요.
— 저는 다만!
최의 말을 원장이 싹둑 잘랐다.

― 여러분도 이 일 할 거잖아요. 그런데 왜, 고생하는 요양보호사 처지를 이해하지 못하는 거죠? 하루 쉬고 이틀 연장 근무한단 말이에요!

― 48시간 근무라고요?

김은 물론 실습생 모두 깜짝 놀라 입을 다물지 못했다.

― 생각해 보세요. 얼마나 힘들겠나?

― 그렇게 잘 아시면 최상의 컨디션으로 근무할 수 있도록 제도를 바꾸셔야지요?

김의 말에 원장은 억울하다는 듯 항변했다.

― 본인들이 원하니까요. 설마 우리가 억지로 그렇게 하라고 시켰겠어요?

― 아무리 원해도 그건 들어주면 안 되지요.

어쩐지, 어쩐지! 파라다이스에 근무하는 요양보호사들은 항상 화가 나 있었고 전쟁터에 출정하는 장수들처럼 서슬이 퍼레서 말 붙이기가 어려웠다. 48시간 연장 근무의 피곤에서 오는 불친절은 고스란히 입소자에게 돌아갈 수밖에 없다.

― 골치 아파서 다시는 실습생 안 받으려고요. 직원 한 사람 손 맞으려면 우리가 얼마나 고생하는지 여러분은 상상도 못 할 거예요. 흑!

원장은 뜬금없이 울음을 터트렸다. 최는 훌쩍이는 원장한테 휴지를 건네며 미안하다고 백배사죄했다. 만약 김이 그 사실을 목격했고 원장의 태도가 지금과 같다면 즉시 신고하고 경찰관 입회하에 편집되지 않은 영상 전체를 요구했을 것이다.

오후 5시 30분. 80시간의 실습이 모두 끝났다.

초저녁부터 곯아떨어진 어머니는 새벽부터 머리를 빗고 주간보호센터 갈 시간을 기다린다. 진즉 주간보호센터에 다녔으면 얼마나 좋았을까.

어머니 문제가 시원하게 해결되어 가벼운 마음으로 5호 방 앞에 섰다. 그동안 정든 님들과 작별 인사를 하기 위해서였다.

부지런한 양한수 님은 어디 갔는지 보이지 않고 강복임 님은 작별 인사를 하자 건강한 오른손을 힘없이 두어 번 저었다. 김이 다가가 손을 잡자 홱! 뿌리치며 돌아누웠다. 기분 나빠서가 아니라 서운해서였다. 가슴이 찌르르했다. 김홍금 님 손을 잡고 눈을 똑바로 맞췄다. 표정 없던 눈이 반짝 빛나며 보일 듯 말 듯 웃었다.

― 귀찮으시더라도 그림그리기 열심히 하셨으면 좋겠어요.

끄덕하지 않는 것을 보니 하지 않을 모양이었다. 김의 응원에 힘입어 3년 만에 색연필을 잡고 완성한 그림이 먼저 작품과 나란히 걸려있었다. 님이 그림을 그린다는 보고에 코웃음 치는 담당 요양보호사와 달리 팀장과 사무장은 한달음에 달려와 김홍금 님을 얼싸안고 좋아했었다. 황입분 님은 먼저 손을 꽉 잡고 말없이 크게 흔들었다. 권사님은 김을 얼싸안고 울먹이며 말했다.

- 하나님한테 기도할게. 김 선생은 이런 곳에 오지 말고 건강하게 살다 이삼일만 앓고 자는 듯이 가게 해달라고!

돌아눕기, 일어나기, 방 밖으로 나오기, 식사하기, 화장실 가기, 목욕하기, 청소하기, 외출하기, 운동하기, 자기 계발 하기, 봉사하기!

일상은 기적이고 일상을 영위하는 곳이 파라다이스다.

終

32일

고1 때 소영 언니만 믿고 가출을 감행했다.

나흘 동안 밤낮없이 잠만 잤다. 축축하고 무겁고 더러운 솜이불 같은 피로가 말끔히 사라졌다.

언니가 배고팠지? 하며 삼겹살을 실컷 먹게 해줬다. 설거지하는데 언니가 무슨 일을 할 거냐고 물었다. 모르겠다고 했더니 무엇을 할 때 가장 신났었느냐고 물었다. 망설이지 않고 친구 얼굴에 맞게 눈썹 수정해 주고 화장해 줄 때라고 했다. 언니는 금방 결정했다.

섬아, 너는 국내 최고의 메이크업 아티스트가 되는 거야!

면접을 보러 가며 언니가 말했다.
　"너는 표정이 너무 딱딱해. 사회생활 잘하고 싶으면 자꾸 웃어."
입꼬리를 과하게 올리며 물었다.
　"이렇게?"
　"그래, 바로 그거야!"

토·일 주말 이틀 오전 5시부터 오후 3시까지 열 시간 근무하라고 했다. 미성년 불법취업인데도 시급을 오천 원씩이나 준단다.

내가 돈을 벌다니!
이보다 더 좋을 수는 없었다.

첫 출근을 했다. 시니어 수림 언니가 시키는 대로 수건을 적셔서 스팀기에 넣었다. 타이머가 울리면 재빨리 초음파 기기를 제자리로 치우고 브러시 열두 개를 들고 윤 선생님이 달라는 대로 빼주었다.
 "브러시 순서 잘 외웠다가 내일부터는 달라고 하기 전에 미리 줘 알았지? 첫날이라 힘들었을 거야. 우리 섬이 수고 많았어!"
말도 예쁘게 하는 윤 선생님은 저녁에 공연하는 피아니스트 메이크업 예약이 있다며 수림 언니를 데리고 서둘러 퇴근했다.

수건, 터번, 케이프, 가운이 많아서 세탁기를 세 번이나 돌렸다. 크고 작은 솔과 붓, 색조 화장품 가루와 휴지가 잔뜩 어질러진 화장대 다섯 개와 수납장을 차근차근 정리한 뒤 퍼프를 빨고 대걸레로 바닥을 깨끗이 닦았다. 세 번째 세탁이 끝났다고 버저가 울렸다. 빨래가 산더미처럼 많아서 두 번에 걸쳐 옥상으로 옮기고 초대형 건조 대 다섯 개가 꽉 차게 널었다. 가운과 케이프는 재미있지만, 육십여 장 손바닥 크기의 화장 수건을 빨래집게 두 개로 집어 너는 일은 인내심 한계를 시험하는 것 같아 짜증이 났다. 하지만 금방 아무렇지 않을 수 있었다.

내가 일하는 시간은 돈이 되어 돌아오니까.

유니폼을 벗어 옷장에 거는데 실장이 들어왔다.
 "섬아, 몇 시에 마지막 손님 끝났니?"
 "3시 20분요."
실장은 얼른 장부를 꺼내 기록하며 말했다.
 "오늘 시급은 오전 6시부터 오후 3시까지 계산한다."
 "저 5시에 출근했고 지금 오후 5신데요?"
 "그래서?"
 "12시간 계산해 주셔야지요."
 "니가 초보라 시간 많이 걸린 걸 어쩌라고. 윤 선생과 수림 씨도 똑같은 시간으로 계산해. 얼다 대고 까불어?"
 "그래도 이건 너무 심한 거 아녜요?"
 "싫으면 관둬. 난 골치 아픈 애는 딱 질색이니까!"

좋아요. 그만둘 테니 일당이나 주세요! 이러고 싶었으나 꾹 참았다. 소영 언니와 상의하고 결정해도 늦지 않기 때문이다.

둘째 날은 요령껏 일해서 4시에 퇴근할 수 있었다. 실장이 말했다.
 "너는 내일하고 모레도 출근해!"
 "토·일 이틀만 일하기로 했잖아요?"
 "얘가, 얘가 뭘 몰라도 한참 모르네. 평일 이틀이라도 웨딩홀에 딸린 미용실 도와줘야 메이크업 기술을 가르쳐주지?"

"저 학교 가야 한단 말이에요!"

"어이구, 그러세요. 그렇게 착실한 모범생이라 가출까지 하셨쩌용?"

저게 죽고 싶은가? 정곡을 찔리고 무시까지 당하자 화가 치밀어 주먹이 불끈 쥐어졌다.

"너, 내일하고 모레 안 나오면 이틀 일한 거 날아간다. 어쩔래? 내일 8시 반까지 출근할 거지?"

쉬는 시간마다 친구들 눈썹 다듬고 예쁘게 화장해 주는 거 말고는 조금도 재미없는 학교였지만 그만둘 생각은 손톱만큼도 없었다. 할머니는 입만 열면 이렇게 말했다. 가방 들고 3년간 고등학교 문턱만 드나들어도 중등 인물이 된다고.

9시에 퇴근하는 소영 언니를 눈이 빠지게 기다렸다. 언니는 뭐라고 할까? 나는 더 모진 고생도 했어 시키는 대로 해. 이런다면 담임한테 사유서를 제출하고 월, 화 결석 허락을 얻어 그렇게 할 것이었다. 하지만 언니는 예상 밖으로 펄쩍 뛰었다.

"이틀 치를 날로 쳐드시겠다고? 윤 선생한테 배우라고 보냈더니 안 되겠네. 거기 당장 그만둬!"

밤이 깊을수록 또랑또랑 정신이 맑아져 새벽녘에 간신히 잠이 들었다. 아무리 그렇더라도 아침 6시에는 어김없이 일어나야 했다. 더 자고 싶었지만 잘 수가 없었다. 아니, 더 자면 절대 안 된다.

할머니, 이모, 이모부, 나, 동생 여섯.

우리 열 식구는 화장실이 한 개뿐인 일반 주택에서 살았다. 아침 6시에 화장실을 차지하지 못하면 옥상 올라가는 계단 밑에서 요강에 똥오줌을 누고 치워야 한다. 그런 날은 샤워도 못 하고 양동이로 더운물을 퍼다 마당에 있는 수돗가에서 머리만 감았다.

나는 아침마다 놀이방으로 유치원으로 초등학교로 가는 동생 셋을 챙겼다. 두 살배기 연희는 세수를 시켜도 자고 밥을 받아먹으면서도 졸다 고꾸라졌다. 까칠한 네 살짜리 민주는 일어나기 싫다고, 세수하기 싫다고, 옷 입기 싫다고, 밥 먹기 싫다고 마구 뒹굴었다. 1학년 지은이는 머리빗을 때 아프다고 앙칼지게 소리 지르다 머리 모양이 마음에 안 든다고 악을 쓰며 울었다.

사사건건 참견하는 할머니의 끊임없이 잔소리! 무엇이든 서로 먼저 하겠다고 싸우는 소리! 악을 쓰며 우는 소리! 쾅쾅 화장실 문 두드리며 재촉하는 소리! 드라이 두 대로 머리 말리는 소리 등등! 우리 집 아침은 전쟁터나 다름없었다. 중3 나연이가 말썽꾸러기 일곱 살 경아를 돌본 뒤 이것저것 거들고 초등학교 6학년 송이는 저 혼자 해결해서 한결 수월해졌는데도 열일곱 나는 아침부터 지쳤다.

가출할 만큼 집이 싫었던 건
치다꺼리해야 할 동생들이 아니라

나를 보호해 주는 어른들 때문이었다.

할머니 잔소리는 의욕은 물론 영혼까지 파먹었고 원칙을 좋아하는 이모는 말이 없고 싸늘한 표정에 변화가 없어 귀신보다 더 무서웠다. 이모부는 아무리 늦게 퇴근해도 할머니 방에서 자는 송이와 지은이와 막내 연희를 살펴본 뒤 우리 방으로 와서 잠든 민주와 경아를 안고 신음을 삼키며 오래오래 입을 맞추었다. 이모부는 방을 나가기 전에 얼굴을 돌려 나하고 나연이한테도 잘 자라고 했다. 강렬한 성욕을 극도로 절제한 섬광 같은 이모부 눈빛에 우리는 진저리를 쳤다. 나와 나연이는 될 수 있으면 이모부와 마주치지 않으려고 노력했다. 하지만 그 끔찍한 눈길은 서치라이트처럼 쫓아다녔다.

이모는 가까이 있는 자기네 집으로 퇴근하고 싶어 했다. 이모부는 밤새 무슨 일이 생기면 안 된다고 쌍지팡이를 짚고 나서서 반대했고 고집쟁이 할머니도 이모부 편을 들었다. 이모는 달팽이 같은 촉수 속에 질투를 감추고 냉정한 이성으로 단단하게 위장했다. 그러고는 이모부의 무관심에 대한 책임을 나와 나연이에게 전가하고 힐난의 눈초리로 끊임없이 추궁하는 듯 노려보았다.

이모한테서는 한여름에도 북극의 얼음 바람이 불어 소름이 돋았다. 우리는 동생들을 돌본 뒤 숨 막히는 집을 벗어나 학교로 도망쳤다. 똑같은 이유로 소영 언니도 가출했다.

내가 이모네 집으로 온 건 초등학교 6학년 때였다. 원장 아버지는 한없이 인자한 얼굴로 폭행 사건은 없었던 일로 용서해 줄 테니 그냥 사랑 보육원에 있으라고 했다.

"싫어요!"

나는 남자 원생이 단 한 명도 없는 곳으로 보내달라고 떼를 썼다. 좋은 말로 타일러도 듣지 않자 원장 아버지는 핏덩이를 받아 키웠더니 배은망덕을 한다고 소리쳤다. 나는 이 비열한 어른의 약점을 이용하기로 했다.

"원장 아버지가 내 말 안 들어주면 경찰서에 가서 자수할 거예요."

흠칫! 원장이 놀랐다.

"나는 소년원에 가도 하나도 겁 안 나거든요!"

원장은 그제야 부랴부랴 수소문을 시작했다. 나는 일주일 뒤 사랑 보육원을 떠나 중3 소영 언니와 동생들이 있는 공동생활가정[1]인 이모네 집으로 왔다.

첫 일터를 그만두고 혼란스러워하는 내게 소영 언니가 말했다.

"니가 번 돈으로 여행 갔다 와. 지금 메밀꽃 축제가 한창이래. 너 메밀꽃 좋아하잖아."

"나 돈 못 벌었어."

"감히 누가 네 돈을 떼먹어?"

"이틀 일 한 거 안 준다잖아."

---

[1] 공동생활가정 : 보호 대상 아동과 청소년에게 가정과 같은 주거 여건과 보호, 양육, 자립 지원 서비스를 제공하는 시설

"여기 있잖아. 내가 받아 왔지롱!"

언니는 십만 원을 보태 이십만 원을 들려줬다. 정상적으로 학교 다니려고 일도 그만두었는데 결석까지 하면서 여행을 간다? 있을 수 없었다. 망설이는 내 마음을 읽은 언니가 걱정하지 말고 그렇게 하라고 했다.

여행! 아주 낯선 말이라 어리둥절하고
난생처음 만져보는 큰돈에 가슴이 두근거렸다.

보육원에서도 독지가들의 후원으로 여행을 했다. 원장은 관광버스에 오르기 전부터 후원자들한테 감사부터 하라고 했다. 휴게소에 도착해서 간식과 점심을 먹을 때는 더더욱 감사해야 한다고 강조했다. 한껏 부풀었던 우리는 금세 기분을 잡쳤다. 목적지에 도착해서는 물론 돌아오는 버스 안에서도 그랬고 보육원에 도착해 해산할 때도 그 말만 해서 귀에서 피가 날 지경이었다. 여행에서 남은 것은 이 말뿐이었다.

감사해라, 또 감사해라!

고등학생이 되었다. 공부는 언제나 1등을 놓치지 않았다. 맨 끝에서. 그런 나였지만 국어 시간만큼은 졸지 않았다. 만화책 말고는 독서를 해 본 적이 없으나 이효석의 메밀꽃 필 무렵을 배울 때 하마터면 울 뻔했다. 자갈밭처럼 정서가 메마른 줄 알았는데 사춘기라 그런가, 아니면 어딘가에 있을 나의 부모도 허 생원처럼 자식을 알아봐 주길 무의식중에 염원해서 그런가 견딜 수 없이 메밀꽃이 보고 싶었다.

나는 소영 언니가 무얼 좋아하는지 모르는데
언니는 지날 결에 했던 내 말을 잊지 않았던 것이었다.

주머니에 돈도 많겠다 구차한 건 딱 질색이라 시외버스터미널에서 일반 표를 사기로 했다. 일반과 중고생 가격 차이가 1,900원이나 났다. 에잇! 발로 땅을 한번 차고 나서 하는 수 없이 학생증을 내밀었다. 매표원은 키가 크고 조숙한 나를 힐끗거리더니 화요일인데 왜 학교 안 갔느냐고 물었다. 냉큼 개교기념일이라 고향에 간다고 거짓말을 했다. 고속도로를 1시간 30분 넘게 달린 시외버스가 나들목을 빠져나와 구불거리는 산길로 접어들었다.

꿈결처럼 아련한 메밀꽃이 보이기 시작했다.
하얀 메밀꽃은 그리움의 정령이었다.
환희와 슬픔을 휩싸 안으며 안개처럼 피어올랐다.

하얀 천막이 늘어선 행사장 입구에 버스가 멈췄다. 끊일 줄 모르고 이어지는 자가용 운전자들은 주차할 데가 없자 경광봉을 흔드는 안전요원들과 입씨름이 한창이었다. 이럴 때는 대중교통이 최고였다. 불같이 화를 내며 안전요원을 몰아세우는 청년이 분위기는 달라도 갑동 오빠를 닮아 기분 나빴다. 청년한테 혀를 길게 내밀어 약을 올렸다.

"너, 걸리기만 해. 죽여버린다!"

운전하는 사람은 아무리 약이 올라도 꼼짝하지 못한다. 해죽 웃으며 한 번 더 혀를 날름거리고 재빨리 인파에 섞여버렸다.

초등학교 5학년 성탄 전야제 연극을 하면서 두 살 많은 갑동 오빠와 친해졌다. 오빠는 다른 남자애들과 달랐다. 금지된 장난이 끝나면 정성스럽게 등에 묻은 흙과 검불을 털어주고 따뜻하게 안아주었다. 오빠와 함께 있으면 감당하기 어렵던 슬픔과 외로움도 멀찌감치 물러나고 태어나서 처음으로 행복했다.

이제 오빠 외에는 아무도 필요 없었다.

반듯한 오빠를 사귀기 시작하면서 나는 잇새로 찍찍 침도 뱉지 않았고 입에 달고 살던 씨-팔이라는 욕도 하지 않았으며 나보다 어린 애들한테 삥[2]도 뜯지 않았다. 원장 어머니 차바퀴에 못을 박거나 거리에 세워진 SONATA 차에서 S를 떼어 천 원 받고 팔지 않았으며 가게에서 사탕이나 팬시 문구도 훔치지 않았다.

아침을 먹는데 바짝 여윈 오빠가 지나가면서 재빨리 식반 밑에 쪽지를 넣었다.

---

[2] 삥 : 상대방을 협박하여 빼앗은 돈이나 물건 따위를 속되게 이르는 말.

거기서 7시에 만나.

두 달 넘게 만나지 못한 오빠였다. 그동안 아팠었나? 어디가 얼마나 아팠으면 저렇게 말랐지? 온종일 걱정 반 설렘 반으로 날 저물기를 기다렸다. 사무장한테 친구 집에 모여서 과제를 해야 한다고 외출 허가를 받았다.

즐비한 지역 특산물 임시 가게들을 지나 전통시장 입구에 다다랐다. 배가 고팠다. 뭐 먹을까? 라면? 아니면 닭튀김에 콜라? 그때였다. 듣기 좋은 목소리가 들렸다. 사회자가 마이크를 잡고 크게 말했다.

"강상욱 교수님께 돌아오라 소렌토로를 청해 듣기로 하겠습니다. 여러분 박수로 맞아 주십시오!"

비좁은 족발집 난간을 무대 삼아 연미복을 입은 테너 가수가 노래를 시작했다.

천지를 뒤흔드는 노랫소리가
장터를 휩쓸고 멀리 물러났다가
해일보다 높이 솟구쳐
관객들 머리 위로 산산이 부서져 내렸다.

"다음은 소프라노 장미영의 하바네라가 이어지겠습니다!"

처음 듣는 곡이었지만 왠지 낭만적일 같아 가슴이 뛰었다. 목을 길게 빼고 가수가 무대 위로 등장하기를 기다렸다. 준비가 길어지는지 약간의 시간이 경과 했다. 그때 생각지 못했던 일이 벌어졌다. 뒤쪽에서 노래가 들렸기 때문이다. 이상하다고 웅성거리는 관중들과 함께 돌아섰다. 여전히 가수는 보이지 않는데 감미로운 노래는 계속 울려 퍼졌다.

이게 어찌 된 셈이지? 노래의 근원지를 따라 자세히 살펴보니 아까부터 빵집에서 찐빵을 팔던 수수한 아낙네가 노래를 부르고 있었다. 우리는 그제야 그녀가 가수라는 걸 알아차리고 와—! 함성을 터트렸다. 소프라노 가수는 커다란 양은 솥뚜껑 두 개를 마주치며 소리쳤다.

"자, 맛있는 메밀 찐빵이 오천 원에 다섯 개!"

관중들이 환호하며 박수갈채를 보냈다. 그녀는 후줄근한 위생 모자와 앞치마를 벗어 휙 던지고 노래를 부르며 거리로 나와 앞에 있던 관객의 손을 잡고 춤을 추었다. 문화회관이나 예술의 전당에서 비싼 입장료를 내야만 볼 수 있는 멋진 공연을 첫 여행지에서 만난 것이었다.

문화인이 된 듯 우쭐해진 나는
천애 고아 · 문제 청소년이라는
꼬리표를 확 잡아떼었다.

쿵! 쿵! 쿵!

어디선가 심장을 요동치게 하는 북소리가 들려왔다. 놓칠세라 음악 소리를 따라 뛰었다. 인디언 쿠스코 공연단이 다리에 하얀 털을 두르고 팬플루트와 전통악기를 연주하고 있었다. 기다란 깃털 장식과 강렬한 원색의 술이 너울거리는 화려한 의상은 영혼에 주술을 걸어 남미 잉카제국 태양의 신전으로 안내하는 것 같았다.

갑자기 공연단이 거리로 우르르 뛰어나오며 빠른 음악에 맞춰 춤을 추기 시작했다. 주변에 모여있던 사람들과 홀린 듯 춤판으로 빨려 들어갔다.

유 후 – 나는 야 거리의 춤꾼!

현란한 나의 춤사위에 구경꾼들이 한데 어우러지며 신명 나는 춤판이 벌어졌다.

화산이 폭발하고
해가 우주를 삼키고
달이 지구를 토하면서
멍울졌던 설움과 아픔이 산산이 날아갔다.

메밀꽃 여행 후 가출한 지 열흘 만에 학교에 갔다. 수업이 끝나자 담임선생님이 교무실로 오라고 했다. 지은 죄가 있어서 공손한 자세로 담임 앞에 섰다. 남자 담임선생님은 아주 성가시다는 투로 말했다.

"왜 이렇게 속을 썩이냐? 졸업할 때까지만 그냥 이모님 댁에 있어. 그래봤자 2년 반밖에 안 남았잖아?"

얼마나 힘들면 가출까지 했겠는가? 단 하루도 힘들고 소름 끼치는데 2년 반밖에 안 남았다니? 적어도 담임선생님이라면 이모네 집이 왜 싫은지 한마디는 물어봤어야 했다. 일방적으로 해결하려는 성의 없고 구태의연한 처사에 심사가 뒤틀려 금방 자세를 바꿔 불손하게 대답했다.

"이모가 찾아와서 어지간히 울었나 보죠?"

"그래, 네 걱정 많이 하시더라!"

"흥, 걱정은 무슨? 걱정하는 척한 거죠."

"몇 년 키워주신 분한테 그게 무슨 말버릇이야?"

"모르는 소리 하지 마세요. 돈 한 푼 안 주고 부려 먹을 수 있는 파출부가 없어졌는데 어떻게 안 울겠어요?"

"너, 정말 자꾸 이럴래?"

"내가 가출해서 식구 줄면 이모 수당이 깎이고 복지사 한 명 더 고용할 돈까지 못 받아요. 그게 아까워서 우는데 무조건 고마워하라고요?"

"너 계속 삐딱선 타면 나한테 맞는다!"

"맞아 죽으면 죽었지, 지옥 같은 이모네 집으로 다시는 안 가요!"

화가 단단히 난 선생님은 씩씩거리며 내 팔뚝을 잡아끌고 이모네 집으로 향했다. 교문을 벗어나 좁은 골목길로 접어들었다. 느닷없이 책가방으로 선생님을 후려치고 쏜살같이 개미굴처럼 얽힌 골목으로 도망쳐버렸다.

선생님과 학교는 나를 이해하거나 도와주지 않았다. 더는 다니기 싫었다.

헤어 디자이너인 언니는 재료상을 통해 금방 내 일자리를 주선했다. 메이크업 샵에 근무하고 첫 월급을 받아 그토록 갖고 싶던 핸드폰을 샀다. 초등학생도 다 있는 핸드폰이 보육원생들에게는 없었다. 너무너무 좋아서 가슴에 안고 아침까지 한 번도 뒤척이지 않고 잤다.

이모 집을 벗어나니까 모든 게 다 좋았다. 그랬다.
다 좋은데 아주 가끔 학교 그만둔 것이 따끔! 마음을 찔렀다.

토닥토닥 백 섬!
부모가 멀쩡하게 있는 애들도 자퇴하더라.
수업 시간마다 멍때리거나 졸면서 학교만 오가는 건 의미 없어
우선 착실하게 기술 배우고 소영 언니처럼 검정고시 보면 돼!

황 선생님은 촉 빠른 나를 알아보고 5개월 뒤 시니어로 승진시켰다. 1년 지나면서 색조 화장까지 맡겨 스무 살에 꿈꾸던 메이크업 아티스트가 되었다.

나는 고객의 피부 투명도가 떨어지면 절대 화장하지 않았다. 시니어에게 10분 동안 따뜻한 물수건으로 얼굴을 감싸 수분을 충분하게 공급하고 얼굴 예뻐지는 스물일곱 군데 혈 자리를 공들여 지압하도록 했다. 아름다운 화장 제1 조건은 고객의 건강과 좋은 기분과 불충분한 수면으로 인한 피부 피로 해소였다.

"지루해 죽겠는데 또 시작이다!"

실장과 사진 기사가 촬영이 늦어진다는 핑계로 갖은 진상을 다 떨었다. 그러거나 말거나 간단하게 무시했다. 나는 이 세상에 어렵거나 무서운 사람이 없었다. 언제 어디서 무슨 일이 일어나든 내 편을 들어줄 든든한 소영 언니가 있기 때문이었다.

시니어가 맑고 투명한 피부로 정돈된 고객을 메이크업 의자로 안내했다. 대기하고 있던 나는 눈썹 중간 지점에 있는 명점을 1분씩 세 번 지압했다. 명점을 누르면 약간의 압통이 있는데 시력을 좋게 하고 눈동자가 빛나는 탁월한 효과가 있었다. 명점 지압이 끝나면 영양 크림을 도포하고 뇌와 말초신경의 다리 역할을 하는 척수를 3분간 양손 엄지와 검지에 힘을 모아 정성껏 주물렀다. 말초신경까지 혈액 공급을 원활하게 하여 선택적 투과를 극대화하기 위해서였다.

고객 얼굴이 도자기 표면처럼 매끈하고 눈동자가 초롱초롱해졌다.

진주알만큼 덜어낸 파운데이션으로 얼굴 정중선을 따라 이마에서 콧날을 거쳐 목까지 일직선으로 내리그었다. 고객들은 과감한 화장기법에 깜짝 놀라고 난생처음 보는 입체적인 자기 얼굴에 다시 한번 놀랐다. 그런 다음 퍼프를 이용해 얼굴 반쪽만 먼저 사선으로 펴 발라 대비 미학을 과시했다.

화장은 단순한 손기술이 아니다.
화장은 과학이며 예술이었다.

이제 색조 화장이다. 매의 눈으로 강조할 부분 장점과 숨겨야 할 단점을 찾았다. 체크가 끝나면 다양한 색조와 기법으로 고객이 지닌 매력을 최대치로 표현했다.

신이 빚은 최고의 걸작인 여인
내 손을 거치면 안 예쁜 신부가 없었다.

소영 언니한테 배운 혈 자리 미용법과 메밀꽃 축제 때 본 인디언 쿠스코 분장에서 착안한 화장술에 예비 신부들은 홀딱 반했다. 입소문을 타면서 나는 금방 유명해졌다. 저지난해 윤 선생님과 나는 전국적으로 내로라하는 메이크업 아티스트 넷과 함께 그랜드 웨딩홀에 스카우트되었다. 연봉은 시니어와 스텝 봉급을 포함해서 1억이었다.

갑동 오빠와 만나는 곳은 보육원 뒷산 공원 정자였다. 쥐똥나무로 두

껍게 울타리를 친 정자는 거짓말 보태서 광화문보다 더 큰 것 같았다. 정자 밑에는 굵은 사각기둥이 수없이 많아 한가운데로 들어가면 그 누구의 눈에도 띄지 않았다.

오빠!

대답이 없다. 장난꾸러기 오빠는 언제나 먼저 와서 기다렸다 갑자기 나타나 놀라게 하는 것을 좋아했다. 나는 오빠가 어디쯤 숨어 있다는 걸 알아서 콧노래를 부르며 깊숙이 들어갔다.

아—악!

온통 메밀꽃으로 뒤덮인 작은 동산을 넘어가자 바다가 보였고 해안선을 따라 끝없이 메밀꽃밭이 이어졌다. 하얀 안내판에 청색 글씨로 이렇게 쓰여 있었다.

『이곳 서해안 메밀리 바닷가는 세계에서 메밀꽃이 가장 아름답게 이는 곳으로 유명합니다. 리아스식 해안에 왕소금처럼 굵은 모래가 이백 리 넘게 깔려 있기 때문이지요. 10년 전부터 모래사장을 가운데 두고 바다와 육지 양쪽에서 메밀꽃이 피는 장관을 연출하기 위해 언덕에도 메밀을 심어 오늘에 이르렀습니다.』

지나가던 해풍이 속살거렸다.

지금 우주의 결혼식이 진행되고 있어
모래사장 양쪽에 끝없이 이어지는 하얀 메밀꽃이
신부의 면사포 자락이야!

민속음식점에서 메밀국수와 메밀전병 한 장을 주문했다. 허겁지겁 국물 한 방울 안 남기고 메밀국수를 먹어 치웠더니 배가 불러서 메밀전병은 반도 못 먹었다. 아까워서 포장을 부탁했다. 직원이 포장 꾸러미를 건네며 말했다.

"사장님이 아직 어린 데 음식 아낄 줄 아는 모습이 예쁘다고 두 장 더 구워주셨어."

이렇게 고마울 수 있을까? 가격표대로 만오천 원을 냈다. 축제 기간이라 20% 할인해서 만이천 원만 받았다. 또 횡재했다. 나는 처마 밑에서 부지런히 전을 굽고 있는 주인한테 고맙다고 깊이 고개 숙여 인사했다. 돈 안 들이고 내일 아침을 해결할 수 있게 되었다. 무지무지 기뻤다.

될수록 돈을 아끼는 건 부모, 형제, 스승 노릇까지 해주는 고마운 소영 언니한테 조금이라도 더 좋은 선물을 하기 위해서였다.

꿈결 같은 메밀밭 옆 인도를 따라 걸었다. 지나가던 승용차가 빵빵 경적을 울리더니 차 문을 내리고 야야! 소리쳤다. 모른 체하니까 주춤거리다 가버렸다.

짝짓기? 그 싱겁고 지저분한 놀이에 흥미를 잃은 지 오래된 나였다.

해가 지자 이내³⁾가 산허리를 감고 내려와 골짜기마다 펼쳐진 메밀밭 위에 머물러 몽환적이었다. 꽃에 취해 걷다 보니 동네가 끊어지고 가끔 식당만 눈에 띄었다. 아까 그 승용차가 되돌아왔다. 카섹스 사냥 감에 들뜬 풋내기 셋이 얼굴을 내놓고 낄낄거리며 어쩌고저쩌고했다. 틀림없이 내 또래일 것이며 아버지나 어머니 차를 몰래 타고 나왔을 것이다. 뜻밖으로 조런 것들이 더 끈덕질 수도 있다. 한 방에 보내버리기 위해 여유롭게 어린 수컷들에게 다가가 이를 악물고 말했다.

니들, 나랑 자고 나서 성병 걸렸다고 지랄하면 죽는다!
그들은 쌍욕을 퍼부으며 황황히 달아났다.
아주 통쾌했다.

통쾌한 것도 잠시 불에 달궈진 기억의 칼끝이 가슴을 찌르며 오빠와 만나기로 했던 정자 밑으로 떠밀었다. 오빠는 없고 소문난 동네 양아치 다섯이 나를 에워쌌다. 네 놈이 각각 팔다리 하나씩을 잡아 그대로 쓰러뜨렸다. 마구 몸부림치며 소리쳤다. 바지를 내리고 달려들던 놈이 암내 나는 티셔츠를 벗어 입을 틀어막았다.

내가 원했던 돌림방⁴⁾은 여덟 살 때부터 했지만 오빠가 있는 지금은

---

3) 이내 : 해 질 무렵 멀리 보이는 푸르스름하고 흐릿한 기운.
4) 돌림방 : '윤간'을 속되게 이르는 말.

아니었다. 놈들은 나를 짓이기며 차례대로 정액을 누었다. 마지막 놈은 수챗구멍보다 더 더럽다며 내 얼굴에 침을 뱉고 사라졌다.

그들이 가고 나자 숨어 있던 오빠가 달려와 울면서 빌었다.
"섬아, 미안해. 정말 미안해. 매일 각목으로 때리더니 며칠 전부터는 우리 둘 다 죽여버리겠다고 협박해서 어쩔 수 없었어. 비겁한 나를 용서해 줘!"
그건 오빠 입장일 뿐 절대 용서할 수 없었다. 닥치는 대로 때리고 물어뜯고 발로 찼다. 오빠는 신음을 삼키며 내 폭행을 고스란히 감내했다. 그 꼴조차 보기 싫어서 두 손으로 오빠 머리카락을 휘어잡고 기둥 모서리에 짓찧었다.
"죽어, 그렇게 비겁하게 살려면 차라리 죽어버려!"

퍽! 소리와 함께 사방으로 피가 튀고 오빠가 나동그라졌다.

후들후들 떨면서 보육원으로 달려가 원장 아버지를 잡아끌었다.
"내가 방금 오빠를 죽였어요!"
원장 아버지 눈이 휘둥그레졌다.
"뭐, 하세요. 빨리 가자니까요."
어리둥절하던 원장 아버지가 허겁지겁 사무장과 나를 따라 뛰었다.

피투성이가 되어 축 늘어진 오빠는 들것에 실려 보육원으로 왔다. 원장 아버지는 외부에 알려져 후원자가 줄어들게 될까 봐 쉬쉬하며 병원도 가지 않고 서툰 솜씨로 응급처치를 했다. 오빠가 죽지 않은 건 다행이지만 배신감은 치명적이었다. 열두 살 나는 실패할 수밖에 없는 자살을 치밀하게 계획했다.

점점 땅거미가 짙게 깔리고 가로등이 희미한 눈을 떴다. 모퉁이를 돌자 메밀꽃밭 속에 있는 기와집 굴뚝에서 하얀 저녁연기가 모락모락 피어오르고 있었다. 발길이 저절로 그 집으로 걸어 들어갔다. 나무 판자에 먹글씨로 시골 펜션이라고 쓰여 있다. 민박이라는 이름이 더 어울릴 것 같은 집안은 쥐 죽은 듯 조용했다. 기웃거리며 본 채 뒤로 돌아갔다.

"아무도 안 계세요?"

작은 거느림채가 있고 헛간채 아궁이에 불을 때던 아저씨가 인기척에 돌아보며 환하게 웃었다.

"아이구, 방가워. 어여 와!"

더도 덜도 아닌 하얀 메밀꽃 웃음이었다.

"저도 불 때 보고 싶어요."

아저씨가 건넨 부지깽이를 들고 아궁이 앞에 앉았다. 연기 때문에 눈과 목이 맵고 따가워서 눈물 콧물을 흘리며 캑캑거렸다.

"손님 발질 붙들라고 영기 많이 나는 청솔가지를 쳐 때서 그렁 겨."

아저씨는 큰소리로 웃으며 얼른 헛간에서 마른 나뭇가지 다발과 장작개비를 들고 왔다. 작은 나뭇가지를 똑똑 꺾어 집어넣자 연기 없이 화르르 불이 붙으며 훈훈한 나무 냄새와 함께 화려한 불꽃이 피어올랐다. 불꽃이 이토록 장엄하고 황홀한지 몰랐다.

"와, 너무 재미있어요. 불 때게 해 줘서 고마워요. 아저씨!"

"고맙긴, 혼자 왔남?"

"네. 여기 주인이세요?"

아저씨는 갑자기 가슴을 활짝 펴며 자랑스럽게 대답했다.

"나넌 이 집 아덜이자 머심이여, 암만!"

"그러시군요. 그런데 오늘은 손님이 없네요?"

"잉, 질손들도 쥔 는 걸 아능개 벼. 한 달 전에 예약인가 머신가 했다는 손님 닛 뿐인디 안적 안 들어와서 그려."

"주인이 따로 있다고요. 어디 갔는데요?"

"빙원. 나럴 깐난쟁이 때버텀 키워준 쉬영 아부진디 많이 아프댜."

"아, 네."

"큰애기는 워디 사는 누군감?"

"신도시에 사는 백 섬이에요."

"얼렐레, 뭔 이름이 그러케 요상하댜?"

"뭐가 이상해요. 그러는 아저씨 이름은 뭔데요?"

"나는 개뚱이."

"뻥 치지 마세요. 세상에 그런 이름이 어딨어요?"

"왜 읎어. 여기 나 있잖여?"

"제 나이는 열일곱이에요. 아저씨는요?"

"언내가 버르장머리 읎이 으런 나이 물으면 못 씨는 거여."

아저씨는 얼굴까지 붉히며 부끄러워했다. 첫눈에 아저씨가 숫사람[5]이라는 걸 알겠다. 정욕을 뺀 맑고 순수한 영혼을 지닌 남자 만나기가 얼마나 어려운지 누구보다 나는 잘 안다. 죽었는지 살았는지 모르는 나의 아버지도 아저씨처럼 저런 웃음과 마음을 줄 수 있는 사람인가? 아버지는 왜 나를 버렸을까?

눈물 같고 송곳 같은 이름씨 아버지-!

"아저씨 저는 어느 방 써요?"
파출소나 마을회관에서 하룻밤을 보내 숙박비를 아끼려던 내가 왜 이러는지 모르겠다.

"아랫방은 쩔쩔 끓응께 고래가 먼 저기서 자."
아저씨는 끝 방을 가리켰다.

"저 방은 하루에 얼마에요?"
비싸 보이지는 않으나 펜션이라는 상호가 붙어 있고 축제 기간이라 어떨지 몰라 조마조마한 마음으로 아저씨를 쳐다보았다. 너무 비싸

---

[5] 숫사람 : 거짓이 없고 순진하여 어수룩한 사람.

면 깎아달라고 떼를 써 볼까? 아니었다. 숙박료 싸게 받았다고 수양 부모한테 혼나면 안 되니까 부르는 대로 내기로 했다. 만약 아저씨가 얕은수를 쓰는 알깍쟁이였다면 공짜로 자기 위해 수단과 방법을 가리지 않았을 것이다.

"나넌 월맨지 그렁 거 물러. 기냥 자고 가."
"네-에?"
"쥔 읎는 날은 오늘이 츰이여. 그래서 내 맘대로 할랴."
"그, 그래도요."
"아, 뭐햐. 싸게 가방 디려놓지 않구?"

방문을 열었다. 정성 어린 아저씨 손끝으로 청소된 방은 아주 정갈하고 따뜻했다.

"촌이라 새복에는 춰. 따숩게 이부자리 펴놓고 나와!"

아저씨는 은박지에 싼 고구마를 불 속에 넣고 알 불 위에 찐 옥수수를 굴렸다. 군옥수수 냄새가 구수하게 퍼졌다. 아 참! 나는 얼른 내일 아침에 먹으려던 메밀전병을 꺼내 왔다. 아저씨는 벽에 걸린 석쇠를 내려 메밀전병을 데웠다.

나는 옥수수를 아저씨는 메밀전병을 먹었다.

"구운 옥수수 정말 맛있네요!"
"나두 시상에서 옥시기가 젤 꾸습고 맛나!"

입 짧은 내가 옥수수를 여러 자루 먹고 열무김치 얹은 군고구마도 끊임없이 먹었다. 스스로 생각해도 참 신기한 일이었다.

"먹성이 참 좋구먼. 잘 먹어야 아푸지 않구 일도 잘허지. 장허다, 아주 착하고 장허구먼 그랴!"

아저씨가 칭찬했다. 열일곱 살 먹도록 어른에게 칭찬을 들은 적이 있었던가? 단 한 번도 없었다. 갑자기 울컥했다.

"아저씨는 참 좋은 분 같아요."

"큰애기도 그런감? 나는 누구한티나 그 말을 듣고 살어. 그리서 풀 빌 때도 불끈불끈 심이 솟구, 밭맬 때도 막 신나구 참말로 조와!"

아저씨는 허름한 헛간채에서 얼룩진 쌈지를 들고나와 부스럭부스럭 주민등록증과 지적장애 2급 등록증을 꺼냈다. 내가 깔깔거리며 말했다.

"그러면 그렇지. 아저씨 이름은 김개동 씨네요."

아저씨가 펄쩍 뛰었다.

"그게 뭔 소리랴? 우리 쉬영 아부지가 니 승은 짐가고 이름은 개이다 이랬는디?"

"짐 씨가 아니라 김 씨라니까요."

"아, 왜 자꾸 남 승을 짐가에서 김가로 바꾸고 이름꺼정 개동이라고 우기는 겨? 착한 사람이 그라면 못 씨는 거여."

"알았어요, 알았어요. 이름은 그렇다 치고 아저씨 나이는 쉰다섯 살이에요. 오– 보기보다 되게 젊으신데요."

"그려? 나는 시물댓인가 했더니 아니구먼. 그란디 큰애기는 위치

키 이 민찔만 보고 내 나이꺼정 아남?"

설명하기 복잡해서 말머리를 돌렸다.
 "아저씨는 머슴 살고 한 달에 얼마씩 받으세요?"
 "쌀 한 말."
 "헐, 개 착취!"
아저씨는 무슨 말이냐는 듯 말똥하게 쳐다보더니 금방 아득하고 평온한 표정으로 환하게 웃으며 말했다.
 "나넌 새경 받을라먼 안적도 멀었댜. 쉬영 아버지가 32일 날이 되면 옹글게 쳐서 항꺼번에 준다는구먼."
 "네-에?"

마디마다 굵게 옹이진 열 손가락!
한낮에 흘린 땀으로 등과 가슴팍에 소금꽃이 잔뜩 핀 초라한 겉옷!
그리고 저 웃음, 웃음을!

신도시 늦가을 오전 5시 30분. 지하 1층에서 지상 7층까지 불야성을 이루는 나의 직장 그랜드 웨딩홀 메이크업 샵으로 출근하기 위해 집을 나섰다. 걸어서 15분 거리다. 출근할 때는 언제나 설렜다. 비탈길을 내려와 두 번째 큰길 건널목을 막 건넜는데 갑자기 뒤에서 두 사람이 완력으로 밀어 차 뒷자리에 집어처넣고 급출발을 했다. 납치당하는 줄 알고 얼마나 놀랐는지 모른다. 시니어 미즈 신과 스태프 재경 씨였다.

"어휴 놀래라!"
운전은 미즈 신 남편이 하고 있었다.
"도대체 왜 이러는 거예요?"
미즈 신이 빠르게 말했다.
"대표가 부도내고 튀었어. 지금 투자자들하고 예약고객들이 웨딩홀 쳐부수고 난리야!"

망치로 뒤통수를 세게 얻어맞은 것 같았다. 다음 달, 다음 달하며 봉급 미룰 때 알아챘어야 했다. 봉급을 못 받아 속이 곪아 터져도 티 내지 않고 미즈 신과 재경 씨는 내 돈으로 또박또박 봉급을 입금했다.
"잠깐, 잠깐만요. 그래도 이건 아니지요. 고객들한테 상황을 설명해야지 나 역시 피해잔데 아무 잘못 없이 왜 도망쳐요?"
미즈 신이 벌컥 화를 냈다.
"눈이 뒤집혀 뵈는 게 없는 사람들이야. 설명? 그 설명 잘도 듣겠다! 백 선생 혼자 벌떼처럼 많은 예약 손님 스드메헤[6]다 책임질 수 있어?"

흡! 그런가?

"몰매 맞아 죽고 싶다면 당장 데려다주고!"

5개월 봉급을 이중으로 떼이고 스무 살 문턱 넘은 지 3년 만에 야반

---
6) 스드메헤 : [스]튜디오, [드]레스, [메]이크업, [헤]어

도주라니! 기가 막혔다.

부옇게 김 서린 자동차 유리창에 메밀꽃 같은 아저씨 웃음이 가득했다.

32일이 봉급날인 사람은 아저씨뿐인 줄만 알았는데 나도 당한 것이었다. 어디 나뿐이겠는가? 이 시각 사회 곳곳에서 수없이 벌어지고 있을 것이다.

무수한 일꾼들의 삶을 으깨고 영혼을 탈색시키는 허위의 약속 날짜! 달력에 없는 잔인한 무형의 날짜 32일!

그때 옥수수 알갱이를 씹던 아저씨가 잔뜩 찡그려서 왜 그러느냐고 물었다.
"즘슴 때버텀 아금니 뿌링이가 못 전디게 아퍼서."
"얼른 병원 가보세요."
"빙원은 무신. 설마 이앓타 죽기야 허겄남?"
"그런 게 어딨어요?"
"쉬영 엄니가 시킨 대로 된똥을 홍겊에 싸서 지름에 지져 뜨거울 때 물고 있으면 훨씬 들 아프걸레 맨날 했더니 인자는 이빨이 쪼각쪼각 뿌셔지네."

출근하다 되돌아온 내 얼굴을 본 소영 언니가 대뜸 무슨 일 터졌지?

했다. 언니한테 안겨 펑펑 울었다. 언니는 내 등을 한참 토닥인 끝에 조용히 말했다.

"너 이제 이 신도시에서는 못 살겠구나. 너 혼자 보낼 수 없는 나도!"

"언니는 남친도 있잖아."

"그 문제는 내가 알아서 해."

"싫어 나 혼자 떠날게!"

"섬아, 우리는 네 이름처럼 외롭게 자랐어. 하지만 지금은 아니야. 나한테는 네가 있고 너한테는 내가 있잖아. 그리고 나연이도 있고. 우리는 전국 어디서든 면접만 보면 바로 취직되는 전문 직업까지 있어. 무슨 걱정이야?"

"언니-!"

"우리 셋이 배낭여행 떠나자. 유행의 중심 파리로 콜?"

언니, 나 메밀리 가고 싶어.
32일만 기다리는 아저씨 만나러!

이 말은 차마 밖으로 나오지 못하고 입안에서 헤쳤다 모이기를 반복했다.

終

코이

- 양재기만 아니었어도 내 인생은 180도 달라졌을 것이다.
- 몇십 년 동안 줄기차게 나한테 욕을 얻어먹은 양재기는
- 두 귀가 간지럽다 못해 굴이 뚫렸을지도 모른다.

학원 수업 첫날 넓고 검붉은 자국이 있는 지민의 종아리를 보고 깜짝 놀랐다.

"이게 뭐야? 피멍 들었잖아!"

"시험 못 봤다고 담임한테 열 대 맞았어요."

"열 대씩이나?"

"아직도 그런 폭력 교사가 있어? 부모님이 가만 안 계실 것 같은데?"

"아니에요. 우리 부모님은 많이 때리는 선생님을 좋아해요. 학칙이 엄한 우리 학교로 배정받기를 얼마나 원했는데요."

"버스 타고 올 때 부끄럽지 않았어?"

"성적 떨어진 게 부끄럽지, 맞은 건 부끄럽지 않아요. 대학 가려면 어쩔 수 없죠. 맞아야 긴장되니까요."

"너 요즘 여학생 맞니?"

가늘고 작은 눈과 입술의 지민이 해맑게 웃었다.

"아무리 그래도 너무했다. 고3 여학생을!"

"어른들은 개나 소나 모두 대학 간다고 쉽게 말하죠. 성적 나쁜 저 같은 애들이 얼마나 노력하는지 알지도 못하면서!"

나 역시 그렇게 생각했던 터라 뜨끔했다.

"국가자격증 두 개를 취득하면 가산점을 받거든요. 그래서 야간 자율학습 대신 학원에 오는 거예요."

"집에 가면 11시 넘을 텐데 아침에는 몇 시에 일어나니?"

"6시 30분요. 7시 50분까지 등교해야 하니까요."

"고3 고3 하더니 정말 고생이 많구나!"

시골뜨기 내가 중학생이 되었다.

열심히 공부해서 영어를 잘하고 싶었다. 기생오라비 같은 영어 선생 양재기는 첫 시간부터 선수학습이 된 친구들 수준에 맞춰 수업을 진행했다. 양재기가 윗입술을 말아 올리며 거만하게 말했다.

"나는 명문 여고 진학할 상위 5%만 신경 쓰고 나머지 선떡부스러기[1]들은 관심 없는 사람이야."

영어 시간에 찬밥 신세가 된 우리 95%는 틈만 나면 재수 없는 양재기를 헐뜯었다.

---

1) 선떡부스러기 : 어중이떠중이 실속 없는 무리.

- 우리 반에서 제일 예쁘고 영어 잘하는 숙이를 양재기가 좋아한대.
- 어린 여자만 좋아하는 변태라 마흔 넘도록 장가도 못 간 거래.
- 양재기가 매일 들고 다니며 냄새 맡는 손수건 있지?
- 그거 숙이가 선물한 거야!'

강사 정년이 되어 퇴직하고 밤낮없이 잠만 자는데 10년 동안 알고 지낸 정 원장한테서 전화가 왔다. 다음 주부터 강의해달라고. 몇십 년 동안 열심히 일했으므로 편하게 쉬고 싶었던 터라 결정이 어려웠다. 대학 동기 인영이한테 전화를 걸었다. 같은 아파트 단지에 사는 인영이가 득달같이 달려왔다.

"너 같은 퇴물을 받아주겠대? 뭐 하고 있어. 냉큼 간다고 해야지!"

크게 걱정했던 영어였지만 두 달 정도 지나니까 알파벳을 한글 자음과 모음으로 정확하게 바꿔 읽고 단어 뜻만 외우면 될 것 같았다. 그 설레고도 중요한 사실을 영어 시간에 양재기한테 물어보고 싶어 안달이 났다. 하지만 아직 그것도 모르냐고 공개적으로 무시하며 망신시킬 게 뻔해서 망설여졌다.

누구한테 물어보면 좋을까? 나는 무릎을 탁! 쳤다. 사자성어와 영어만 골라 쓰는 문간방 아저씨가 떠올랐기 때문이다. 두고두고 잘난 척하며 공치사 하겠지만 빨리 알고 싶어서 묻지 않을 수 없었다. 아저씨는 뜻밖으로 얼굴을 붉히며 배운 지 오래돼서 다 잃어버렸다며 어물거렸다.

자존심을 있는 대로 헤집어 놓더라도 양재기밖에 없었다.

고3 승아가 말했다.
"우리 담임도 학원 다니지 말래요."
"아니, 왜?"
"미용학원 다니고 싶으면 실업계 고등학교 가지 왜 인문계 와서 명문대 합격률 낮추느냐고요."
"명문대 아니면 어때서?"
"그죠. SKY대학 아니더라도 우리만 행복하면 되는 거죠?"
"당근이지!"

유일한 남학생 진우가 굵직한 목소리로 말했다.
"우리 담임도 진로 과목 안 바꾸고 계속 학원 다니면 결석 처리해 버리겠대요. 어떡하죠 쌤? 저는 3년 개근상 꼭 받고 싶단 말이에요!"
"2년 넘게 학원 준비해서 시험이 코앞인데 왜, 그만둬. 혼자 속 썩이지 말고 얼른 부모님께 말씀드려. 이 문제는 부모님과 선생님이 만나야 해결되니까."

이번에는 수정이다.
"우리 담임도 미용학원 다니는 친구들은 다 불량한 줄 알고 당장 그만두라고 난리예요."

"자세히 알지도 못하면서 선생님들 어지간하다. 학교 수업 마치고 밤 9시 반까지 이렇게 열심히 하는데 칭찬은 못 할망정 그만두라니?"
"그러니까요. 학교 선생님이나 부모님이나 어른들은 다 똑같아요!"

어른들은 다 똑같다.
아이들 말이 옳았다.
어린 시절을 먼저 겪어냈다는 것 하나로
지나치게 간섭하고 무시해서
아이들의 자신감과 창의력을 무참하게 짓밟으니까.

기다리고 기다리던 영어 시간이 되었다. 무슨 일이 있어도 양재기한테 알파벳을 한글 자음과 모음으로 적어 달라고 할 것이었다. 눈이 빠지게 기다리던 양재기는 교실에 들어서자마자 쪽지 시험을 본다며 얼른 책을 가방에 넣으라고 몰아쳤다. 꼭 물어보겠다고 별렀으나 시험 본다고 설치니까 입을 열 수 없었다.

알파벳 소문자와 대문자를 구별하며 이제 막 걸음마를 떼기 시작한 나한테 쪽지 시험문제는 달리기 수준이었다. 거의 다 틀렸다. 시험이 끝나자 60점 미만은 모두 일어서라고 했다. 육십 명 중 서른여덟 명이 오소소 일어났다.

공부 못하는 놈들 가만 안 둘 거야~!
양재기가 즐겁다는 듯 히죽거렸다.

항상 말이 없던 혜인이 입을 열었다.
"고1 때 담임도 저한테 미용하지 말랬어요."
"왜?"
"수준 높은 일 하며 미용실에 가서 서비스받아야지. 왜 평생 남의 머리만 해줄 생각을 하느냐고요."

아이들이 입을 모았다.
"인문계 선생님들 거의 다 그래요. 답답해서 미치겠어요!"
"선생님들이 미용이 얼마나 예술적이고 과학적인지 전혀 몰라서 그래. 너희들이 열심히 해서 멋진 미용사가 되어 보여주면 되잖아!"

혜인이가 말을 이었다.
"중학교 때부터 반 친구 머리를 잘라줬는데 미용실보다 훨씬 예쁘다고 했거든요."
"혜인이는 타고난 미용사네."
"아 참, 선생님. 미용실에서는 고등학교 졸업생을 환영한다는데 왜 그러는 거예요?"
"이십 년 전에는 그랬지만 미용전문대나 4년제 졸업생이 많이 배출된 지금은 완전히 달라졌어. 아는 원장들이 그러더라. 면접 볼 때 똑같은 조건이면 대학 졸업한 사람을 선택한다고. 직업의식이 뚜렷해서 훨씬 일을 잘한대."

양재기는 콧소리를 내며 지나치게 흥겨워했다.

"성적 나쁜 놈들 손 내밀어. 열 대씩이다 ~ ."

변태라는 별명이 딱 들어맞았다. 점수 좋은 아이들은 우쭐거리며 구경했고 성적이 부끄러운 우리는 고개를 숙이고 손을 비볐다. 양재기가 말했다.

"너희들 맞기 싫지?"

우리는 목청껏 그렇다고 했다.

"안 맞을 방법이 딱 하나 있다."

"그게 뭔데요?"

"코를 만지게 하면 안 때릴게."

모두 입을 딱 다물었다. 이건 성추행이 틀림없었다. 뭐 저런 나쁜 선생이 다 있을까? 앞다투어 양재기를 헐뜯던 우리 반 친구들이었다. 모두 내 마음과 똑같을 것이었다. 양재기가 맨 앞자리 대추방망이처럼 야무진 친구에게 다가갔다. 용감무쌍한 그 친구는 어쩌면 양재기 손을 물어뜯을지도 몰랐다.

평소에 그렇게 말이 없던 혜인이가 그날은 술술 말을 이었다.

"저는 고등학교 졸업하면 곧바로 대형 미용실에 취직할 거예요."

"대학 진학은?"

"엄마 소원은 제가 대학 합격통지서 받는 날 술상 차려주시는 거라는데 아빠가 고등학교만 졸업하고 바로 독립하래요. 대학도 알아서 가고. 두 분 교육관이 달라도 너무 달라서 힘들어요."

"은행지점장다우시네. 우리나라 교육문화와 달라서 그럴 뿐 아버지가 옳으신 거야."
"열심히 기술 배우고 돈 벌어서 꼭 제힘으로 대학에 갈 거예요."
"혜인이 참 멋지다. 응원할게!"

샘 많은 성아가 끼어들며 질문했다.
"우리 부모님은 공부는 때가 있는 법이라고 대학부터 가야 한댔어요. 쌤. 대학 마친 저와 고등학교만 졸업한 혜인이 중 누가 더 빨리 미용사로 성공할까요?"
어떤 답이 듣고 싶어 물었는지 알지만 정확하게 말했다.
"어떤 상황이 닥쳐도 포기하지 않고 열심히 하면 둘 다 똑같이 성공할 수 있어!"

4월 햇살로 보얀 교실.

양재기는 수줍게 몸을 꼬는 친구들의 코를 흐뭇한 표정으로 한참씩 어루만졌다. 빙빙 돌고 돌아 마지막으로 내 차례가 되었다. 양재기가 손을 뻗었다.
"싫어요!"
고개를 돌리며 야멸치게 뿌리쳤다. 양재기 얼굴이 순식간에 일그러졌다. 양재기는 같잖다는 눈초리로 3년간 입으려고 크게 맞춰 촌스럽기 짝이 없는 교복 입은 나를 아래위로 훑으며 한참 쳐다보더니 기분 나쁜 웃음을 흘렸다.

"고등학교 선택할 때 우리 부모님도 실업계는 나쁜 친구 많다고 인문계로 보냈거든요. 까놓고 말하면 내가 나쁜 친구인데 그것도 모르고. 히히!"

"나경이가 왜 나쁜 친군데?"

"흥이 넘치고 남녀 친구가 많아 노느라고 공부를 못하니까요."

"솔직해서 멋지다. 너는 왜 미용을 선택했는데?"

"TV에서 공부로 성공하지 못할 거면 기술이 최고라고 해서요."

"미용을 좋아해서 선택한 줄 알았는데. 아니었어?"

"먹고 살려면 싫어도 해야죠. 대기업은 서른네다섯에 퇴직하지만, 미용은 정년이 없잖아요. 게다가 미용은 절대 로봇이 대신 할 수 없는 직업이고요."

"부모님 두 분이 다 교사라 가정형편이 어려운 것도 아닌데 어떻게 그런 생각까지 다 했어? 대단하다!"

"평생직장이 없어지고, 먹고 살기 힘든 각박한 시대에 태어났으니까요."

나는 고3 때 먹고 살 걱정 같은 것은 할 줄 몰랐다.
똑똑한 나경이 다시 보였다. 나경이 노래하듯 말했다.

"쌤. 그렇다고 제 정서가 사막처럼 건조할 거라 오해는 하지 마세요. 밤이면 달과 지구에 건 해먹에서 구름 이불 덮고 잠드니까요~ ♪."

양재기가 빈들거렸다.

"코 만지는 게 싫어? 싫으면 약속한 대로 맞아야지. 그렇지?"

나는 당당하게 손바닥을 내밀었다. 양재기가 웃으며 자기 말을 안 들으면 이렇게 된다며 친구들에게 큰소리로 숫자를 세라고 했다.

하나, 둘, 셋!

이를 악물었다. 다섯 대를 맞자 나도 모르게 신음이 새어 나왔다. 나는 나를 다그쳤다. 참아. 손바닥 맞는다고 죽지 않아! 양재기는 아주 괘씸하다는 듯 열대를 채우고 뒷맛 쓴 얼굴로 교단으로 올라갔다. 나는 그대로 책상 위에 엎드려 수업이 끝날 때까지 큰 소리로 울었다. 내가 원했으니까 비겁하게 울지 말아야 했는데 양재기 들으라고 악을 썼던 것 같다. 그러면서 간절히 바랐다.

양재기가 따끔하게 혼내거나
교실 밖으로 쫓아내는 일반적인 선생님이기를!

수업이 끝나자 친구들이 우르르 모여들었다.

- 영초야 네가 잘했어.
- 얼마나 징그럽고 찜찜한지 너는 모를 거야.
- 나도 그냥 맞을 걸 그랬어.

친구들이 모두 그렇다고 분개하며 나쁜 선생님을 성토했다.
- 코 만지는 양재기나
- 각목으로 치맛자락 들치는 체육선생이나
- 30센티 자로 젖꼭지 찌르는 수학 선생이나 다 나쁜 놈들이야!

그 후 나는 양재기를 원수처럼 여기며 영어책을 덮었다. 2학년이 되었다. 새로운 영어 선생님을 만나 열심히 공부할 것이었다. 양재기가 또 우리 교실로 들어왔다.

나는 보란 듯이 다른 책을 폈고 양재기 역시 그런 나를 끝까지 모른 척했다.

"다솜아. 블록킹 그렇게 하면 안 돼!"
"먼저 가르치던 김 선생님은 상관없다고 했거든요?"
"정확하게 해야지. 블록킹 점수 따로 있어!"
"김 선생님이 그러는데 시험 볼 때 고등학생은 무조건 높은 점수 준댔어요."
"잘하면 돋보인다는 거지. 무조건 잘 주는 건 아니야."
"우리 정도면 다 합격한다고 했다니까요?"
"자격시험 그렇게 만만하지 않아. 얼른 다시 해!"
"싫어요!"

싫다고?

나경과 혜인을 뺀 고3 7명은 끝까지 내 말을 어기고 하던 대로 했다.

혼을 내야 할 것 같은데 그래지지 않았다. 오랫동안 싫어도 싫다고 내색하지 않는 융통성 있는 주부들을 상대로 교육하던 나였다. 싫은 걸 싫다고 정확하게 표현하는 10대와 정면으로 부딪치자 적잖이 당황스러웠다. 양재기 얼굴이 떠올랐다. 양재기 같은 선생이 되면 절대 안 되는데 나도 양재기처럼 제대로 지도할 줄 몰라 허둥거리고 있는 것이었다.

겨울 방학 내내 일일 10식을 하면서 잠만 잤더니 키가 훌쩍 크고 살이 올랐다. 중학교 3학년이 되자 낡은 교복이 그제야 몸에 맞았다.

영어 시간이 다가오고 있었다. 우리 학교에는 다섯 명의 영어 선생님이 있었다. 이번만큼은 양재기가 아닐 것이다. 드르륵! 문이 열렸다. 빛나는 대머리가 보였다. 이럴 수가! 또 원수 같은 양재기가 들어오고 있었다. 나를 본 양재기가 흠칫 놀랐다.

"니, 니가 그 꼴통 이영초냐? 그동안 몰라보게 예뻐졌구나!"

업신여기며 깔보던 예전의 눈빛이 아니었다. 소름이 쫙 끼쳤다.

다른 강사한테 2년 넘게 배웠던 미용 실기를 가르치기란 보통 어려운 게 아니었다. 앞으로 이 아이들을 어떻게 이끌고 가야 하나? 앞이 깜깜했다. 그렇더라도 씩씩하고 쾌활한 척 성아한테 다가가 블로킹 쉽게 하는 방법을 알려줬다. 성아 역시 싫다고 했다. 이대로 넘어갈 수는 없었다. 나는 칠판에 채점표를 그렸다.

"자, 모두 여기 봐."

학원 다닌 지 얼마 안 된 나영이와 혜인이를 포함한 열다섯 명은 열심히 듣고 고3 7명은 귓등으로 흘려버렸다.
"커트는 블로킹이 4점. 시술 순서 4점. 가위 테크닉 4점. 조화도 8점이야. 블로킹은 심사위원에게 첫선 보이는 시술이라 블로킹 점수를 잘 맞으면 다음 점수도 높게 받을 확률이 커지는 거지."

지민이가 비아냥거리는 투로 말했다.
"쌤이 심사라도 해본 것처럼 말씀하시네요?"
고3 7명은 재빨리 조롱 섞인 눈빛을 교환했다.
"5년간 다른 지역 심사위원이었어. 그래서 누구보다 정확하게 가르칠 수 있고!"

심사는 안 해 봤지만 이라는 답을 기다렸던 7명은 실망한 표정이 역력했다. 익숙해진 기법을 바꾸는 게 어려우니까 무조건 배척하고 싶었을 것이다. 2시간 30분 수업이 10시간처럼 길고 지루했다. 아이들이 뾰족한 심사를 들어내자 내 발길은 자연스럽게 스펀지처럼 흡수하는 열다섯 명 곁에 머물렀다.

양재기 같은 선생이 되지 말자고 그토록 다짐했던 내가
나도 모르게 수강생들을 편애하고 있었다.

양재기가 안타까워 미치겠다는 듯 축축한 눈빛으로 말했다.
"이영초, 영어 공부 지금도 늦지 않았어. 이제부터라도 열심히 해서 명문 여고 가자. 응? 내가 책임지고 지도해 줄게."
나는 들은 척도 하지 않았다. 양재기는 수업 시간마다 살랑살랑 다가와 어깨에 먼지 묻었다며 털고 지나가는가 하면 교탁에 턱을 괴고 흐린 눈으로 나를 쳐다보다 수업의 맥을 잇지 못하기도 했다. 선생이 제자한테 수업 시간에 추파를! 눈을 흘기며 다른 과목 공부에 집중했다.

양재기의 지나친 편애에 친구들이 하나둘 등을 돌렸다.

영어 시험지를 받아들면
아는 게 거의 없는데
점수는 언제나 80점이었다.
성적까지 조작하는 양재기가 진저리치게 싫었다.

핑거웨이브를 시작하는데 고3 7명이 수군거리더니 지민이가 말했다.
"저희는 김 선생님한테 다 배웠으니까 따로 시간 잴게요."
"자신 있다, 이거지? 좋아. 혹시 TV에서 핑거웨이브 스타일 본

사람?"

"청룡 영화제에서 여배우가 하고 있었는데 그 어떤 머리보다 우아하고 멋있었어요."

"맞아, 나경이 눈썰미가 대단하구나!"

고교생은 물론 성인 수강생들도 핑거웨이브 과목은 혐오에 가깝도록 싫어했다. 젤을 발라 C컬 만들기가 어려울 뿐 아니라 끈적거리는 초록색 젤에 거부감이 들어서였다. 미용실에서는 연보랏빛 젤을 사용하는데 왜 국가고시에서는 초록색만 허용하는지 모르겠다.

"너희들 미용실에서 핑거웨이브 요금 얼마 받을 것 같니?"

삼만 원! 오만 원! 십만 원! 각각 대답이 달랐다. 나는 열심히 해보고 싶다는 동기를 부여하기 위해 과장해서 말했다.

"땡, 다 틀렸어. 30만 원!"
모두 놀라 입을 다물지 못했다. 고1 수지가 말했다.

"대박! 쌤, 저 열심히 배워서 핑거웨이브 전문 미용실 할래요."

"와, 신박하다!"

핑거웨이브 시간을 쟀다.

"10분 남았습니다!"
시험장과 똑같이 남은 시간을 알려줬다.
35분 중 34분 56초가 지났다.

초침에 집중했다.

"3, 2, 1, 0. 끝났습니다. 손 떼십시오."

연습은 시험과 똑같이 하고 시험은 연습처럼 편하게 보자는 게 나의 지론이었다. 고3 중에 솜씨 야무진 나영이와 혜인이만 합격점이고 나머지는 엉망진창이었다. 화가 나서 버럭 소리를 질렀다.

"간격도 못 맞추고 리지는 흐릿하고 핀컬도 다 흘러내리잖아. 게다가 방향까지 틀리고. 이게 뭐야? 이대로는 절대 합격 못 해!"

"김 선생님은 이만하면 고등학생들은 다 합격시킨다고 했단 말이에요?"

볼이 부어터진 고3 7명을 앞으로 나오라고 했다. 채점표 7개 만들어 주며 서로의 작품을 심사하고 점수를 적어보라고 했다. 50점 이상의 작품이 하나도 없었다.

"너희들은 기초가 엉망이야!"

내 입에서 기초가 엉망이라는 말이 나올 줄은 꿈에도 몰랐다. 아무리 형편없더라도 완곡하게 바꾸어 말했어야 했다. 양재기가 참된 교육자였다면 손바닥 때리던 날 나를 혼내서 자세를 똑바로 잡았어야 했다. 나는 진심으로 양재기와 다른 훌륭한 선생님이 되고 싶었다. 혼을 내서라도 기초 지도를 제대로 해야겠다.

"다음 시간부터 핑거웨이브 기초부터 다시 한다. 알았지?"

핑거웨이브 수업이 있는 날 문제의 7명이 결석했다. 문자를 보내도 답이 없다. 아이들 처지에서 보면 2년 동안 배우던 강사가 갑자기 바뀌어 혼란스럽고 힘들 것이었다. 게다가 초반에 지나치게 칭찬했던 것도 마음에 걸렸다. 칭찬으로 시작했으면 끝까지 유지했어야만 했다.

"선생님, 저 좀 잠깐!"
시간을 재고 있는데 정 원장이 불렀다.
"아이들한테 핑거웨이브 기초가 형편없다고 그렇게 하면 다 떨어진다고 하셨다면서요?"
"네."
정 원장이 벌컥 화를 냈다.
"그렇게 말씀하시면 여태 가르친 우리 학원은 뭐가 돼요?"

정확하게 지도하기 위해 그랬는데 그게 그렇게 기분 나쁜가? 강의 제안을 했으면 내 방식도 존중해야지! 기분 나쁜 나도 말이 빨라졌다.
"아이들은 시간만 나오면 된다고 생각하는데 그건 오산이에요. 역방향으로 시술하고 아직 간격도 못 맞추고 선을 못 만드는데 어떻게 합격해요?"
"역방향이면 어때요. 나도 그렇게 배웠는데?"

"원장님이 잘못 배우신 걸 그대로 가르치면 안 되죠. 솜이 두꺼워서 핀 컬 작품성이 떨어지고 위아래 핀을 보색으로 배치하면 눈에 잘 띄어 점수가 훨씬 높은데도 끝까지 김 선생이 지도한 대로만 하겠다고 고집부린단 말이에요."

"그랬어도 여태 합격만 잘했거든요?"

믿을 수 없었으나 합격을 잘했다니까 할 말이 없었다. 정 원장이 그것 보란 듯이 자세를 바꾸며 말했다.

"아이들이 선생님 보기 싫어서 오늘부터 집단 결석하겠대요!"

"네-에?"

정 원장이 단호하게 명령했다.

"아이들한테 일일이 전화해서 출석시키고 김 선생한테 배웠던 대로 하게 내버려두세요!"

나는 자격증만 이십 년 넘게 지도한 베테랑 강사였다. 높은 점수 포인트를 훤히 알면서 틀린 대로 가르쳐야 한다니? 아무리 김 선생이 원장 딸이라고 해도 이건 아니었다. 그만두라는 거 아닌가 하는 생각이 들었다. 맞다. 그만두자!

생각을 정리하려고 복도를 서성였다.

그때 배워보겠다고 뛰어서 학원으로 들어가는 고2 몇 명이 보였다. 그들을 보자 꽁꽁 뭉쳤던 마음이 스르르 풀렸다. 내가 홀딱 반했던 아이들을 두고 이만 일로 그만두면 소심하게 결정했다고 두고두고 후회할 것이다.

영어에 발목을 잡힌 나는 고교 시절 내내 최상위권 성적을 유지하지 못해 그늘지게 지냈고 명문대 시험에서 보기 좋게 미역국을 먹었다. 대학에 입학하자 지긋지긋하던 영어성적으로부터 자유로워졌다. 교양과목으로 영어 수업이 있었지만, 영문 소설을 읽고 번역만 하면 되었으므로 사전 검색 시간이 오래 걸려 그렇지 점수 올리는 데는 문제가 없었다.

유원지 자작나무숲에 드문드문 꽃샘 눈이 흩날리던 날
법대생들과 미팅을 했다.
추워서 오들오들 떨고 있는데
파트너였던 견서가 애프터 신청을 했다.
이상형에 가까워 좋다고 했다.

마술에 걸린 듯 추위가 사라지고 사위가 수채화처럼 아름다웠다.

나와 견서는 공통점이 아주 많았다.
어떤 일이든 나서지 않고
말수가 적고
어딘지 서툴고
언제나 주뼛거리고

고집 세면서 욕심 많고

융통성 없고

친구가 별로 없고

학교와 집밖에 모르는 것 등등.

수업이 끝나면 견서가 강의실 밖에서 기다렸다. 늘 그랬듯 우리는 손을 잡고 도서관을 향해 걸었다. 6월 캠퍼스 뒷동산은 토끼풀꽃이 목화송이를 널어놓은 것처럼 하얗게 뒤덮였다. 우리는 누가 먼저랄 것 없이 꽃밭 가운데로 뛰어 들어갔다.

견서는 내 무릎을 베고 하늘을 실컷 바라보다 꽃을 따서 반지를 만들어 끼워주고 화관도 엮어 씌워주며 말했다.

"내 사랑을 받아줘서 고마워. 우리 1·2학년 때 실컷 만나자. 3학년 되면 법대 뒤에 있는 고시 관에 들어가야 하거든."

"괜찮아 우린 떨어져 있어도 마음이 항상 함께 있잖아. 이젠 덥다. 그만 일어나자."

"싫어, 이대로 있고 싶어!"

내가 먼저 일어나 견서에게 책과 가방을 맡기며 가장 시원하고 전망 좋은 자리를 잡으라고 했다. 화장실에 가서 찬물로 세수를 하고 흐트러진 긴 머리카락을 정리했다. 도서관에 가보니 견서가 심각한 표정으로 내 영문소설책을 보고 있었다. 소스라치게 놀라 소리쳤다.

"앗, 안 돼!"

아무리 생각해도 결석하는 수강생들한테 전화를 걸면 더 어색해질 것 같아 문자를 보내기로 했다. 뭐라고 해야 아이들이 수업을 받으러 올까? 잘못했다고 사과를 해야 하나? 아니, 내가 뭘 잘못했는데? 아이들과 자연스럽게 소통하지 못한 것도 잘못이라면 큰 잘못이다. 그렇다면 그걸 어떻게 표현하지? 얘들아. 선생님이 너희들 사랑하는 거 다 알고 있지. 이렇게 쓰면 아이들이 구역질 난다고 할 것이다. 몇 번 쓰고 지우기를 반복한 끝에 간단한 문장을 완성하고 일곱 명에게 전송했다.

나 때문에 요즘 많이 힘들었니?
김 선생님 방법대로 수업할게.
조금 있다 강의실에서 만나자.

True life is lived when tiny changes occur.
트루 라이프 이즈 라이브드 웬 티니 체인지스 어커.

발음 나는 대로 빼곡하게 써놓은 내 영문소설책을 든 견서가 어이없는 얼굴로 바라보았다. 형편없는 영어 실력을 들키지 않길 바랐는데 허사가 돼 버린 것이었다. 견서가 무시하듯 말했다.

"너 영어 기초가 형편없구나!"

얼굴이 화끈했다. 빠르게 책과 가방을 챙겨 들고 뛰쳐나왔다. 견서는 그런 나를 잡지 않았다. 견서야, 빨리 나를 잡아 줘. 제발! 왜 안 잡는 거니? 이 기회에 왜 영어를 못하게 됐는지 시원하게 털어놓고 너한테 따뜻하게 위로받고 싶어! 우리 겨우 이것밖에 안 되는 사이였니?

며칠 뒤 견서가 나 혼자 남아있는 강의실 밖을 서성였다.

들어오지 않는 견서.
나가지 않는 나.

강의실 안팎에서 우리는 보이지 않는 줄다리기를 하며 침묵했다.

영어는 또 하나의 복병이 되어
곱게 익어가던 나의 살굿빛 첫사랑을 떨어트렸다.

비단잉어 코이가 있다. 코이는 작은 어항에 키우면 5cm밖에 안 자라지만 연못에서 키우면 20cm까지 자라고 강에 방류하면 1m 이상 크게 자란다. 이 현상을 일컬어 코이의 법칙이라고 한다. 사람의 배움도 코이와 같다. 양재기는 나의 열네 살 정서 일부와 영어 실력을 작은 어항에 가둔 것이다.

원장과 담합하고 학원 근처 분식집에서 기다리고 있던 아이들이 그

것 보라는 듯 의기양양하게 강의실로 들어왔다. 강의실은 모범 팀 15 : 까칠 팀 7로 선을 그린 듯 나뉘었다. 우스갯소리로 분위기를 풀어보려 했지만 까칠 팀이 썰렁하다고 대놓고 비웃었다. 그러거나 말거나 아무렇지 않게 수업을 진행했다.

"지난 시간에 롤 컬 3요소가 뭐라고 했지?"

"수분, 각도, 탄력!"

모범 팀이 대답했다.

"나머지는 왜 대답 안 하는데?"

까칠 팀이 냉큼 받았다.

"김 선생님은 그렇게 어려운 말도 안 썼거든요?"

이것들이 진짜!
화가 치밀었다.

아, 참. 김 선생이 가르치던 대로 하기로 약속했다. 하지만 아이들을 올바르게 지도해야 하는 의무가 있는 선생이라는 것도 잊어서는 안 되었다.

"골치 아프다 이거네. 하지만 중요한 건 알고 넘어가자. 고1이 새로 들어와서 롤 컬 3요소가 뭐냐고 물어보면 대답은 할 수 있어야 하지 않을까?"

여학생만 있는 우리 과는 인기가 좋아서 끊임없이 미팅 제의가 들어왔다. 여러 번 미팅했으나 죽자 살자 쫓아다니는 남학생은 시시해서 싫고 어쩌다 괜찮은 사람이 있어도 주저주저하다 졸업식을 맞았다. 식장 안은 꽃다발을 든 남학생들로 북적거렸다.

온 도시가 커플들로 술렁거리는
크리스마스이브의 허전함과 쓸쓸함이 몰려와 외로웠다.

학원에 근무한 지 두 달이 지났다. 충분히 합격할 수 있다고 자만하는 까칠 팀은 나와 마주치는 게 싫어서 주말에만 학원에 나왔다. 어쩌다 평일에 나오더라도 내 말은 전혀 듣지 않을뿐더러 대답조차 하지 않았다.

양재기한테 무례했던 나와 똑같았다.

일반인은 오전 10시부터 오후 4시까지 수업하고 그것도 모자라 밤 9시까지 연습해서 4~5개월이면 미용사 자격증을 취득했다. 하지만 고교생들은 학교 수업을 마치고 학원에 다니므로 시험 준비기간이 1년 넘게 걸렸다. 게다가 그해 7월부터 시험과목이 바뀌어 떨어지면 또다시 1년여의 준비기간이 필요한 상황이었다. 지금부터라도 맹연습해서 5월 말에는 무조건 시험을 봐야 했다.

누구보다 잘 알고 있는 고3들은 4월 중순이 넘자 얼굴을 하나둘 내밀었다.

첫 시험은 경험 삼아 치르고 두 번째 시험에 합격하기로 목표를 세우자고 했더니 지민이 비웃었다.

"우리는 열 번도 더 봤거든요. 두 번째 시험 좋아하시네!"

합격만 잘했다던 원장 말은 말짱 거짓이었다.

실력에 따라 접수를 앞당길 것인지 늦출 것인지 가능하면 여러 번 시험 볼 수 있도록 날짜를 계산했다. 핑거웨이브 시간을 재는데 가장 많이 빈들거렸던 지민이와 승아 작품이 형편없어 멈추라고 했더니 볼멘소리로 대꾸했다.

"김 선생님한테 배운 대로 하는 게 편한데 왜 자꾸 그러세요?"

나는 확연하게 달라질 필요가 있었다.

"틀림없이 김 선생님도 이렇게는 안 가르쳤어. 잘못된 방법을 고치지 않아 습관 돼서 이런 거야!"

"시간 없는데 언제 기초부터 다시 하냐고요?"
두 아이는 반항심을 극대화하기 위해 웨이브를 큰 빗으로 도끼질하듯 찍어서 무너뜨렸다. 모범 팀 고3 혜인이와 나경이가 말했다.

"이 선생님 말씀대로 해봐. 시간이 절반 이상 단축돼."
까칠 팀이 목소리를 낮게 깔았다.

"니들 잘난 거 다 알거든. 그 입 다물어라!"

나는 까칠 팀 7명 눈동자 열네 개를 파고들 듯 응시하며 물었다.

"너희들 아까운 시간 쪼개서 학원 오는 목적이 뭐야?"
대답이 없었다. 대답 안 해? 크게 소리를 지르자 마지못해 대꾸했다.
"자격증 따려고요."
"빨리 합격하고 싶지? 그런데 왜 여태 합격 못 했을까? 혜인이랑 나경이는 학원 다닌 지 얼마 안 되는데 너희들보다 잘하잖아. 지금부터 내가 가르치는 게 싫다는 편견을 버려!"

나는 까칠 팀 한 명씩 경직된 손을 감싸 쥐었다.

"힘 빼고 나한테 맡겨. 오늘이 핑거웨이브 첫 시간이라고 생각해."
"……?"
"억지로 모양내지 말고 머릿결을 따라 큰 파도 모양으로 그냥 빗어."
"이렇게요?"
"그래, 바로 이거야."
"어머, 어머. 이게 되네요. 선생님!"

견서가 꽃다발을 들고 환하게 웃으며 성큼성큼 다가오고 있었다. 잘못 본 게 아닌가? 눈을 의심했다. 알 수 없는 서러움이 밀려와 울음을 터트리며 얼른 두 손으로 얼굴을 감쌌다. 견서가 말했다.
"이영초 오랜만이다. 졸업 축하한다!"
"고마워!"
대답과 동시에 손을 떼었다. 견서는 없었다. 얼른 돌아보니 견서는 나의 절친한 친구 인영의 어깨를 안고 사진을 찍고 있었다.

계속 들락거리며 부산을 떨던 성아가 자랑스럽게 말했다.
 "선생님. 저, 다음 주에 시험 봐요. 방금 접수했어요."
일곱 중에서 꼴찌인데 가장 먼저 접수한 것이었다.
 "너는 5월 중순 이후에 봐야 해."
 "아홉 번 볼 동안 아무 때나 봤단 말이에요."
 "나하고 먼저 상의했어야지. 너는 결석을 많이 했잖아. 한 달 더 연습해야 하니까 얼른 취소해."
 "아이 씨―. 좆나 재수 없어!"

성아가 빗을 집어던지고 밖으로 나갔다.
야. 너 거기 서! 어디다 대고 까불어?
이번에도 그렇게 소리 지르지 못했다.

나는 이미 '김 선생이 가르치던 대로 할게'라고 문자를 보낸 순간 아이들한테 덜미를 잡힌 것이었다. 실력 있는 자격증반 강사는 흔치 않아서 정 원장은 1년 넘게 내가 퇴직하기만을 기다렸다고 했었다. 정 원장과 아이들이 담합 했던 그날 무슨 일이 있어도 내가 가르치는 방법을 고수했어야만 했다.

지금이라도 당장 그만두고 싶었다. 하지만 나를 신뢰하는 수강생들이 훨씬 많고 게다가 시험이 코앞인 지금 그만둬서 양재기보다 더 나쁜 사람이 될 수는 없었다. 이 학원에서 처음 고등학생들을 처음 만났을 때, 나 혼자 한 약속이 있었다.

- 너희들을 더 넓고 멋진 미용 세계로 옮기는 뜰채가 되어 줄게

중학교 1학년 때 양재기 아닌 다른 영어 선생님을 만났다면 나는 틀림없이 명문대를 졸업했을 것이고 거지 같은 선생 만나서 영어 공부 못 했다는 못나 빠진 소리도 하지 않았을 것이다.

- 그리고 무엇보다
- 소리 높여 부르면 메아리로 돌아올 거리에
- 첫사랑 견서와 가장 친한 친구 인영을
- 두고 사는 일은 더더욱 없었을 것이다.

終

내가 누구냐?

20년 전 아파트를 분양받았다. 윗집 인숙 형님과 앞집 숙영 엄마와 셋은 매일 만나 이야기를 나누고 김장을 함께 하고 봄나물도 뜯으러 다녔다. 우리는 서로에게 상처가 될 만한 말은 삼가며 적당한 거리와 예의를 지켜 얼굴 한번 붉히지 않고 잘 지냈다. 8년 전 윗집에 살던 인숙 형님네가 아파트를 크게 늘려 이사 가고 저지난해에는 앞집 숙영이네까지 신도시 새 아파트로 떠났다.

별 볼 일 없는 우리만 남았다는 무력감과
이웃을 잃은 허탈감은 오래도록 치유되지 않았다.

앞집 숙영이네가 살던 1204호에 고등학생을 둔 맞벌이 부부가 이사 와서 얼굴도 잘 모른다. 그랬던 앞집이 이사 갔다. 우리 라인 30세대를 통틀어 나만 전업주부이고 나이도 제일 많아 말 상대가 없다. 그러니 앞집으로 이사 올 이웃에 큰 기대를 걸 수밖에.

하루, 이틀, 일주일, 두어 달이 지나도록 앞집에는 아무도 이사 오지 않았다. 인테리어를 새로 할 계획이라 늦어지나 했으나 공사하는 기미도 없었다. 내 또래가 오면 얼마나 좋을까? 여러 식구가 사는 대가족이어도 좋고 아기가 있는 젊은 부부가 오면 손자처럼 예뻐해 줄 수 있으니 더 좋을 것 같았다.

서너 달 지난 어느 날 앞집에서 웅얼웅얼 말소리가 들렸다. 그러고 보니 나 모르는 사이에 이사를 온 모양이었다. 앞집은 언제나 빈집 같아서 몇 달 지나서야 윤곽이 잡혔다. 요란하게 울어대는 어린 남자아이가 하나 있는 젊은 부부라는 것. 아주 가끔 할머니와 할아버지, 삼촌, 고모 셋, 왕고모 등 대가족이 함께 몰려온다는 것.

각도를 달리 보면 내가 원하는 이웃 조건을 고루 갖춘 것 같으나 늘 집을 비우니 절대 아닌 셈이었다. 이사 온 지 1년 넘도록 두어 번 마주쳤을 뿐이다.

앞집은 오기만 하면 현관문을 활짝 열어 놓았다. 며칠 전 어른들의 과잉보호 속에서 자란 아이는 다섯 살이 되었어도 모든 요구사항을 목청껏 우는 것으로 대신했다. 아이 부모는 큰 소리로 혼내다 달래기를 반복했고 나머지 어른들은 거실에서 이야기꽃을 피우며 박장대소했다.

우리 아이들 키울 때를 떠올리며 마음을 다스렸다.

그래, 울어라. 실컷 울어라.

많이 울면 목청이 확 터져 목소리가 좋아진다더라.
우니까 아이지, 달리 아이겠니?

아이는 점점 더 크게 울었고 그에 정비례한 어른들 목소리도 커져서 그야말로 앞집은 장님도가[1]를 방불케 했다. 아침 일찍 왔으니 저러다 불시에 가버리겠지 하고 기다렸으나 그날은 달랐다. 한나절이 지나고 오후 3시가 되었다.

참다못해 현관문을 열었다. 아이 세발자전거를 우리 문 앞에 놓아 드드득! 밀려나는 소리가 났다. 자기네 문에서 엘리베이터 앞까지는 크고 작은 과일상자 나부랭이와 아이가 타는 커다란 자동차, 물이 철철 흐르는 종량제 봉투가 놓여있었다.

　"안녕하세요, 앞집이에요!"

열린 문 안을 기웃거리며 인사하자
거실에서 떠들던 가족들이 낄낄거리며 우르르 안방으로 몰려갔다.

어지러이 놓인 신발 끝에 서서 아무리 불러도 방안에서는 킥킥 숨죽인 웃음소리만 들릴 뿐 아는 척하지 않았다. 약이 바짝 올라 잇달아 초인종을 눌렀다. 그제야 아이 할머니가 안방에서 빼꼼히 얼굴만 내밀었다.

---

1) 장님도가 : 여러 사람이 모여 떠들어 대는 곳을 이르는 말.

"더운 계절이 아니니까 현관문을 닫으셨으면 좋겠어요. 너무 시끄러워서요."

"아니, 우리가 여기서 항상 사는 것도 아닌데 이까짓 것도 이해 못해주면 어떡해요? 아파트 인심 참 야박하네요. 문은 닫으라고 만든 게 아니라 열라고 만든 거거든요!"

아이 할머니는 아주 불쾌한 표정으로 힐난하고 사라졌다. 방안에서는 가족들의 뒷소리가 이어졌다. '내 집에서 내 입 갖고 말도 못 하냐?' '나는 이래서 아파트가 싫더라.' '아이고, 무서워라' '이게 어디 사람 사는 곳이야?' '맞아, 나는 아파트 공짜로 준대도 싫어!'

와ㅡ 이 상황을 어떻게 수습해야 하나?

본전도 못 건지고 집으로 돌아온 나는 전화기를 붙들고 여동생한테 하소연을 시작했다.

"언니, 그 정도는 애교야. 우리는 아래층에서 고소한다고 난리야!"
"그건 또 무슨 소리라니?"
"우리 아파트는 날림공사를 해서 층간 소음이 장난 아니거든."
"아무리 그래도 어른만 사는 너희 집이 뭐가 시끄럽다고?"
"우리가 걸으면 아래층 할아버지가 발짝 떼는 대로 따라오면서 기다란 몽둥이로 쿵쿵 거꾸로 올려 쳐!"
"대박! 불안해서 어떻게 사냐?"
"장 서방하고 선재가 신경쇠약 걸리겠대."

"너는 괜찮고?"

"나는 원래 그런 것에 둔하잖아. 그래서 맛있는 거 만들면 나눠주고 그래."

"대단하다."

"대단해서가 아니라 이사 갈 거 아니면 어쩔 수 없잖아."

"에휴, 우리 형제는 이웃 복도 어지간히 없다. 어릴 때는 아랫집 판수네 때문에 지긋지긋하더니!"

"그랬어? 나는 아랫집이 정겨워서 참 좋았는데. 엄마 없이 잠든 판순이가 얼마나 애처로우면서 예쁘던지!"

"그래서 산호 내팽개치고 얼굴에 파리똥 가득한 판순이만 업고 다녔냐?"

"산호 곁에는 엄마가 있지만 판순이는 온종일 혼자 있었잖아."

형제인데 이웃에 대한 추억의 방향이 달라도 너무 다르다.

내가 비정상인가?
아무래도?

우리 아버지 돌아가셨을 때 시내 살던 판수는 아내와 남자 형제들을 데리고 아침 9시에 와서 저녁 7시에 돌아갔다. 돼지를 잡아 순대를 만들고 온종일 손님상을 차려 날랐으며 갓 결혼한 아내에게 허드렛일과 설거지를 시켰다. 삼우제 지낸 저녁에 판수 형제들에게 눈물을 글썽이며 고맙다고 하자 판수가 말했다.

내가 누구냐?

네 이웃사촌 아니냐?

갑자기 어린 날의 이웃이던 판수네가 떠오르며 앞집과 비교되었다. 진흙 칠갑을 하고 반갑게 달려들어 미워하려야 미워할 수 없는 흙강아지 같은 판수네. 미운 짓 실컷 저질러놓고 눈도 안 마주치는 새침데기 고양이 같은 앞집. 앞집을 좋은 이웃으로 만들려면 당장 서점에 가서 고양이 길들이는 책을 사야 할 것 같았다.

만약 지금 판수가 껄껄 웃으며 산희야 내가 누구냐? 하고 묻는다면 거리낌 없이 너의 이웃! 하고 크게 대답할 수 있을 것 같다. 땅이 가까운 나이가 된 지금에야 깨달았다. 그 대답이 나오기까지 너무 오랜 시간이 걸렸다.

산등성이 두 개가 앞뒤로 붙어있는 좁은 골짜기 가재울에 우리 집이 있고 아랫집은 판수네다. 우리 집 다섯 식구와 아랫집 아홉 식구는 사철 콸콸 흐르는 맑은 개울물을 수많은 가재와 사이좋게 나누어 먹으며 살았다.

달이 뜬 가재울 봄밤은 잠을 자면 죄가 될 만큼 아름다웠다. 진달래가 흐드러져 산자락이 분홍치마를 두르면 달도 깜짝 놀라 눈이 화등잔[2]만 해지고 소쩍새 역시 목이 쉴 때까지 사랑 노래를 부르지 않고

---

2) 화등잔 : 기름을 담아 등불을 켜는 데에 쓰는 그릇.

는 견디지 못했다.

수줍은 앞뒤 산은 아름다운 서로의 모습에 홀딱 반해서 소쩍새가 소-쩍! 할 때마다 얼른 안아보고 서둘러 각자의 자리로 돌아갔다.

키가 크고 잘생긴 아랫집 동갑내기 판수는 마른버짐이 온 얼굴을 뒤덮은 나를 언제나 무시하고 따돌렸다. 버들개지가 눈을 뜰 무렵 판수는 제 형이 만들어 준 호드기를 자랑스럽게 불어대며 지나치게 으스댔다. 나 한 번만. 딱, 한 번만 불어 보게 해줘, 응? 안 돼, 어림없는 소리 하지 마!

호드기를 만들어 줄 오빠가 없는 나는 무척 서러웠다.

1학년 여름 방학이 끝나고 9월 하순이 되었다. 어머니는 혼자 가겠다고 고집 피우는 나를 판수네 형과 누나에게 부탁했다. 판수에게는 더 간곡하게. 그럴 때마다 걔들은 산희 어머니 저희가 있잖아요, 아무 걱정하지 마세요. 라고 싹싹하게 말하며 판수 누나는 다정하게 내 손을 잡고 판수는 내 가방을 메었다.

어머니는 언제나 나의 등하굣길을 안심했다.

신작로를 한참 걸어 좁은 밭둑길에 이르면 판수 누나는 내 손을 홱

뿌리쳤다. 그것을 신호로 판수는 내 가방을 벗어 동댕이치듯 던져주고 등을 확 떠밀어 앞장세웠다. 길 양쪽에는 여름내 오금드리로 자란 바랭이풀이 우거져 있었다. 길을 완전히 덮어버린 풀잎과 줄기에는 구슬 항아리를 엎어놓은 것처럼 아침 이슬이 듬뿍 매달려 있었다.

- 이슬받이 한 거 어른들한테 일러바치면 죽여버린다!

판수와 판수 누나는 물속에서 걸어 나온 것처럼
아랫도리가 흠뻑 젖어 덜덜 떠는 나한테 주먹을 쥐고 을러댔다.

식구는 아홉에 비탈밭 두어 떼기가 전부인 판수네는 이루 말할 수 없이 가난했다. 판수 큰형은 입을 줄이기 위해 초등학교도 못 마치고 시내 자동차공장으로 떠났다. 그러나 그해 시월 판수 동생이 태어나도로 아홉 식구가 되었고 먹은 게 별로 없는 판수 어머니는 젖이 바짝 말라붙었다. 아기는 젖 대신 눈 흘긴 것처럼 묽게 쑨 밀가루 풀물을 먹였다. 판수 누나는 굶주림으로 꼬챙이처럼 마른 아기가 우는 소리도 못 내고 허덕이면 사카린을 솔잎 끝으로 찍어 먹이고 맹물 담긴 젖병을 물렸다.

판수네는 하루 두 끼니만 먹었다. 아침은 꽁보리밥이고 저녁은 등겨 개떡이나 찐 고구마, 비지떡, 감자범벅. 도토리 무거리 떡, 무죽. 시래기죽, 수수죽, 호박 풀떼기 등등이었다.

술지게미, 쑥개떡, 쑥버무리, 아카시아꽃 버무리, 느릅나무잎 버무리, 풋바심한 찐 밀, 찐 보리쌀, 보리단술!

판수네 식구들은 넌더리를 내는 음식이었으나 나에게는 별식이었다. 입이 짧아서 골머리를 앓던 어머니는 무엇이라도 많이 먹으라고 가끔 나를 아랫집으로 내려보냈다. 그악스러운 판수네 형제들이었지만 초하룻날 아침처럼 반기며 자기들의 끼닛거리를 흔쾌히 나한테 양보했다.

어머니가 함지박 가득 쌀밥을 퍼서 담 너머로 넘겨주기 때문이었다.

판수네는 이른 봄 개구리알을 건져 먹고 눈에 띄는 대로 너구리, 담비, 오소리, 맹꽁이, 개구리, 두더지, 지렁이, 쥐, 뱀 등을 잡아 물을 많이 넣고 끓여 먹었다. 어머니는 특히 개구리알과 쥐가 징그럽다고 몸서리를 쳤다. 그럴 때면 점잖은 아버지가 어머니를 나무랐다.

당신, 그러면 못 써.
사흘 굶어 도둑질 안 할 사람 없어.
가난하면 우리도 똑같아.
그렇게라도 영양 보충해서 살아내야지!

어느 늦여름 윗동네에서 미친개를 작대기로 두들겨 죽인 뒤 땅에 묻었다. 그 소문을 들은 판수 아버지는 판수 작은형을 데리고 단걸음에 달려가 파내서 가마솥 가득 개장국을 끓였다. 판수 어머니는 이럴 때 신세를 갚아야 한다며 커다란 뚝배기에 개장국을 가득 담아 호박잎을 덮어 들고 우리 집으로 왔다.

어머니와 나는 난감한 표정으로 수저를 드는
아버지를 흥미롭게 지켜보았다.

남의 밭이나 논일을 해주며 품을 파는 집은 일소가 꼭 필요했다. 판수 아버지는 소 한 마리 키워보는 것이 평생소원이라고 노래를 불렀다. 아버지는 소 한 마리를 사서 판수 아버지에게 맡겼다. 나중에 소가 새끼를 낳으면 송아지는 판수네 것이 된다고 했다. 우리도 소가 있다. 우리도 씨소가 생겼다! 판수네 식구들은 새끼를 낳으려면 아직도 멀었는데 벌써 송아지를 받아 안은 것처럼 서로 얼싸안고 마당을 빙글빙글 돌며 기뻐했다.

접낫[3]은 작고 바짝 마르고 아주 못생긴 판수 아버지를 지칭하기 위해 만들어진 말 같았다. 그날도 판수 아버지는 아버지한테 물려받은 반바지와 중절모를 쓰고 앞서 걷는 소를 따라 새벽같이 품을 팔러 산길을 내려갔다. 아버지의 반바지는 판수 아버지에게 긴 바지가 되었고 터무니없이 넓은 바지통은 치맛자락처럼 펄럭거렸다. 중절모 역시 커서 머리둘레를 맞추기 위해 완전히 뒤로 젖혀 써서 둥근 챙 모

---

3) 접낫 : 아주 보잘것없는 사내를 비유적으로 이르는 말.

자 같았다. 등에는 장난감처럼 작은 지게를 지고 잔뜩 찡그리며 투덜거리다가 갑자기 헤실헤실 웃었다. 웃음 끝에는 으레 카-악! 요란하고 걸쭉하게 끌어올린 가래침을 목 돌리는 것조차 귀찮아 그대로 퉤! 앞을 향해 멀리 뱉었다.

절꺽!

판수네 뒤란 장독대에서 뭔가 깨지는 소리가 들렸다. 이 늙은 년이 환장했나? 판수 어머니 욕설에 해묵은 오이장아찌가 눈을 뜨고 말을 하는 것 같은 판수 할머니가 맞받았다. 에라, 이 벼락 맞을 년아, 시에미 죽이려고 자배기를 집어던져? 하늘도 안 무섭더냐, 이 년아! 판수 어머니가 악을 썼다. 아이고 귀신은 뭐 하나 몰라, 저런 산송장 안 잡아가고?

우리 집에서 서로 아침을 먹기 위해 고부는 아침마다 악착같이 싸웠다. 그녀들 중 승자는 우리 부엌 찬마루에서 어머니에게 패자의 악행을 고해바치며 아침을 먹었다. 저녁상에는 판수 형제 중 두셋이 윗입술까지 내려온 누런 코를 훌쩍거리며 스스럼없이 수저를 들고 달려들었다.

참 이상도 하지?

아버지와 내 동생들은 아랫집과 나누는 식사를 조금도 불편해하지 않았다. 아니다. 불편해하기는커녕 오히려 반기는 것 같았다. 어머니는 불뚱거리는 내 등짝을 후려갈기며 인정머리가 눈곱만큼도 없다고 눈을 흘겼다.

식구들끼리 밥 먹고 싶다는 게 무슨 잘못이라고?
분하고 억울해서 판수네가 더 밉고 싫었다.

어려서 약을 잘못 먹어 조금 모자란 판수 어머니는 정이 많고 팔랑개비처럼 부지런했다. 판수 할머니는 갓 시집온 어린 판수 어머니한테 온종일 산비탈에서 밭을 일구게 하고 역시 조금 모자란 판수 아버지와 둘이 쌀밥이나 떡을 해 먹었다. 그런 날일수록 판수 할머니는 꼬투리를 잡아 세상 물정에 어두운 며느리를 몰아세웠다. 물론 판수 아버지에게 낮에 있었던 일에 대해 입조심할 것을 누누이 당부하는 것도 잊지 않았다.

그랬어도 자랑 말이 마려워 안달 난 판수 아버지는
판수 어머니 꽁무니를 치마끈처럼 쫓아다녔다.

판수 어머니는 산비탈 밭고랑에서 혼자 판수 형들과 누나를 낳았고 이빨로 탯줄을 끊은 뒤 흙 묻은 치마폭에 아기를 싸안고 집으로 돌아오곤 했다. 판수 할머니는 혹독한 산고에 지쳤을 그녀에게 산후조리는커녕 따뜻한 미역국 한 그릇 끓여주지 않았다. 이래저래 판수 어머니는 뼛속들이 한이 맺혔다.

아이와 산비탈 따비밭[4] 숫자가 늘어나면서
차츰차츰 판수 어머니가 집안을 장악했다.

개도 손 볼 날이 있다더니 하루는 아랫집에도 손님이 왔다. 키가 크고 인물이 훤한 여자였다. 나는 언젠가부터 식구들과 조금도 닮지 않은 판수를 수상쩍게 생각하고 있었다. 그래, 틀림없어. 저 여인이 판수의 생모일 거야! 하지만 날고구마 먹은 게 체했다며 석유를 한 모금 마시고 오만상을 찌푸린 채 외양간 앞에 앉아 있는 판수 아버지를 보자 아무래도 아닌 것 같았다. 여인은 도도한 눈길로 집안을 둘러보더니 득달같이 부엌으로 달려가 판수 할머니 가슴팍에 주먹질하며 울부짖었다.

판수 할머니는 무게감 없는 가랑잎처럼 바닥으로 주저앉았다.

판수 할머니는 과부가 되자 돌도 안 된 판수 아버지를 버리고 체 장수를 따라 나갔다가 4년도 안 돼 거지꼴로 돌아왔다. 그동안 우리 할머니가 판수 아버지를 막둥이거니 여기며 돌보았다. 그 빚으로 판수 할머니는 한 번도 우리 할머니 얼굴을 똑바로 보지 못했다.

체 장사와 판수 할머니 사이에 태어난 여인은 판수 아버지보다 두 살 아래라고 했다.
판수 아버지가 격분해서 소리쳤다.

---
4) 따비밭 : 따비로나 갈 만한 좁은 밭.

"깐난쟁이나 진배없는 나를 내버리고 나갔으면 그만이지. 뭐 하러 다시 기어들어왔댜? 꼴도 보기 싫으니께 당장 나가 죽어!"

시어머니가 원수보다 더 밉고 싫었던 판수 어머니는 신바람이 나서 어깨춤을 추었다.

꼭꼭 감추었던 비밀이 들통나자 판수 할머니는 아궁이도 없고 방고래도 켜지 않은 헛방으로 쫓겨났다. 그때부터 혼자 자고 혼자 먹었으며 드는지 나는지 아무도 아는 체하지 않았다. 들창도 없는 헛방은 굴속같이 어둡고 눅눅해서 노래기와 그리마가 낡은 짚 돗자리 사이를 거리낌 없이 누비고 다녔다. 판수 할머니가 길게 벌어진 문틀과 흙벽 사이에 낫을 넣고 죽! 긁어내리면 납작한 다갈색 빈대들이 투두둑 떨어졌다.

판수 할머니는 갈퀴 같은 손으로 쉴 새 없이 온몸을 우벼 파듯 긁어서 피딱지 낀 긴 손톱 밑이 늘 검붉었다.

4학년이 되었다. 악바리와 찰거머리를 합친 것 같은 판수 누나가 졸업하고 시내 방적 회사에 취직해서 기숙사로 들어갔다.

누구의 간섭과 핍박 없이 동생 산이와 노래를 부르며 학교 가는 길은 참으로 행복했다. 악, 언니-! 앞서 걷던 산이가 앞으로 폭 고꾸라졌다. 허방다리에 빠졌다 나온 산이 구두는 똥 범벅이 되어 있었다. 범

없는 골에서는 토끼가 선생이라더니 판수 짓이었다.

죽은 뱀을 얼굴에 집어 던져 기겁했을 때보다 더 원수 같았다.

집보다 학교가 훨씬 가까운 거리였다. 이 일을 어쩐다? 망설이다 개울로 내려가 산이를 바위에 앉히고 모래밭에 구두를 골고루 비빈 다음 물에 씻고 또 씻었다. 얼음의 기억을 고스란히 간직한 3월 산골 물은 뼈가 저리도록 시렸다. 구두가 겨우 해결되자 바짓단에서 똥 냄새가 난다며 창피해서 학교에 안 간다고 울기 시작했다. 하는 수 없이 지르잡고 물에 빤 뒤 나보다 훨씬 큰 산이를 업고 몇 걸음 걷다 내려놓고 쉬기를 반복하며 가까스로 학교에 도착했다.

판수네는 판수 형들과 누나가 벌어 보낸 돈과 소 판 돈을 합쳐 논 한 마지기를 샀다.

판수 어머니는 밭도 있고 소도 있고 논도 있는 부자라며 밥을 안 먹어도 배부르다고 했다. 이제 거만해진 판수 어머니는 우리 집으로 밥 먹으러 오지 않았고 공부 잘하는 판수는 중학교에 보낼 거라고 끊임없이 떠벌렸다. 그 바람에 판수 할머니는 마음 놓고 우리 집에서 아침을 먹었다.

판수 할머니는 어쩌다 우리 집 건넌방이나 대청에 과자나 실뭉당이, 헝겊, 실내화, 리코더 등 관심을 끄는 물건이 있으면 얼른 다가가 넝

마쪽 같은 치맛자락으로 푹 덮고 그 자리에 앉아 한참 고개를 꾸벅거리며 조는 척했다.

고쟁이에 태극기로 만든 커다란 주머니에 몰래 집어넣기 위한 밑 작업이었다.

언젠가 먼 동네에서 굿 구경을 하고 온 판수 할머니가 어머니를 숨 가쁘게 부르며 올라왔다. 보잘것없는 자기를 사람대접해 줘서 고마웠지만 무엇 하나 주는 게 없어 늘 미안했다며 치마를 들치고 커다란 태극기 주머니를 뒤적이기 시작했다. 얼레 그게 어디 갔지? 판수 할머니는 주머니 속을 한참 뒤진 끝에 때꼽재기[5]가 잔뜩 달라붙은 시루떡 반쪽을 꺼내 어머니한테 건네며 아무도 주지 말고 어서 먹으라고 재촉했다.

판수 할머니가 앓아누웠다. 나는 5학년이 돼서야 오붓하게 가족끼리만 아침 식사를 할 수 있게 되었다. 문병 차 아랫집에 갔다 온 어머니가 말했다. 여태까지는 고추 식혜 한 솥이면 어떤 병이던지 씻은 듯이 나았는데 이번에는 이상하다고. 아무래도 얼마 못 살 것 같다고.

판수 할머니는 어머니 예상을 앞당겨 바로 그날 죽었다. 판수네 식구들은 누구 하나 슬퍼하지 않았다. 아니 슬퍼하기는커녕 잔칫집 같

---

5) 때꼽재기 : 더럽게 엉기어 붙은 때의 조각이나 부스러기.

은 분위기였다. 판수 할머니가 죽자 이상한 일이 벌어졌다. 소가 새끼를 낳다 죽는 것이었다. 그 일이 반복되자 어머니는 판수 어머니를 데리고 무당을 찾아갔다.

무당은 대뜸 판수 할머니처럼 바짝 쪼그리고 앉아 혀로 입술을 핥으며 호통쳤다.
　"내 칠성판 내놔 이 불효막심한 것들아! 내 칠성판 안 내놓으면 머잖아 네년부터 잡아먹고, 네년 아들놈들 차례차례 다 잡아먹고 말테다!"

그 말을 전해 들은 판수 아버지는 무당말을 듣느니
지나가는 똥개 말을 듣겠다며 콧방귀를 뀌었다.

6학년 2학기가 되었다. 학교에서는 중학교 입학시험을 위해 과외공부를 시작했다. 밤 10시에 공부가 끝나면 판수와 옆 동네 경순이와 셋이 밤길을 걸었다. 판수는 요즘 철이 들었는지 심술도 안 부리고 싹싹해서 새끼손톱만큼 좋아졌다.

10월 하순 밤바람에 가랑잎이 싸락눈 내리는 소리를 내며 쓸려 다녔다. 경순이가 제집으로 들어가고 판수와 이장네 김장밭을 지나 소태골 모퉁이로 접어들었다. 판수가 다정하게 말했다. 산희야, 우리 내기하자. 잠깐 그대로 있어 봐. 그러더니 갑자기 - 달리기 시합 시작! - 하고 소리치며 번개같이 뺑소니를 쳐버렸다.

야, 이 나쁜 놈아!

울먹이며 덩달아 달리던 나는 우뚝 걸음을 멈췄다.

골짜기가 깊은 소태골에는 육이오 때 인민군 시체 수천 구를 파묻었다. 숱한 영혼들의 한이 서려 있어 대낮에도 머리카락이 주뼛주뼛 일어서고 등줄기가 오싹해지는 소태골이었다. 도무지 혼자 갈 수 없었다. 무거운 발걸음을 돌려 염치불구하고 경순네 집으로 갔다. 나는 그날부터 경순네 집에서 학교를 오갔다.

판수는 혼자 밤길을 뛰어다닌 지 며칠 안 돼 소태골에서 빨간 불덩어리들이 어지럽게 날아다니는 걸 보고 혼겁하여 덜컥 병이 났다. 병은 위중해서 판수 어머니가 판수 죽는다고 통곡하는 일이 이듬해까지 이어졌다. 판수 어머니는 판수가 병 난 것도 죽은 판수 할머니의 장난이라고 믿어 의심치 않고 끊임없이 저주를 퍼부었다.

그렇게 판수의 학교생활은 끝이 났다.

판수 아버지는 판수 할머니 시신을 뉘어놓았던 칠성판이 아까워서 외양간 들보 위에 올려놓았다. 무당한테 다녀온 뒤 새로 키운 소도 또 새끼를 낳다 죽었다. 내리 다섯 마리의 소가 죽자 판수 아버지는 끊임없이 구시렁거리며 마지못해 그야말로 마지못해 칠성판을 태웠다. 그 후 소들은 무슨 일이 있었느냐는 듯 송아지를 순산했다. 소 걱정이 없어지자 판수 어머니가 시름시름 앓기 시작했다. 밥 한 수저

먹지 않고 막걸리만 마시다 얼마 안 가 숨을 거두었다.

무당말이 맞는 걸까?

열일곱이 돼서야 판수는 완전히 건강을 되찾고 시내 시멘트 총판에 짐꾼으로 취직했다. 수려하면서도 호감 가는 외모에 설득력 있는 말솜씨까지 타고 난 판수는 근무한 지 몇 해 안 돼 사장의 수양아들이 되었다.

판수는 사장네 저택에 살면서 직원 여섯 명을 직접 다스리는 지배인이 되었다.

대학교 3학년 때 시내 번화가에서 우연히 판수를 만났다. 판수는 차마 눈뜨고 쳐다보기 어려울 정도로 젠체하고 거들먹거렸다. 내가 누구냐 네 이웃사촌이면서 미래의 시멘트 총판 사장 아니냐? 산희야, 너도 알다시피 학벌이 딸려 쪽팔려 죽겠다. 그래서 말인데 너희 학교 학생증 하나 내 이름으로 만들어 줄 수 없겠냐? 나는 말도 안 되는 소리 하지 말라고 쏘아붙였다.

한 달 뒤 판수는 제 이름이 찍힌 우리 학교 학생증을 내 코앞에 대고 자랑스럽게 흔들었다.

그 일이 있고 15년이 지났다.

나는 시어머니에게 닷새간 두 아이와 집을 부탁하고 병원에서 곧장 어머니 혼자 있는 친정집으로 왔다. 이틀째 되는 밤이었다. 10시가 훨씬 넘어 까무룩 잠들려고 하는데 대청 문이 드르륵 열렸다. 깜짝 놀란 내가 물었다.

"엄마, 이 밤에 누구야? 엄마는 아직도 대문 안 걸고 살아요?"

"너는 참 이상하다. 사람 집에 사람 오는 거 당연하지. 뭘 그렇게 놀래냐?"

기세 좋게 미닫이를 열어젖히며 판수가 들어 왔다. 내가 날카롭게 물었다. 이 오밤중에 무슨 일이야?

"내가 누구냐 돈방석에 앉은 네 이웃사촌 아니냐 사촌간에 꼭 무슨 일이 있어야만 오가냐?"

나는 그새 시도 때도 없는 판수네 이웃 방문 수칙을 까맣게 잊은 것이었다. 넉살 좋은 판수는 어머니를 도와 불을 때고 상차림을 도와 들고 오며 핀잔하듯 말했다.

"야, 셋째 낳지 그랬냐?"

어머니도 참 어지간했다. 성질이 나서 쏘아붙였다.

"엄만 왜 판수한테까지 쓸데없는 소릴 해요? 창피하게!"

"너는 챙피한 것도 참 많더라."

"몰라요, 됐어요!"

판수는 커다란 놋 양푼에 그들먹하게 담긴 잔치국수를 국물 한 방울 안 남기고 게 눈 감추듯 먹어 치우며 말했다.

"하늘이 준 누군가의 좋은 이웃을 인간 뜻대로 없애다니! 네 신랑 돈벌이가 영 시원찮은 모양이구나?"

발끈해서 대꾸했다.

"남이야 전봇대로 이를 쑤시든 말든!"

자존심 상해서 뭐라고 꽉 오금을 박고는 싶은데 과히 틀린 말이 아니라 쓴 입을 앙다물고 말았다.

"너는 어릴 때나 지금이나 꼴이 그게 뭐냐? 사흘에 피죽 한 그릇도 못 먹는 것처럼. 애 지우고 나면 잘 먹어야 한다더라. 뭐 먹으면 기운이 펄펄 솟을 것 같은지 말만 해라. 내가 지구 끝까지 가서라도 다 구해다 줄 테니까!"

"됐거든, 그렇게 도와주고 싶거든 제발 빨리 가주라."

그냥 있으면 한없이 노닥거릴 것 같아 서둘러 보냈다.

부릉, 부릉, 부르릉 – !

텃밭에 세워두었던 판수의 터무니없이 크고 낡은 트럭에 시동 거는 소리가 한밤중 조용한 가재울 산골짜기를 통째로 번쩍 들었다 놓았다.

그 밤 먼 동네로 밤마실을 간 내 잠은 끝내 돌아오지 않았다.

먼동이 트려면 멀었는데 무슨 소리가 들렸다.

비명 비슷한 것도 같았다.

"엄마, 저 소리 안 들려요?"

가는 귀가 먹은 어머니는 귀신 씻나락 까먹는 소리 한다며 오히려 면박을 줬다.
잠이 부족해서 어머니 말대로 내가 잘못 들었나?

"엄마, 판수 시멘트 회사에서 왜 쫓겨났다고 했지?"
"사장행세하고 시멘트 빼돌린 게 들통나서지. 참, 너도 알걸. 장터골 판수 외사촌 정식이? 한 3년 됐나, 정식이가 씩씩거리며 판수를 찾아왔더라. 정식이한테 보증 서달라고 하고 비싼 자동차 샀다가 금방 팔아먹어서 이천만 원 물어내게 생겼다고."
"판수 믿고 보증 선 정식이도 그렇다."
"판수 말재간에 안 넘어가는 건 세상에 너밖에 없을걸?"
"칭찬이야 욕이야?"
"정식이는 아직도 죽을 똥 싸며 그 돈 갚고 있을 거다."
"그 주젠데도 돈방석에 앉았다고 허풍 치는 거 봐요."
"돈방석 좋아하네, 썩을 놈!"
나는 갑자기 거칠어진 어머니 말투에 깔깔 웃었다.
"어릴 때부터 내가 판수 나쁜 놈이라고 말할 때는 들은 척도 안 하더니 왜 그러셔?"
"판석이를 죽였으니까 이러지!"
"이게 무슨 소리야? 그 착한 판석이가 죽다니?"
누워있던 내가 벌떡 일어났다.

"판수가 판석이 이름으로 빚을 잔뜩 얻어 쓰고 안 갚아서 빚쟁이들한테 쪼들리다 농약 먹고 자살해 버렸지 뭐냐. 두 달도 채 안 됐어."

또 이상한 소리가 들렸다.

"판석이 처가 어린것들 데리고 친정으로 가면서 아랫집은 빈집이 됐어."
"전부터 했던 말이지만 엄마도 이제 가재울 떠나요."
"그러잖아도 가을에 산호하고 살림 합치기로 얘기 끝냈다."

어머니는 깊고 긴 한숨 끝에 말했다.
"네 아버지 산소 아래서 살다 죽고 싶은데 그것도 뜻대로 안 되는구나!"
"…."
"판석이만 안 죽었어도 내가 왜 이곳을 떠나겠냐? 사람은 공기하고 물 없으면 살 수 없듯이 이웃 없어도 못 산다. 판수는 농장이라나 뭐라나 사업을 크게 한답시고 허풍을 떨며 저렇게 며칠에 한 번씩 들락거린다."

어머니한테 냇가에 가서 세수하고 오겠다며 일어났다.

유년의 시간이 석류 알처럼 박혀 있는 골짜기
어머니가 떠나고 나면 이곳 가재울은

물레걸음으로 점점 나에게서 멀어질 것이다.
왠지 울컥하고 허전했다.

마당을 지나 대문간에 이르자 아까보다 더 다급하고 형용하기 어려운 처절한 소리가 들렸다. 틀림없이 판수네 집에서 나는 소리였다. 알 수 없는 두려움에 잔뜩 긴장되었다.

아침에도 귀신이 돌아다니나?
돌담 틈에 눈을 댔다.
빈 마당에 이어 대문 안에서 굳게 건 빗장이 보였다.
어라, 이상하다.
어제 아침에는 대문 밖에 커다란 자물통이 달려있었는데?
판수가 아침 일찍 왔나?

틀림없이 아랫집에 수상쩍은 일이 벌어지고 있는 것 같았다.
커다란 돌 틈으로 눈을 옮겨 부엌과 가까운 마당 안쪽을 보던 나는 깜짝 놀랐다.

배가 애드벌룬처럼 두둥실 부푼 집채만 한 황소가 네 발로 마당을 긁으며 마구 몸부림치고 있었다. 핏줄이 부풀어 곧 터져버릴 듯 충혈된 두 눈을 희번덕이며 줄줄 침을 흘렸다. 입으로 거칠게 내 쉬는 숨소리에는 차라리 죽여, 빨리 죽여줘 제발! 이렇게 절규하는 것 같았다. 황소는 수도꼭지와 연결된 고무호스가 코에서 위까지 깊숙이 박혀 비명도 지르지 못하고 극한의 고통에 시달리고 있었다. 서슬 퍼런 판수는 고삐를 바짝 틀어쥐고 왼손으로는 세찬 수압 때문에 꿈틀거리며 빠져나오려는 호스를 마구 쑤셔 넣고 있었다.

판수는 소한테 물을 먹여 도축량을 늘려 파는 악덕 업자였던 것이었다.

혐오감에 부르르 몸을 떨며
서른여섯의 나는
판수를 이웃 명단에서 제명했다.

終

소실점

나의 기상 시간은 오후 3시.

속이 헛헛해서 냉장고 문을 열었다. 남들은 양문형 냉장고를 쓴 지 오래됐으나 우리 집은 외손잡이다. 두 형과 나는 집에서 얼음 구경을 못 하고 성인이 되었다. 냉장고가 작아서 냉동실도 냉장실로 설정했기 때문이다. 열어봤자 별 볼 일 없는 줄 뻔히 알면서 열어보다니. 탁! 닫고 뒤돌아서다 나도 모르게 또 냉장고 문을 열고 들여다본다.

위 칸부터 맨 아래까지 샅샅이 훑었다. 묵은 배추김치, 열무김치, 총각김치, 된장, 고추장, 멸치조림, 무장아찌, 마늘장아찌, 오이장아찌, 호박국으로 미어터지는데 정작 내가 먹을 만한 건 하나도 없다. 양파피클을 보자 군침이 돌았다. 하지만 양파피클은 피자나 하다못해 빵 쪼가리라도 있어야지 그냥 집어 먹을 수 있는 식품이 아니다. 던지듯 처넣었다. 신선 식품 칸에는 검정 비닐봉지들이 수상한 자세로 잔뜩 엎드려 있다. 벌레 건드리듯 손끝으로 슬쩍슬쩍 헤집어 보았다. 혹시나 했더니 역시 상추, 부추, 파, 호박잎, 비름나물, 머윗대, 깻잎이다. 이건 토끼 먹이지 사람 먹을 음식들이 아니다.

이런, 너무 혹평했나?

얼른 정정한다.

21세기 젊은이 식성에 맞는 음식이 아니라고.

엄씨는 이 중 서너 가지로 반찬을 만들어 도시락을 싸 들고 시간 맞춰 아버지 가게로 갔다. 점심값마저 알겨내려는 엄씨의 계략인 줄 모르는 아버지는 따뜻한 점심을 먹는 것에 매일매일 감격했다. 아버지는 50년 동안 엄씨와 살면서 육류 구경은 명절에만 하고 풀떼기 반찬만 먹었다. 그렇건만 어찌 저리 건강하고 호탕한지 희대의 불가사의다.

엄씨는 입만 열면 친구가 재산이라고 노래를 불렀다. 젠장, 그렇게 잘 알면 친구 만나라고 용돈이라도 주면서 그러던가? 내 마음을 간파한 엄씨가 쐐기를 박았다.

"나이가 몇인데 아직도 늙은 부모한테 손을 벌려?"

틀린 말은 아니다. 아니, 어쩌면 진리일 수도 있다. 하지만 돈 쓰는 건 얼마든지 하겠는데 돈 벌기는 죽기보다 싫다. 열심히 돈 벌어봤자 엄씨한테 탈탈 털리는 아버지를 봐서 그런 건 아닐까?

엄씨는 돈 안 벌면 장가도 못 간다고 을렀다. 맞아 죽을까 봐 찍소리 안 했지만, 하루빨리 결혼해서 엄씨 슬하를 벗어나고 싶다. 나는 요리와 청소도 잘하고 셔터 맨도 잘할 수 있으며 심지어 다정다감해서 아이도 잘 키울 자신이 있다. 아버지를 닮아 건강한 체질에 키도 크고 잘생기기까지 했다. 타고난 현부양부(賢父良夫) 감이라고나 할까? 장담컨대 나를 선택한 여자는 복을 넝쿨째 거두어들이는 거나 다름없다.

내 친구들은 거의 백수인데
엄씨 친구 아들들은 하나같이 잘나간다고 했다.
엄씨는 샘이 나서 모임에도 가기 싫다고 했다.
쳐 죽일 놈의 엄친아들!

아버지는 오늘도 두 평짜리 콧구멍만 한 가게에서 가게와 어울리지 않는 큰 덩치와 잘생긴 얼굴로 복사하고 도장을 판다. 아니다. 도장 파러 오는 고객은 별로 없으니 담배와 복권을 팔고 열심히 복사만 하고 있을 것이다. 못생기고 왜소하면 속이 덜 상하려나? 에이, 갑자기 가슴이 답답하다. 뒤 베란다로 나가 창문을 활짝 열고 담배를 피웠다. 빈속에 담배라! 요거, 요거 썩 괜찮다. 혼신을 기울여 한 대를 다 피우고 나니 기분이 완전히 회복되었다. 씨익- 웃으며 들어와 또 냉장고 문을 열었다. 엄씨가 있었으면 전기세 많이 나온다고 등짝을 갈겼을 것이다.

쩝! 쩝! 캔 커피 하나만 있어도 행복한 아침
아니, 행복한 오후를 맞이할 수 있을 텐데.

서른한 살 봄에 엄씨가 말했다. 이번에 산 아파트는 네 것이야. 장가

가면 줄게! 이게 웬 떡이냐? 저절로 어깨에 힘이 들어가고 밥을 안 먹어도 배가 불렀다. 호주머니에 천 원밖에 없어도 아버지처럼 호기로운 날들을 보낼 수 있었다. 엄씨한테 예쁘다고 마음에 없는 말도 술술 나왔다. 칭찬은 고래도 춤추게 한다더니 뚝배기 깨지는 엄씨 말투가 낭창해지고 내가 좋아하는 음식이 식탁에 올라왔다.

유효 기간은 딱 한 달이었다.

도루묵이 된 엄씨는 다시 나 같은 건 안중에 없고 거대한 벌렁코로 욕심만 골라 들이마셨다. 아래위층과 앞 동에는 선녀 같은 여인들이 많이 살고 있다. 나는 또다시 잘생긴 우리 아버지가 왜 불균형과 비대칭으로 성형외과 접수 영순위인 엄씨와 살고 있는지 궁금했다. 틀림없이 엄씨가 착한 아버지를 덮치고 발목을 잡았을 것이다.

– 띡. 띡. 띡. 띡. 또리로리 ♪ ♬ ~

얼마 전에 큰형이 선물한 번호 키를 서투르게 누르는 소리가 들렸다. 엄씨다. 들킬 리 만무했지만 내 마음을 다 알고 쳐들어오는 것 같아 슬그머니 겁이 났다. 얼굴이 벌겋게 달아 있는 걸 보니 무슨 일이 있어도 아주 단단히 있는 모양이었다.

"이, 웬수야. 집안에서 담배 피우지 말랬지!"

"안 피웠어!"

"그런데 왜 담배 꼬랑내가 나?"

후각이라도 좀 둔하면 어떤가? 더 얼쩡거리다 무슨 봉변을 당할지 몰라 억울하고 기분 나쁘다는 뒷모습을 보이며 문을 탁 닫고 내 방으로 들어왔다. 너무했다 싶었는지 엄씨 목소리가 금세 누그러졌다.

"밥은 먹었어?"

볼멘소리로 대꾸했다.

"먹을 게 있어야 먹지?"

"뭐야, 이 새끼야?"

잽싸게 잠금단추를 눌렀다. 엄씨가 힘차게 손잡이를 돌렸다. 하마터면 큰일 날뻔했다. 저 손에 붙잡히면 살아나기 힘들다. 코뿔소처럼 화난 엄씨가 문을 부술 듯 두드렸다. 어깨를 움츠리며 이히히 웃었다.

"여태 아무것도 안 처먹고 뭐 했어? 나이가 달걀 한 판 하고도 다섯 개 넘는 놈이 허구한 날 방바닥 엑스레이만 찍고. 빨리 안 나와?"

"싫어, 안 나가!"

"그래? 좋아! 족발하고 콜라도 안 처먹겠다 이거지?"

엄씨는 거짓말도 잘했다. 나는 절대 안 넘어갈 것이다. 부스럭거리는 비닐 포장 소리가 예사롭지 않았다. 얼렐레, 이게 웬일이래? 원숭이도 나무에서 떨어지는 날이 있다고 이번에는 내가 잘못 짚었다.

"아이구, 염병할 놈. 이젠 지가 좋아하는 걸 사 와도 코빼기조차 안 내밀고 지랄하네!"

이럴 때는 완벽하게 기어야 한다. 배시시 웃으며 문을 열었다.

"엄~ 씨 잉!"

"안 처먹는다더니?"

"내가 언제 안 먹는다고 했엉? 화 많이 나셨쪄용?"

엄씨 건너편에 앉으며 윙크를 날렸다.

"우라질 놈!"

"우히히, 우리 엄-씨 최고!"

근 1년 만에 포식했더니 눈이 번했다. 인심 쓴 품새가 초대형 폭탄인 것 같았다. 틀림없이 아파트 임차인이 속 썩이거나 산짐승이 외조부모 산소를 파헤쳤을 것이다.

"우리 엄씨가 웬일로 이렇게 거금을 쓰셨을까?"

엄씨가 길게 한숨을 쉬었다. 나는 얼른 쐐기를 박았다.

"뭔 일인지 모르지만 나는 잘난 형들과 달라서 전혀 도움이 안 될 텐뎅?"

"메술아, 이기죽거리지 말고 내 말 좀 들어봐라. 참말로 나 죽겠다!"

"그렇게 부르지 말라니까! 좋은 이름 놔두고 메술이가 뭐야?"

"이 새끼가 어디다 대고 큰소리치고 지랄이야. 이제 배지가 부르다 이거지?"

오늘따라 그 이름이 듣기 싫다. 심심산골 엄씨 친정 마을에서는 마음에 들고 예쁜 자식은 차술(찹쌀술)이라고 부르고 속만 썩이는 자식은 메술(멥쌀술)이라고 부른단다. 별 개떡 같은 동네도 다 있다. 초등학교 1학년 때 받아쓰기 20점을 받아 그날로 메술이가 되었다. 나도 맞불을 지르기 위해 엄씨라고 불렀다. 길길이 뛰면서 난리를 쳤지만 메술이라 불리는 한 고치지 않기로 했다.

한 번도 술 마시는 걸 본 적 엄씨 손에 소주병이 들려있다. 덜컥 겁이 났다.

"무, 무슨 일인데 그래요?"
엄씨가 숨을 몰아쉬며 여태 있었던 일을 낱낱이 털어놓았다.

엄씨는 6년 전 둘째 형 명의로 아파트를 사서 행복 공사 직원 숙소로 임대했다. 4년 전 전셋값이 폭등했다. 엄씨는 이게 웬 떡이냐 하고 재계약할 때 넙죽 오천만 원을 올려 받았다. 계약한 지 한 달 뒤 행복 공사 전담 공인중개사 유 여사한테서 전화가 왔다.

"어떡하지요. 큰 문제가 생겼어요!"
"무슨 일인데요?"
"행복 공사에서 전세금 이천만 원을 회수해 달라네요."
이천만 원이나 돌려 달라고? 이를 어쩐다! 전세를 떠안고 메술이 준 아파트를 사서 한 푼도 없었다. 엄씨 가슴이 쿵 내려앉았다. 뜻밖의 상황에 분별력을 잃은 엄씨는 냉큼 이렇게 대답하고 말았다.

"그럴게요. 언제 돌려드릴까요?"

얼결에 뱉어 놓고는 이 일을 어쩌면 좋으냐고 머리를 마구 쥐어뜯었지만 이미 엎질러진 물이었다.

완료된 계약은 법적으로 2년간 유효하다. 나는 왈칵 화를 내며 다그쳤다.

"돌려준다니까 그 여자가 뭐래요?"

"그렇게 한 마디 던져 놓고는 끝이야. 아무 연락이 없어!"

"뭐, 그런 또라이가 다 있어?"

"내 말이. 올려준 전세금이 제 돈처럼 아까워서 장난삼아 찔러본 것 같아 생각할수록 괘씸하다니까!"

"그 즉시 행복 공사에 유 여사 만행을 알리지 그랬어요. 유 여사 실수는 행복 공사의 실수나 마찬가지니까."

"그 생각은 못 하고 돈 달라고 안 하니까 다행이라 그냥 넘어갔지."

2년 뒤 유 여사한테서 연락이 왔다. 자신의 사무실로 와서 계약을 연장하자고. 엄씨는 행복 공사 숙소 담당 직원한테 전화를 걸었다. 직원한테 공인중개사 유 여사를 신뢰할 수 없게 된 경위를 상세하게 설명하고 회사와 직접 계약하고 싶다고 했다. 친절한 직원은 충분히 이해한다며 법원에서 만나 계약을 연장했다.

2년이 지났다. 유 여사한테서 또 계약 연장하자는 연락이 왔다. 엄씨는 이번에도 행복 공사로 전화를 걸었다. 그사이 숙소 담당 직원은 바뀌었고 새 직원은 친절하지 않았다. 엄씨는 숙소 전담 공인중개사인 유 여사를 신뢰할 수 없게 된 이야기를 자세히 하고 2년 전처럼 회사와 직접 계약하고 싶다고 했다. 담당 직원은 매우 거만하게 말했다.

"숙소 계약은 유 여사한테 일임한 사안이라 회사와 직접 계약하고 싶으면 법무사 사무실로 가세요!"

법무사? 법무사 수임료는 중개사보다 훨씬 비쌀 것이었다.
엄씨 가슴이 덜컥 내려앉았다.

"꼭 법무사한테 의뢰해야 하나요?"
"법무사 통하지 않고 회사에서 개별로 계약하면 민원이 발생하니까요!"
"불필요한 제도 같습니다만 아무튼 알겠습니다. 그럼 제가 이렇게 전화해서 회사에서도 제 사정을 다 아시니까."
엄씨는 개별 계약이 어렵다는 걸 직감하고 유 여사와 계약해도 회사와의 계약이 분명하다는 확언을 듣고 싶었다. 그런데 직원은 엄씨 말을 딱 자르며 소리 질렀다.
"아니, 나더러 모든 걸 다 책임지라는 거야 뭐야. 법적으로 할 만하니까 이러는 거지?"
뜻밖의 상황에 놀란 엄씨는 입을 떡 벌리고 할 말을 잃었다. 직원은 화를 가라앉히는지 한동안 침묵하더니 내뱉듯 말했다.
"저기요. 재임차 안 해도 좋거든요!"

재임대를 안 해도 좋다니?
새로운 임차인을 구하려면 중개비가 발생하잖아!

행복 공사는 회사 재산 상태를 공고히 하기 위해 재계약할 때마다 전세 등기를 새로이 했다. 보통 귀찮은 게 아니었다. 그러면서도 위임한 공인중개사 직권 남용으로 발생한 임대인 불안과 불편은 안중에도 없는 것이었다. 이루 말할 수 없이 자존심 상하고 불쾌한 엄씨가 씩씩거리다 불쑥 내뱉었다.

"그래요. 재임대 안 하지요!"

이 일을 어쩌면 좋아?
마음에 없는 말을 해버린 엄씨는 발등을 찍고 싶었다.

"엄씨가 다른 거 뭐 잘못한 거 있는 거 아니야? 공공기관 직원이 왜 갑자기 소리를 질러? 이해가 안 되잖아요!"
"내가 식구들만 못살게 굴지 누구랑 말다툼 한 번 하는 거 봤냐? 정말 다른 말한 거 없어. 그러니까 이렇게 분하고 억울하지!"
"숙소 관련 업무 맡았으면 당연히 임대인 편의를 봐줘야 하고 설사 짜증이 나더라도 그러면 절대 안 되지. 아니, 뭐 그런 나쁜 새끼가 다 있어?"

엄씨는 뭐니 뭐니 해도 같이 사는 자식밖에 없는 것 같아 큰 위로를 받았다. 여태 밥만 축내는 식충이인 줄 알고 없인 여겼던 메술이가 새삼 든든했다.

그때 엄씨는 이렇게 했어야만 했다. 기분 나쁘게 왜 소리 질러요? 당신이 먼저 재임차 안 하겠다고 했지만 나는 이 계약 파기 못 해요! 라고.

이제 말뼈 같은 직원이 당장 숨통을 조여 올 텐데 어떡하지? 엄씨는 중개수수료가 아까워 벌벌 떨리는 손으로 부동산 몇 군데에 전세를 내놓았다. 부동산에서는 이사 철이 지나 전세가 안 나간다고 엄포를 놓았다. 행복 공사는 전세금을 받지 못하면 경매로 넘기겠다고 협박할지도 모른다.

이 일을 어쩌면 좋단 말인가? 미치고 팔짝 뛸 노릇이었다.

다음 날 아침 일찍 유 여사한테서 전화가 왔다.
 "회사에서 계약만료일에 숙소 비우고 전세금 받으라는 연락이 왔어요. 그게 사실인가요?"
엄씨는 힘없이 그렇다고 했다. 그날 오후 8시 유 여사한테서 문자가 왔다.

 － 왕소금 님. 전세 계약 연장 서류 준비해 주세요.
  인감증명서 1통, 주민등록 초본[주소변경 포함] 1통,
  인감도장, 등기권리증[집문서].
  약속 시간과 장소는 다시 연락하겠습니다.

엄씨는 문자 받는 순간 손끝 발끝이
싸늘하게 식으며 쑤시던 증상이 씻은 듯이 나았다.
전세 얻기가 하늘의 별 따기인 줄 몰랐지? 나쁜 놈!
다른 데 얻을 수 없으니까 유 여사한테 넘겨버리는 거 봐.
흥, 어디서 까불고 있어!

그렇더라도 엄씨는 100% 유 여사를 믿을 수 없었다. 다음날 행복 공사 숙소 담당 말뼈 같은 직원한테 전화를 걸었다.

"왜요, 또 무슨 일인데요?"
엄씨도 딱딱하게 말했다.

"유 여사한테서 계약 연장하자는 문자가 왔어요. 사실인지 확인하려고요!"
그 직원은 무슨 허튼수작을 부리느냐는 듯 한껏 비웃으며 제날짜에 전세금이나 입금하라고 철퇴를 던졌다.

또 유 여사한테 농락을 당했다.
회사와 개별 계약하는 게 눈엣가시처럼 미워서
제대로 물을 먹인 것이었다.

유 여사! 그녀는 10년 넘게 행복 공사 숙소 담당 중개사를 하면서 얼마나 역겨운 꼴을 많이 보았을까? 뻣뻣하기 짝이 없는 직원들 환심을 사기 위해 아첨하고 자존심 상할 때마다 이를 악물고 참았을 것이다. 어디 유 여사뿐이겠는가? 수많은 하청업자와 여러 직종 관계자들도 마찬가지였을 것이다. 유 여사를 비롯한 사회적 약자들은 왜 참고 또 참아야만 했을까? 참아야만 살아남을 수 있으니까. 유 여사는 그 속에서 부대끼며 철저하게 약자를 밟는 강자의 행태를 그대로 배워 엄씨한테 답습해 본 것이었다.

"나 참 웃기지? 그 수모를 당하고도 유 여사가 밉지 않고 불쌍한 거 있지."
"엄씨를 그렇게 뺑뺑이 돌렸는데도?"

엄씨는 일이 이 지경에 이르렀는데도 계약을 지속시키고 싶은 욕망을 포기하지 못하고 행복 공사 민원실을 찾아갔다. 민원실 직원이 친절하게 말했다.
"회사는 업무 담당자 결정을 전폭적으로 믿고 지지하기 때문에 이번 계약은 사실상 종료되었다고 말씀드릴 수밖에 없습니다. 죄송합니다."

25일 뒤 전세금 이억을 돌려줘야 한다.
엄씨는 자존심 상한다고 함부로 말했다가 꼴좋게 되었다고 거듭 자조했다.

그때였다. 무료상담이 가능한 법률구조공단을 이용하라던 부동산 강사 말이 떠올랐다. 가만, 오늘이 무슨 요일이지? 금요일이잖아! 시계를 보니 오후 4시 30분이었다. 서둘러 법률구조공단에 전화 상담을 신청했다. 상담이 많아 벌써 마감되었다고 했다. 일각이 여삼추같이 조급한 엄씨에게 공휴일 이틀은 왜 그리 길던지. 월요일 아침 업무 시작과 동시에 법률구조공단에 전화를 걸었다. 남자 상담원이 말했다.

"행복 공사 직원이 100% 잘못한 사안이라 계약 연장 가능합니다. 걱정하지 마세요."

그러면 그렇지! 엄씨 속이 뻥 뚫렸다.

엄씨한테 행복 공사 직원을 국민신문고에 고발하지 왜 가만히 있었느냐고 했더니 이미 두드렸다고 했다. 결과는 1달 뒤에 나온다고 했다. 엄씨는 하루하루 피가 말라 보름 만에 조회했더니 일주일 전에 해당 지역 감사원에서 마무리했다고 떴다. 진즉 알아볼걸! 후회막급이었다. 떨리는 마음으로 감사원에 전화를 걸었다.

"행복 공사 직원분 감정이 굉장히 많이 상해 있더라고요. 오죽 답답했으면 언성까지 높였겠느냐며 귀하와 절대 재계약하지 않겠답니다. 단 사과 전화는 한 번 할 거예요. 흡족하게 일 처리가 안 되어 안타깝습니다."

재계약이 성사될 줄 알았던 엄씨는
힘이 쭉 빠지며 컥! 마른침이 넘어갔다.

"8번 고객님 들어오세요."

전화 상담과 전혀 다른 신문고 판결에 놀란 엄씨는 법률구조 공단으로 직접 달려갔다. 서른 남짓 되었을까? 가녀린 여자 상담원이 엄씨를 불렀다. 아기 같은 저 사람이 뭘 알까 싶었다. 무슨 일로 오셨습니까? 청아하고 또렷한 목소리였다. 서류를 받아 든 그녀는 예리한 눈빛으로 밑줄을 치며 꼼꼼하게 읽었다. 엄씨는 불신으로 가득했던 눈초리를 슬그머니 바꾸었다. 어리고 여리지만 똑똑한 그녀를 보자 초등학교도 졸업하지 못해 멧부엉이처럼 무식한 자신이 매우 초라하고 부끄러웠다. 상담원은 대법원 판례를 대입하며 또박또박 결론을 내렸다.

행복 공사 직원은 공무원이 아니라 아무런 징계를 받지 않습니다.
행복 공사는 일반인이 아니므로 임대차보호법 적용을 받지 않습니다.
따라서 계약만료일에 전세금 전액을 지급해야 합니다.
국민신문고에서 해결하지 못한 일은
법적 대항력이 전혀 없다는 뜻이기도 합니다.
계약만료일이 1달도 안 남은 시점에서의 임대인 계약해지 의사표시는
소위 갑질 행위에 해당하므로 명백한 위법 행위입니다.
지금 고객님은 아주 불리한 상황입니다.
행복 공사와 의사소통 할 때는 통화 대신
반드시 증거로 남는 문자를 이용하십시오.

- 개미 같은 엄씨가 거대 공룡 같은 행복 공사한테 갑질을 했단다.

바다에서 헤엄치던 광어 떼가 일제히 배를 뒤집으며 웃을 노릇이었다.
허탈하게 서 있는 엄씨 눈에 벽에 걸린 초대형 현수막이 들어왔다.

법률구조공단의 전화 상담은 참고만 하시고
자세한 법률상담은 반드시 직접 방문하시기 바랍니다.

엄씨는 전화 상담을 태산같이 믿고 있었으므로 며칠 전 행복 공사 채무팀 직원한테 전세금 준비하라는 문자를 받았어도 태연자약했었다. 다시금 뒤통수를 세게 얻어맞은 것 같았다.

한 치 건너 두 치였다.

발등에 불이 떨어져 어쩔 줄 모르는 엄씨 앞에서 나는 똑똑하고 코스모스 닮았다던 법률구조 공단 여직원 모습을 상상하기에 바빴다. 그런 여자와 결혼하면 정말 외조를 잘할 수 있을 것 같았다.
"야. 너, 지금 내 말 듣고 있냐?"
엄씨가 성의 없는 내 태도에 벌컥 화를 냈다.

전세금 돌려줄 날짜가 열흘 뒤로 바짝 다가왔다. 집 내놓은 지 보름이 넘었는데 그림자 하나 얼씬하지 않았다. 지금 당장 나간다 해도 전세금 돌려주기까지 두 달은 걸릴 것이다. 후-! 한숨이 절로 나왔다. 아파트 단지 안에 이삿짐 차가 들어오고 고가사다리가 올라가면 그렇게 부러울 수 없었다. 인터넷 광고를 하자 집을 보겠다는 연락이 왔다. 엄씨는 행복 공사에 전화를 걸어 현관문 비밀번호를 알려달라고 했다. 숙소 출입을 담당한다는 여직원한테서 온 문자가 가관이었다.

"전세금 완납 전에는 출입을 허락할 수 없습니다."
엄씨가 악에 받쳐 발을 구르며 소리쳤다.
"집을 보여줘야 세가 나가지 이 원수 같은 것들아!"

딩동! 초인종이 울렸다. 놀라서 가슴 쿵쾅거리는 소리가 아래층까지 들릴 만큼 컸다. 전세 기간이 만료되면서 엄씨한테 새롭게 생긴 증세였다. 3일 전에는 처음 소리 질렀던 직원보다 더 말뼈 같은 직원이 격앙된 목소리로 엄씨를 몰아세웠다.

"전세금을 돌려받지 못해 업무에 얼마나 많은 차질을 빚고 있는지 아세요? 아무 잘못 없는 회사가 무슨 죕니까? 여러 차례 독촉해도 왜 돌려주지 않는 거예요?"
우체부가 등기우편을 건넸다. 우편물은 행복 공사가 보낸 전세금 독촉과 연체이자를 부과한다는 내용증명이었다. 엄씨는 내용증명을 보자 금방 법정에 끌려가는 것처럼 두려워서 손이 덜덜 떨렸다.

우리 아버지는 천하태평에 무골호인이었다. 십몇 년 전 엄씨가 작은 아파트 한 채를 더 사자고 했다.
"집은 한 채만 있으면 충분해. 사람 욕심은 우주보다 더 커서 만족이 없는 거야. 한 채 더 사봐. 금방 또 한 채 사고 싶지. 그리고 1가구 1주택인데 어떻게 또 집을 사나? 말이 되는 소리를 해야지!"

엄씨는 문화센터에서 부동산 강의를 들었다며 임대사업자등록을 하면 되니까 1가구1주택에 발목 잡히지 말고 과감하게 투자하자고 졸랐다.

"그렇더라도 양도세는 내야 할 거 아니야?"

"주택규모 85㎡ 이하 3억 미만은 비과세래."

"그렇더라도 매매할 때는 중과세가 부과되잖아?"

"임대 기간 8년이 지나면 장기보유특별공제를 받아서 일반과세보다 세금이 싸다니까."

"기저귀 끊을 돈이 없어서 걸레 채워 키운 자식들한테 집이라도 한 채씩 마련해 주고 싶은 당신 마음은 잘 알아. 하지만 이건 옳지 않아. 자식들이 스스로 집을 마련하게 자생력을 키워주는 게 올바른 부모 노릇이지. 아무튼 나는 모르는 일이니까 내 앞에서 집을 사네, 마네 절대 입에 올리지 마!"

아버지는 충분히 반대했다 생각했고 엄씨는 반승낙이라고 확신했다.

엄씨는 더 견딜 수 없어 아버지한테 모든 것을 털어놓고 상의했다. 이야기를 다 듣고 난 아버지는 무릎을 탁! 쳤다.

"어기야 디여 어기여차 뱃놀이 가 - 잔다 - ♬♩♪"

에라, 이 못돼 먹은 인간아! 마누라는 미치고 환장하겠다는데 노래가 나오냐? 복장이 확 터져 버릴 것 같았다. 하지만 혼자 벌인춤. 수습도 엄씨 몫이었다. 이 시점에서 어떤 일을 해야 하나? 또 법률구조공단으로 달려갔다.

안경 쓴 남자 직원이 말했다.
 "행복 공사 사장한테 재계약 과정에서 일어난 불미스러웠던 상황을 서술하고 자유로운 출입 허락과 전세금 반환 시기를 2개월 늦춰 달라는 탄원서를 작성해서 내용증명으로 보내십시오."

탄원서를 보내자 출입해도 좋다는 통보가 왔다. 집 보러 온 사람을 데리고 부동산 직원과 함께 현관문을 열었다. 엄씨를 비롯한 일행은 경악했다. 새로운 세입자가 될 수도 있었던 사람은 더 볼도 것 없다며 휙 돌아섰다.

베란다 천장은 푸른곰팡이가 잔뜩 슬어있고 거실 걸레받이는 모두 너덜거렸으며 발 한 짝 들여놓기 어려울 정도로 온 집안이 어질러져 난장판도 그런 난장판이 없었다. 엄씨는 비록 살고 있진 않지만, 세수 안 시킨 어린 자식을 내보이는 것처럼 부끄러워 얼굴이 화끈했다.

엄씨는 잘 알고 있었다. 페인트칠과 도배하고 전등만 갈아도 마술처럼 새집으로 탄생 되는 게 아파트라는 것을. 거기까지는 좋았다. 하지만 중개수수료와 수리비 지출을 생각하니 살점이 뜯기는 것처럼 아까웠다.

계약만료일! 그러니까 전세금 반환일이 훌쩍 지나고 한 달이 다가오고 있었다. 그사이 하마 같던 엄씨 몸무게는 반으로 줄었다. 엄씨는 고심 끝에 은행에 가서 지금 사는 아파트를 담보로 대출을 받기로 했다. 여남은 가지 넘는 서류만 갖춰 제출하면 금방 대출해 주는 줄 알았더니 금액이 커서 보름 뒤에나 가능하다고 했다. 함흥차사가 따로 없다. 은행은 엄씨를 또 한 번 절망에 빠트렸다.

이토록 은행 문턱이 높으니까 절망에 빠진 많은 이들이 악덕대부업자가 희망의 불꽃인 줄 알고 부나비처럼 뛰어드는 모양이었다.

"엄씨 악덕대부업자 진짜 무서워. 이자가 30% 넘는 곳도 있고 신체 포기각서 쓰라고 협박하는 곳도 많대!"
"아이구, 국가에서는 뭐 한다냐. 그런 인간 말종들 안 잡아가고?"
"내가 알아봤더니 국가는 행복 공사에 갑질하는 엄씨 같은 사람만 골라서 잡아간대"
"에라, 이 호랭이 바짝 깨물어 갈 놈아!"

행복 공사 숙소 전담 공인중개사 유 여사한테서 문자가 왔다. 내일 이사 갈 테니까 이삿짐 나가기 전에 관리비를 내라고. 이사 간다는 기쁨은 잠시였다. 자식들한테까지 손톱여물 썰 듯 인색했던 엄씨는 남이 사용한 한 달 치 아파트 관리비 부담에 억장이 무너졌다.

행복 공사가 이사 간 날 오후.

아파트 단지 안에 있는 최고부동산에서 집을 보러 온다고 했다. 가게에서 아버지를 돕던 엄씨는 메술이를 앞세우고 싶어 서둘러 집으로 왔다. 메술이는 그때까지 자고 있었다. 마구 흔들어 깨우니까 마지못해 일어나더니 씻고 머리 말리려면 1시간 가까이 걸린다고 했다.

앓느니 죽지! 아니꼬워서 혼자 집을 나섰다.

손님을 데리고 온 중개사는 처음 보는 사람이었다. 한 달 전 상가 옆 외진 건물에 있는 최고부동산이 눈에 띄어 집을 내놨다. 그런데 그때 본 주인이 아니었다. 하지만 이 마당에 누구면 어떤가? 입가에 버캐를 잔뜩 문 중년 남자가 집을 보고 나서 말했다.
　"저희가 워낙 급해서요. 도배하고 페인트칠만 해주시면 열흘 뒤에 이사 오겠습니다!"

그렇게나 빨리? 일시에 모든 근심이 사라지고
숨통이 확 트이며 덩실덩실 춤이라도 추고 싶었다.

　"그러니까 그날 엄씨가 나 씻기 기다렸다 같이 갔어야지!"
　"그러니까. 에미가 가자고 할 때 냉큼 따라나섰어야지!"
　"급할수록 돌아가라고 했어요. 아무리 사정이 급했어도 그 계약은 하는 게 아니었다니까."
　"그 사람 말고 아무도 집 보러 안 올 것 같으니까 그랬지!"

엄씨는 열 일 제치고 대형 쓰레기봉투 다섯 장을 사 들고 행복 공사가 숙소로 쓰던 빈 아파트 청소를 시작했다. 여기저기 늘어져 있는 낡은 옷가지와 상자 나부랭이와 먼지를 걷어내다 털썩 주저앉았다. 콘센트 박스는 거의 다 박살 나고 베란다와 안방 벽에는 커다란 구멍을 네 개나 뚫고 1리터짜리 음료수통을 쑤셔 박아 놨다. 장판은 커터 칼로 수없이 찍어 곰보가 되었고 안방 벽과 문에는 커다란 대못이 촘촘하게 박혀있었다. 현관 안전 고리도 박살 났고 현관문 문틀도 드릴로 송송 구멍을 뚫어놨다. 욕조와 욕실 바닥 타일도 깨져 눈 뜨고 보기 어려웠고 싱크대 두 짝은 새까맣게 불에 타 있었다.

숙소 직원들은 훼손된 부분을 철저하게 위장하려고
정도 이상 집안을 어질러 놓았던 것이었다.

행복 공사에 훼손 사실과 공사 일정상 현장 보존을 하루밖에 못 하니까 반드시 참석해서 확인하라며 만약 오지 않으면 파손 사실을 모두 인정하는 것으로 간주하겠다고 문자를 보냈다. 즉답이 왔다.

전세금 반환 시까지 출입 및 공사를 금지하시기 바랍니다.
주거침입은 형법 제319조 위반으로 범죄행위임을 숙지하시기
바랍니다.

현장 답사를 간단히 무시한 것만도 분통이 터지는데 또 출입을 막다니! 수리를 해야 집이 빨리 나가지? 전세금을 받고 싶다는 거야. 뭐

야? 엄씨가 악에 받쳐 발을 구르며 소리쳤다.

"이 우라질 것들아! 내가 그런다고 공사 못 할 줄 아냐? 흥, 어림 없다. 차라리 나를 잡아다 감옥에 집어처넣어라. 하나도 안 무서우 니까!"

마음을 가다듬은 엄씨가 파손 내용과 사진 전송할 담당자 메일 주소를 문자로 보내 달라고 했다. 행복 공사는 답이 없었다. 약이 바짝 오른 엄씨는 도배, 페인트, 타일, 싱크대 등 복구 비용을 시가로 쳐서 청구했다.

뜨끔! 참새 가슴인 엄씨였다.
금액이 과하다고 역고소당하면 어떡하지?
야비한 행복 공사는 그러고도 남을 것 같아 가슴이 마구 두근거렸다.

엄씨는 빈 아파트 문을 열면 훼손된 부분들만 눈에 띄어 이루 말할 수 없이 속상했다. 엄씨는 극심한 스트레스로 식욕과 의욕을 한꺼번에 잃었다. 온 세상이 검은색 시폰 베일을 쓴 것처럼 어둡고 허무해서 한숨만 나왔다. 혓바닥은 거친 사포로 밀어 햇볕에 말린 듯 파삭거렸고 잠도 오지 않았다. 묵묵부답이던 행복 공사에서 며칠 만에 문자가 왔다.

건물 노후가 아닌 임차 사용 중 훼손된 부분은

원상복구 하겠습니다.
법률 자문단에 의뢰했으므로 약 2~3일 소요될 예정입니다.

공신력 있기로 정평 난 행복 공사였다. 힘없는 임대업자를 상대로 그렇게까지 파렴치한 행동을 할 리는 없었다. 한시름 놓은 엄씨는 지레 욕하고 저주한 것이 몹시 미안했다. 도배와 페인트칠을 하자 집은 새집으로 변신했다. 행복 공사에서 문자가 왔다.

청구한 원상복구 비용은 인정할 수 없으니
이의가 있으면 법적 절차를 밟으십시오

믿었던 게 바보였다. 행복 공사는 약자 위에 군림해서 제대로 갑질을 하고 있는 것이었다. 모레 새로운 세입자가 이사 오는데 이 일을 어쩌면 좋단 말이냐? 또 법률구조공단으로 뛰어갔다. 남자 상담원이 엄씨를 딱하다는 듯 바라보며 말했다.
"왜, 훼손된 사진을 내용증명으로 보내지 않으셨습니까?"
"사진은 내용증명으로 못 보내는 줄 알았어요."
"지금이라도 서둘러 보내십시오."
"법적 절차를 밟으라는 건 소송하라는 말인데 고소하면 제가 이길 수 있나요?"
"고객님이 도배와 페인트만 칠했으면 그 비용에서 임대 기간 중 자연 노후 부분을 공제한 금액 정도는 돌려받을 수도 있을 것입니다."
"훼손한 거 전부 변상받아야 하는 거 아닌가요?"

"그건 법정에서 판사님이 결정하는 거지요."

"전세금을 돌려준 뒤에도 소송이 가능한가요?"

"가능합니다만 전세보증금 돌려주기 전에 원상복구 비용을 받는 것이 원칙입니다."

"모레 이사 오기로 했는데 원상복구 비를 받지 못했으니까 이사를 늦춰 달라고 할까요?"

"이사 날짜를 늦추는 건 위법은 아니지만 계약위반입니다."

"편의상 날짜 조절을 부탁하는 것도 계약위반이라고요?"

"그렇습니다. 새 임차인은 이 사실을 알고 있나요?"

"전례를 알면 집을 함부로 사용할까 봐 말하지 못했어요."

"설사 그렇더라도 사실대로 말씀하셔야 합니다."

"엄씨. 그렇게 속 썩이는 집들을 뭐 하러 붙들고 있어요?"

"전세를 잔뜩 끼고 있어서 팔아봤자 몇 푼 안 되니까 이러지!"

"잘나가는 형들한테 뭐 하러 집을 사줘? 능력 없는 내 것만 남기고 다 팔아버려요. 엄씨 아직 면사포도 못 써봤다며. 아파트 팔아서 보란 듯이 결혼식하고 해외로 신혼여행 가세요."

"면사포는 무슨 얼어 죽을!"

엄씨가 새 임차인에게 전화를 걸었다.

"며칠 늦췄다 이사 오시면 안 될까요?"

"그건 안 됩니다!"

"그럼, 이사는 모레 오시고 전세 등기를 며칠 있다 하는 건요?"

"제 살림집이 아니라 회사 숙소로 사용하려고요. 저는 개미 건설 팀장입니다. 전세금 지급 날짜와 전세 등기 접수 날짜가 같아야 하는 사규를 어길 수 없거든요. 예정대로 이사부터 하고 전세금을 나중에 받으시면 안 되겠습니까?"

숙소라면 이가 갈리는데 또 숙소라고?
게다가 전세금도 받지 않고 이사를 들인다고?
이름 없는 건설 회사를 어떻게 믿고?

엄씨는 도리질을 쳤다. 개미 건설 팀장이 다급하게 말했다.

"제가 전세금을 보내드리면 왕 여사님이 회사로 재입금하는 방법도 있습니다. 그것도 내키지 않으시면 부동산에 맡기시는 건 어떨까요?"

엄씨 눈에 흙이 들어가기 전에는 있을 수 없는 방법들이었다.

최고부동산의 낯선 중개사가 건설 회사 팀장과 짜고 어리석고 무식한 엄씨한테 사기를 치려는 것 같았다. 의심은 꼬리에 꼬리를 물고 괴롭혔다. 어떻게 해야 하나? 세상의 모든 말벌 떼가 머릿속으로 날아와 윙윙거렸다.

"엄씨가 수용하기 어려워서 그렇지 건설 회사 팀장은 나름 고육지

책으로 내놓은 방안일 거야. 중개수수료는 아깝겠지만 이 기회에 행복 공사 내보낸 것은 아주 잘한 일이에요."

"그건 니 말이 맞아. 몇 년 더 두었다간 아파트 작살낼 뻔했다니까."

엄씨는 생각다 못해 최고부동산에 가서 고민을 털어놓았다.

"속 썩이지 말고 건설 회사에 전세금 재입금하세요."

"그대로 떼어 먹히는 것 같아 겁나서요."

"저희 부동산이 보증하는데 무슨 걱정이세요? 아, 그럼. 저희 부동산에 맡기세요."

"나는 옛날 사람이라 융통성이 없어요. 건설 회사 팀장한테 일주일만 미뤘다 이사 오라고 얘기 좀 해주세요. 전세금 돌려주면 수리비 받기가 힘들대서 그래요. 부탁해요."

"정 그러시다면 얘기는 해볼게요. 기대는 하지 마세요. 그러잖아도 아까 팀장님한테서 전화가 왔었어요. 편의를 봐드리지 못해서 안타깝다고!"

그런 통화도 한단 말이지?
어쩐지 집 보러 왔던 날도 무척 다정하더라!

엄씨는 점점 더 부동산 직원이 의심스러웠다.

"참, 이 부동산 그새 주인이 바뀌었나요? 처음 접수할 때 있던 분은 안 보이네요."

"아, 우리 사장님요? 집안에 일이 있어서 당분간 저한테 일임하셨어요."

이거 봐, 이거 봐!
부동산 주인도 아닌 이 여자를 어떻게 믿고 전세금을 맡겨?

엄씨는 견딜 수 없어서 슈퍼에 들러 소주 한 병을 샀다. 병뚜껑을 따자마자 들입다 두 모금 마셨다. 세상이 비틀하면서 춤을 췄다. 아하, 이 맛에 사람들이 술을 찾는구나! 돈, 그까짓 거 아끼면 뭐 하냐? 엉뚱한 아가리에 퍼붓느니 차라리 우리 메술이가 좋아하는 족발이나 사다 먹이자. 눈에 넣어도 아프지 않은 막둥이가 매일 라면만 먹어도 돈 아끼려고 못 본 척했다.

"메술아, 나는 재판을 해서라도 수리비 꼭 받아내고 싶다!"
"엄씨. 유죄가 무죄 되고 무죄가 유죄 되는 게 재판이에요. 오죽하면 소송을 진흙탕 개싸움이라고 하겠어. 민사는 2~3년 넘게 걸리는데 그래도 괜찮겠어요?"
"그렇게 오래 걸리냐?"
"행복 공사는 법률팀이 따로 있어서 엄씨가 이기기 어려워요. 꼭 이기고 싶으면 수임료 비싼 부동산 전문 변호사를 선임해야 하거든요. 그래서 만에 하나 승소한다 해도 남는 게 없어. 행복 공사는 전세금에서 복구비 빼고 보낼까 봐 통장번호도 안 알려 주잖아요. 엄씨가 수리비를 깨끗하게 포기하지 않으면 전세금 보내고 싶어도 못 보내고 계속 비싼 이자랑 관리비만 내는 어처구니없는 사태가 계속된 다니까요."

"아이구, 메술아. 나 분하고 원통해서 어떡하냐?"

"행복 공사는 소송에 겁먹고 나가떨어질 수밖에 없는 엄씨 약점을 최대한 이용하고 있는 거예요. 약자 권익을 보호한다는 기업윤리를 저버리고 큰 잘못을 하는 거지. 법대로 하라고 배짱 내밀 게 아니라 책임자가 엄씨한테 찾아와 다만 얼마라도 성의 표시하면서 회사 입장을 설명하고 정식으로 사과했어야죠."

엄씨는 말릴 새 없이 소주병을 입에 대고 꿀꺽꿀꺽 들이켜더니 두 손으로 가슴을 마구 두드리다 벌렁 뒤로 넘어졌다. 깜짝 놀라 일으키자 드르릉 컥! 코를 골았다.

안방에 요를 깔고 힘껏 안아 들었는데 너무 가벼워 마음이 아팠다. 혈혈단신 고아인 아버지와 산비탈 공장에서 더부살이로 시작해 소금 내가 진동할 정도로 악착같이 아끼며 살아온 엄씨였다.

얼마나 속이 상했으면 자신을 위해 1,500원이나 주고 소주를 다 샀을까? 마음이 뒤숭숭해서 거실에 있는 30년 된 뚱보 TV를 켰다. 공익광고가 한창이었다.

오천만 전 국민이 행복해지는 그날까지
여러분의 행복 공사 전 직원은 최선을 다할 것을
굳게 약속합니다.

엄씨는 행복 공사가 저렇게 행복하게 해준다고 약속하는데 그것도 모르고 흐느끼며 잠에 빠져있다.

— 갑과 을!
— 멀리 보면 다정한 한 점이지만
— 영원한 평행선일 뿐이다.

終

비렁 동백

올해도 어김없이 바닷가 곳곳에 해풍과 소금기에 강한 동백꽃이 만개했다. 보는 이 하나 없는 외딴섬에도 빠짐없이. 그 소문은 민들레 홀씨처럼 전국으로 날아가 뭇사람들을 여행자로 만들었다. 수수 천만 송이 꽃들은 그 무언가를 애타게 기다리느라고 붉디붉게 물들었을 것이다.

동백!

자은은 동백이란 말 한마디에 속절없이 가슴이 무너져 내렸다. 저렇게 처연하게 예쁜 꽃들을 홀로 지게 버려두면 안 될 것 같았다. 동백꽃을 만나지 않고는 배겨낼 수 없어 서울 사는 여동생을 불러내려 배를 탔다.

금오도 비렁길 3코스 시작점 나무계단에 발을 올려놓았다. 장수와 무한한 생명력을 과시하는 기름진 초록색 이파리와 기다림으로 애달픈 사랑을 상징하는 붉디붉은 꽃이 온 산을 뒤덮어 감개무량했다. 무심한 듯 반기는 아름다운 동백 숲에는 아무도 없었다. 나무뿌리가 뒤

얽힌 돌길을 걸으며 흠흠 향기를 맡았다. 나무와 땅에 그렇게 많은 꽃이 있어도 거짓말처럼 향기는 없었다. 갈바람통 전망대 옆에는 동백 숲을 지키는 소나무들이 멋진 자세로 의연하게 서 있었다.

눈 아래는 푸른 바다!
등 뒤에는 붉은 꽃 무리!

누군가가 얼마나 아까웠으면 떨어진 꽃을 전망대 난간에 잔뜩 올려놓았다. 그 마음이 어여뻐 저절로 미소가 지어졌다. 꽃그늘 어딘가에서 지극히 고요한 숨결 아닌 숨결이 느껴졌다. 그때 꽃 한 송이가 툭! 발 앞에 떨어졌다. 시리고 아린 웅배 아내를 닮았다.

*

남고는 두 개. 여고는 달랑 한 개 있는 금산읍. 인삼 본 고장답게 논밭은 물론 산허리 구름밭까지 인삼이 자라 바람 불 때마다 인삼 향기가 영혼까지 파고들었다. 장날이면 인삼을 사기 위해 전국에서 모여든 사람들로 읍내가 떠들썩했으나 동쪽 끝에 뚝 떨어져 있는 무내리는 딴 세상인 듯 고요했다.

무내리! 금강이 산자락을 휘감고 흘러 사시사철 그림 같은 곳.
자은이 태어난 마을이다.

체면을 재물보다 소중하게 여기는 엄격한 아버지였다. 딸자식으로 인하여 대대로 빛났던 가문에 먹칠하는 건 있을 수 없는 일이었다. 아버지는 남녀칠세부동석이라며 여자 친구들하고만 놀게 했고, 여아 십세불출입이라며 열 살 넘어서는 등하교 외에는 대문 밖 외출을 막았다. 자은은 어렸을 때부터 자유분방하고 싶은 의욕을 착착 접어 다락 속에 깊이 간직하는 방법을 익혔다. 아버지는 몰랐다. 그것이 자은을 죽이는 것이나 다름없다는 것을.

봄꽃들이 앞다투어 피어 교정을 수놓았다. 바짝 야윈 자은의 얼굴에 4월 봄바람이 스쳤다. 하루빨리 어른이 되어 무한한 자유를 누리고 싶었다. 숨겨진 자은의 열망을 읽기라도 했는지 옆집 동갑내기 응배가 교문 앞에서 기다리고 있었다. 너, 미쳤어? 자은이 자지러지게 놀랐다. 응배가 능청스럽게 웃으며 말했다.

"내가 못 올 데 왔남, 늬 아버지가 학교까지 쫓아오진 않으시잖여?"

응배는 난쟁이를 간신히 면했을 정도로 키가 작았다. 작기만 한 게 아니라 성냥개비처럼 바짝 말랐고 걸레를 비틀어 짠 것 같이 못생겼다. 못생겨도, 못생겨도 어떻게 저렇게 못생길 수가 있을까? 응배를 보면 누구나 그런 생각을 할 정도였다. 그런 응배였지만 왜소한 체구와 못생긴 얼굴을 한꺼번에 상쇄시키고도 남을 장점이 있었다.

그건 바로 명석한 두뇌와 타고난 입담이었다.

똑같은 말이라도 웅배가 하면 쫄깃쫄깃 차지면서 감칠맛이 나고 재미있었다. 웅배는 남고에서는 물론 시장통 장사꾼들에게도 인기 좋은 명물이었다. 웅배는 자은과 이야기를 나누면서도 아는 여학생들이 지나가면 일일이 손을 흔들며 인사를 나누었다. 아버지는 그런 웅배를 가장 싫어했다. 틀림없이 사기꾼이 될 거라며 평생 얽히지 않게 말조차 섞지 말라고 단단히 일렀다. 자은은 웅배와 같이 있었다는 게 아버지한테 흘러 들어갈까 봐 걱정이 앞섰다. 뭐 하러 왔는데. 빨리 가! 자은이 재촉하자 웅배가 정색을 하며 말했다.

"독서 교실에 가입하라고 왔다. 느덜 반 반장도 우리 회원이여."
"알잖여, 우리 아버지때미 못햐."
"아버지 핑계 대지 마. 니 의견이 중요한 거여. 하고 싶으면 솔직히 말햐. 내가 채금지고 해결할 테니께."

모임은 문화원 회의실에서 매주 토요일 오후 3시에 갖는다고 했다. 독서 교실에서는 매년 자작시 낭송도 하고 백일장도 열어 금산의 중요 문화행사로 자리 잡았다. 회원은 남고와 여고 우등생들이라고 했다. 가슴이 설레었다. 자은이 꿈꾸던 과외활동이었으니까. 가입하겠다고 대답하고 싶었으나 아버지 반대가 켕겨 입이 안 떨어졌다.

"아 빨랑 대답햐. 지은 죄 없이 느덜 아버지한테 몽둥이찜질 당하기 싫응께!"

자은은 끝내 대답하지 못했다. 웅배가 휙 돌아서며 말했다.

"회원이 넘쳐나지만, 총무 권한으로 너만 받아주려고 했던 거여. 잊지 마라. 청춘들이 공공연하게 만날 수 있는 사교의 장은 독서 교실밖에 읎다!"

사교의 장! 금방 이성 교제라도 하다 들킨 것처럼 가슴이 벌렁거려 곧장 집으로 가지 못하고 강둑을 서성였다. 대문을 들어서자 아버지가 호통쳤다.
"왜 이렇게 늦었냐?"
"처, 청소. 대청소하느라구요."
"문화원장이 니 글솜씨에 탄복해서 독서 교실에 초대했다매?"
"예?"
이게 무슨 소리? 의아해하는 자은한테 아버지가 말했다.
"그런 자리는 거절하면 예의가 아닌 거여."

고새 웅배가 아버지를 구워삶은 것이었다. 자은은 방으로 들어와 가방을 집어 던지고 이불로 입을 막고 마구 환호성을 질렀다.

독서 교실에 참가한 자은은 성격이 밝아지고 글솜씨도 나날이 늘어 남학생 인기를 한 몸에 받았다. 자은은 같은 학년 설록이 마음에 들었다. 설록이 쪽지를 건넸다. 무내리와 꼭 닮은 자은을 좋아한다고. 나중에 어른이 되면 무내리에 집 짓고 같이 살자고. 다만 소문이 바람보다 빠른 법이라 아버지 심기 건드려 독서 교실에 못 나오면 안 되니까 대학생 될 때까지는 조심조심 사귀자고.

고교 졸업 후 독서 교실 회원 몇몇은 고향에 눌러앉아 인삼 농사를 지었고 나머지는 대전으로 서울로 거미알처럼 흩어졌다. 남녀 회원 스물일곱 명 중에는 사귀던 커플도 꽤 많았으나 결혼까지 한 것은 자은과 설록 뿐이었다. 응배는 둘의 결혼에 지대한 공헌을 했다고 생색내며 가끔 자은네 집에서 묵었다. 길게는 사나흘씩 땅땅 큰소리치며 먹고 싶은 음식과 주류를 주문하고 설록의 손수건이나 넥타이를 갈취하는 등 수월찮게 중매 턱을 뜯어갔다.

오전 10시 5분 전. 학기가 바뀔 때마다 강의실로 들어가는 자은의 발길은 새로 등록한 수강생들에 대한 궁금증으로 설렜다. 안녕하세요. 반갑습니다! 기존 수강생들은 낯익은 얼굴로 환하게 웃으며 크게 대답하고 새 수강생들은 호기심 어린 눈망울로 자은을 탐색하듯 쳐다보았다.

칠판에 이름과 휴대전화 번호를 적고 한 명씩 눈을 맞추며 출석을 불렀다. 첫날은 기존에 있던 수강생과 새로 등록한 수강생들 간에 경계가 뚜렷했다. 자은은 우선 두 기수의 서먹함부터 해결하기로 했다.

"여러분, 큰 소리로 저를 따라 하십시오. 자, '나비' 하십니다!"
기존의 수강생들은 깔깔거리며 큰 소리로 따라 하고 새 수강생들은 이게 무슨 소리인가 뜨악한 얼굴로 망설였다. 자은은 활짝 웃으며 새로 온 수강생들에게 크게 따라 하라고 재촉했다.

"강사 말 따라 하면 어디 덧나나요? 아니, 돈도 안 드는데 도대체 왜 안 따라 하십니까?"

낯선 수강생들 얼굴에 엷은 미소가 번졌다. 호응하겠다는 신호다.

"다시 하겠습니다. 모두 큰 목소리로 '나비' 하십시다!"

수강생 전체가 한목소리로 '나비!' 했다.

"아주, 잘하셨습니다. 이번에는 '정상' 하십시다."

"정상!"

"자, 이번에는 두 단어를 합쳐서 옆 반에서 시끄럽다고 항의 들어올 정도로 크게 외치십시다. 시-작!"

"나비정상!"

"대단히 감사합니다. 나 비정상이라고 고백해 주셔서. 비정상인 여러분을 가르치게 됨을 가문의 영광으로 알겠습니다."

웃음소리가 강의실을 가득 메우며 분위기가 화기애애해졌다.

그때 황급히 뛰어 들어오는 새 수강생이 있었다. 20분 넘게 지각했으니 급하기도 했을 것이다. 어서 오라고 인사하던 자은은 깜짝 놀랐다.

"선생님, 저 아시지요?"

여자는 망설임 없이 공개적으로 알은체를 했다.

"네. 압니다. 지금은 수업 중이니 이따 이야기 나누시고 이쪽으로 앉으세요."

"아, 있잖아요. 응배 씨!"

"네, 잘 알고 있습니다. 어서 자리에 앉으십시오."

자은은 그녀가 모른 체하면 그냥 넘어가려고 했었다. 어떻게 알게 된 사이인지 설명하기 좀 그래서였다. 여자는 특별히 반갑게 맞아 주리라고 기대했었는지 잔뜩 실망한 얼굴로 마지못해 앉았다. 여자는 수업 시간 내내 알은체하고 싶어 안달하는 눈치더니 끝나자마자 인사도 없이 가버렸다. 자은은 응배한테 전화를 걸기도 그렇고 어떻게 할지 난감했다. 다음날 수업 마무리를 하면서 그녀 곁으로 다가가 다정하게 말을 건넸다. 시간 되면 점심을 같이 먹자고. 여자는 됐어요, 하며 쌩하니 일어나며 크게 말했다.

"저 강의 취소했어요!"

환갑을 맞던 봄이었다. 금산 남고 동창들은 버스 두 대를 불러 부부 동반해서 남쪽 바닷가로 환갑 기념 여행을 떠났다.

값비싼 선글라스를 쓴 응배가 자랑스럽게 낯선 여자와 팔짱을 끼고 나타나 1호 버스에 탔다. 응배는 특유의 익살을 떨며 여자를 안식구라고 소개했다. 동창 부인들이 벌떼처럼 일어나 여기가 어디라고 함부로 여자를 데리고 왔느냐며 버스에서 내쫓아 버렸다.

환영받지 못하리라 짐작은 했지만 거센 공격에 놀라 얼굴이 하얗게 바랜 응배는 자은 부부가 탄 2호 버스로 올라왔다. 차 안에 있던 여자들이 타지 말라고 소리쳤다. 응배는 버스 지지대를 꽉 붙잡고 마른 입술을 여러 번 혀로 핥으며 말했다.

"안녕하십니까. 다들 알고 계실 겁니다. 제 안식. 아니, 아니. 제 애인입니다. 잘 봐주세요. 부탁합니다!"

차 안의 동창 부인들이 모두 일어나 주먹질을 하며 응배에게 퍼부었다.

"시방 뭐 하는 짓이야. 마누라가 두 눈 시퍼렇게 뜨고 살아있는데. 당신은 사람도 아니야. 어서 내려!"

응배와 여자가 주춤거리자 설록이 얼른 일어나 이러지들 마세요, 손님이잖아요. 하며 그들을 맨 뒷자리에 앉혔다. 동창 부인들은 인두겁을 쓰고 어떻게 저럴 수 있느냐며 설록도 응배와 똑같다고 소리쳤다.

응배와 여자는 손을 꼭 잡고 가시방석에 앉은 것처럼 불안해했다. 응배가 경국지색이라고 자랑했던 여자는 키 큰 것 빼고는 눈을 씻고 찾아봐도 단 한 군데 예쁜 구석이 없었다. 응배의 이상형은 키가 크고 입술이 동백처럼 붉은 하얀 얼굴의 부인이었을 것이다.

총무가 음료수와 간식 담은 봉투를 나누어줬다. 동창 부인들은 응배한테는 줄 필요 없다며 휙 가로챘다.

버스가 3시간 정도 달리자 차창 밖으로 푸른 바다가 언 듯 언 듯 보이기 시작하고 가로수로 심은 동백나무에 꽃이 가득 피어 있었다. 소녀처럼 감탄을 잘하는 응배 부인이었다. 동백 아가씨 노래를 제일 좋아하는 응배 부인이기도 했다. 이 아름다운 풍경을 보면 얼마나 좋아할까? 짠한 마음에 응배를 돌아보았다.

응배는 처음의 쭈뼛함은 까맣게 잊고 여자한테 거머리처럼 달라붙어 속닥거리며 웃느라고 정신없었다. 저런 줄도 모르고 부인은 온종일 응배를 기다릴 것이다. 장차 이 일을 어쩌나! 마음이 착잡했다. 자은이 혼잣말을 크게 했는지 남편이 뭐라구? 했다. 자은이 뒤쪽으로 고갯짓을 했다. 남편은 얼른 돌아보더니 보기 좋은 데 뭐 했다. 부럽구나? 자은은 눈을 흘기며 설록의 허벅지를 힘껏 꼬집었다.

응배 아버지는 날품을 팔다 금산 장날이 되면 북을 등에 지고 발로 굴러 소리 내며 약장수를 했다. 응배도 학교가 파하면 곧장 아버지를 도왔으나 벌이가 시원치 않아 간신히 그야말로 간신히 고등학교를 졸업했다. 응배는 졸업식이 끝나자마자 혼자 대전으로 나왔다. 응배가 대전에서 가장 먼저 한 일은 숙소를 정하는 것이었다. 시가지 중심이 아니어도 괜찮았다. 온종일 헤맨 끝에 가장 싼 여인숙을 찾아냈다. 비교적 가까운 곳에 꽤 큰 시장도 있었다. 주인을 구워삶아 한 달 치 방값으로 두 달을 묵기로 했다.

응배는 이튿날부터 시장 입구에 보자기를 펴고 특유의 말솜씨를 살려 금산에서 가져온 인삼과 한약재를 팔았다. 지나가는 사람들은 우선 응배의 특별한 외모에 발길을 멈추었다. 그리고는 가지색보다 더 검은 그의 입술이 조화롭게 움직일 때마다 착착 감겨드는 친근한 목소리에 귀를 기울였다. 응배의 말은 설득력이 있었고 무엇보다 근심을 날려버릴 만큼 재미있었다. 응배한테 약재를 사면 어쩐지 온 식구의 병이 씻은 듯이 나을 것 같았으며 지금이 아니면 세상 어디에서도 저 약재를 구하지 못할 것 같았다.

상인들은 시장통이 아닌 곳에 자리 잡은 응배가 그날 하루만 버텨도 손바닥에 장을 지지겠다며 흥미롭게 지켜보았다. 응배는 첫날부터 장사를 잘했다. 상인들의 예측이 완전히 어긋난 것이다. 아주 부럽고 두려운 존재가 나타난 것이었다. 그들은 더 철저하게 응배를 따돌리고 곁을 주지 않았다.

눈치 빠른 응배는 약재 산 손님을 데리고 상인들한테 와서 삼촌이니 고모니 하며 채소면 채소 양말이면 양말들을 사게 했다. 그뿐 아니라 무거운 짐을 함께 날랐으며 허리가 아프니 어깨가 쑤시니 하는 시시콜콜한 하소연을 모조리 들어주고 따뜻하게 위로했다. 그리 오래잖아 시장 상인들은 응배를 신뢰하게 되었고 오래전부터 함께 장사했던 이웃처럼 친하게 지냈다. 응배는 그런 사람이었다.

무더위가 기승을 부리던 여름날이었다.

화장품 가게 주인이 응배 때문에 손님이 줄었다며 당장 옮기라고 난리를 피웠다. 화장품 가게 옆에 거지 같은 사람이 앉아있으니까 손님들이 멀리 피해 가느라고 화장품 가게를 그냥 지나친다는 것이었다.

응배가 진심으로 애원하며 갖은 수단을 다 동원했지만 통하지 않았다. 응배가 마지막 제안을 했다. 삯 받지 않고 손님 끌어들이는 여리꾼 노릇을 하겠다고. 주인은 한껏 비웃으며 그 얼굴을 보고 누가 화장품을 사고 싶겠느냐고 단칼에 거절했다. 응배는 앞이 캄캄했다. 시장 안에는 빈자리가 없고 건너편 입구는 한약도 함께 파는 초대형 약국이라 차마 그 옆에서 약재를 팔 수는 없었다.

말썽이 일어나자 친하게 지냈던 상인들은 싸움에 휘말리지 않으려고 뒤로 물러나 구경만 했다. 타향살이의 설움을 절감하는 순간이었다. 스무 살 응배는 그날 처음 외로움을 느꼈다. 응배는 어머니가 없어도 아버지가 있어서 외롭지 않았고 자은이 아버지가 대문 근처에 얼씬거리지 말라고 호통치며 구박해도 큰소리로 자은의 남동생을 불러내서 놀면 되었기에 외롭지 않았었다.

그 소란을 다 지켜본 약국 주인이 응배를 불렀다. 응배는 약국 주인한테 앞집 아저씨라 부르며 친근하게 굴었다. 약국 주인은 가끔 더위에 지친 응배를 불러 시원한 물을 먹게 해 주고 에어컨 앞에서 땀도 식히게 했다. 약국 주인은 외로움에 사무친 응배의 어깨를 감싸며 안으로 들어가자고 했다. 감격한 응배가 고맙다고 하자 약국 주인은 박카스 한 병을 따서 건네며 물었다.
"자네, 혹시 제약회사 영업사원 해볼 의향 있는가?"
"그러면야 좋지요. 하지만 누가 저같이 못생긴 사람을 써 주겠어요?"

"원한다면 추천할 곳이 있네. 이번 일로 상처받지 말고 전화위복의 기회로 삼게나. 자네는 부지런하고 사람을 좋아해서 무슨 일이든 잘할 걸세."

웅배는 약국 주인이 골라주는 대로 양복과 와이셔츠와 넥타이와 구두와 인조 가죽 가방을 샀다. 가장 작은 옷을 샀으나 지나치게 커서 줄여야 했는데 먼저 받은 옷이 많아 닷새가 지나야 찾을 수 있다고 했다. 웅배가 실망하자 수선가게 주인이 말했다. 약국 주인이 특별히 부탁해서 빨리 해 준다며 모레 찾으러 오라고. 웅배는 면접관에게 자연스럽게 보이기 위해 줄인 양복을 찾자마자 입고 며칠 시장을 돌며 남은 약재를 모두 팔았다.

제약회사 영업사원이 된 웅배는 물 만난 고기처럼 약국을 누비고 다녔다.

20년 뒤 웅배는 제약회사 사장이 되었다. 웅배가 성공할 수 있었던 것은 근검절약과 부지런함을 기본으로 누구도 흉내 낼 수 없는 친화력과 입담에 비결 하나가 더 있기 때문이었다. 그 숨은 비결이란 바로 술 접대였다. 웅배는 양주면 양주, 소주면 소주, 맥주면 맥주, 막걸리면 막걸리 어떤 술이든 밤새워 마셔도 끄떡없는 특별한 체질을 타고난 것이었다. 웅배는 여태까지 자신보다 술이 센 사람을 만나지 못했다. 거래처 고객이 나가떨어질 때까지 함께 마시고 상대방이 계산하기로 했어도 술값을 계산하고 현관문 안까지 안전하게 데려다주기를 거른 적이 없었다.

말라비틀어진 작은 체구 어디서 그토록 무서운 힘이 뿜어져 나올까?
제약업계에서는 응배를 신화적 인물로 평가했다.

40대 초반이었다. 금산 남고 동문 부부 동반 연말모임을 했다. 장소는 대전에서 가장 큰 호텔이었다. 각설이패가 무대 세팅을 마치고 공연을 막 시작하려는데 응배 부인이 갑자기 무대로 뛰어 올라갔다. 응배 부인은 예상치 못한 일에 매우 당황한 사회자 손에서 마이크를 빼앗아 들고 감격에 찬 목소리로 말했다.
　"여러분 만나기를 얼마나 기다렸다고요. 이 순간이 너무너무 행복해요!"
이 말을 마치고 응배 부인은 느닷없이 노래를 불렀다.
　"헤일 수 없이 수많은 밤을 ~ ♪ ♬"
음정 박자를 무시한 응배 부인은 애절한 목소리로 눈물까지 흘리며 열창했다. 노래가 끝나자 모두 박수를 쳤고 각설이패도 꽹과리를 요란하게 두드리며 호응했다. 응배 부인은 감사하다고 수없이 인사를 하더니 다시 동백 아가씨를 불렀다. 노래가 끝나면 다시 부르고 또 부르고. 사회자와 응배가 마이크를 빼앗으려 했으나 필사적으로 도망쳤다.

남해안 환갑여행을 며칠 앞둔 날이었다.

유명한 화가가 된 독서 교실 회원 수안이 시립미술관에서 전시회를 했다. 수안의 작품은 강렬한 색채 대비와 힘찬 선들의 진행으로 이채로우면서도 아름다웠다. 특히 전시관 벽면을 온통 차지한 초대형 그림 앞에서는 완전히 압도당한 기분까지 들었다. 그때 누군가 자은과 설록의 등을 동시에 떠밀었다.

깜짝 놀라 돌아보니 장난꾸러기 웅배였다. 셋이 왁자하게 떠들자 수안이 다가왔다. 웅배는 수안을 향해 슉슉슉! 권투하는 시늉을 하더니 뱃구레에 주먹을 날리며 비아냥거렸다.

"이것도 그림이랍시고 전시회다 뭐다 깝치고 지랄이냐? 양심 없는 새끼. 내가 발로 휘갈겨도 이것보다 훨씬 낫겠다!"

"맨날 사기나 치고 이빨만 까는 약장수 새끼. 아무것도 모르면 주둥아리 꼬매고 납작 엎어져 있어 인마!"

"오죽 볼 게 없으면 우리 빼고 관람객이 한 명도 없냐, 새꺄!"

"오늘 저, 자식 옥수수 몽땅 털어버려?"

자은과 설록은 그런 둘을 보며 배꼽을 잡고 웃었다. 머릿속에 약 이름과 손익계산서만 그려져 있을 웅배였다. 웅배는 그림 감상은 뒷전이고 똥 마려운 강아지처럼 안절부절못하고 왔다 갔다 부산을 떨었다. 자은은 그림 감상을 더 지속하기 어려워 설록에게 다음에 다시 오자며 전시실을 나왔다. 웅배가 눈 빠지게 기다렸다는 듯 자은 부부를 끌다시피 하며 아래층에 있는 전시관 카페로 갔다. 웅배는 자리에 앉기도 전에 말을 쏟아놓았다.

"자은아. 설록아. 나, 어떡하면 좋으냐?"
 "왜, 무슨 일인데?"
자은과 설록이 동시에 놀라 응배를 쳐다보았다. 낙천적이고 긍정적인 응배였지만 외모 콤플렉스가 심해서 아무리 친한 사이라도 무엇을 부탁하거나 한 번도 징징거리지 않았었다. 그런 응배였기에 설록이 걱정스럽게 물었다.
 "혹시, 니 안 사람 더 안 좋아졌나?"
 "그 병이야 오랫동안 들락날락했으니까 걱정할 건덕지가 없고."
 "그럼 왜?"
 "자은아. 아니, 제수씨!"

응배는 갑자기 자은이 한테 고개를 까딱해 보이기까지 했다. 무슨 일이 있긴 단단히 있는 모양이었다. 응배가 어렵사리 입을 열었다. 키도 크고 인물이 아주 좋은 새 여자가 생겼다고. 회사 앞 식당에서 서빙하던 여자인데 오랫동안 변함없이 살갑게 대해주는 바람에 정이 담뿍 들었다고.

 "우리 지금 셋이 같이 산다."
설록이 놀라 소리쳤다.
 "뭐야 이 새끼가 미쳤나?"
자은도 응배를 쏘아보았다.
 "부인 요양원에 있잖아 그게 무슨 말이야?"
응배는 자은의 물음에는 대꾸하지 않고 말을 이었다.

"매일 아침 달덩이처럼 예쁜 새 사람을 보면 다시 태어난 것만 같
어. 꿈이 아닌가 자꾸 볼따구를 꼬집어본다니께. 나 정말 행복해 미
치겠다!"
설록이 소리쳤다.
"이 자식이 천벌 받고 싶어 환장했나. 그게 말이야 막걸리야?"
응배가 갑자기 억울해 미치겠다는 듯 쏟아놓았다.
"왜? 뭐? 너 같은 새끼가 내 고충을 알아? 건강한 마누라하고 산
다고 입찬소리하지 마. 짜샤. 밤새 마누라 치다꺼리하는 건 아무것
도 아녀. 요양원에 보내고 나서 혼자 까다로운 다섯 살짜리 막내딸
키울 때 얼마나 힘들었는지 모르지? 모르면 암말도 하지 마. 이 도독
놈아!"

자은은 응배를 쏘아보던 눈길을 슬그머니 거두었다.
험악했던 설록도 조금 누그러졌다.

"오늘은 이렇게 빗고 저렇게 땋아라, 어쩌고 저쩌고. 맘에 안 든
다고 옷도 몇 가지를 입어봐야 하고. 건강한 마누라하고 산 너 같은
새끼는 죽었다 깨나도 몰라. 지난날은 생각만 해도 신물이 난다. 서
른 넘어서부터 마누라한테 자자고 하면 뭐라고 하는지 아냐? 뱅그래
웃으면서 그 짓은 애기 만들 때나 하는 거야. 그런 장난치면 못써.
어른들한테 혼나 이랬다고. 그런데도 웬수 같은 이놈의 정력은 시들
줄을 몰라서 몇십 년 동안 밤마다 딸딸이만 쳤다. 이 새꺄!"

"아무리 그래도 이건 아니지, 인마!"

"새 여자는 하도 가난하게 살아서 내가 주는 생활비가 너무너무 감사하단다. 행복해하는 모습이 환장하게 이쁜 걸 나더러 어쩌라고? 음식 솜씨도 기가 막히고 얼마나 바지런한지 집안에 영이 돈다. 영이 돌아. 퇴근해서 집에 오면 마치 왕이 된 거 같다니까. 주부 없는 집안이 얼마나 황량하고 적막한지 너 같은 새끼는 감히 상상도 못 할 거다."

"얼른 그분 내보내고 집 밖에서 만나."
"나보고 이 모든 것을 포기하라고? 때려죽여도 못 해. 아니, 안 해. 나 이제 새 여자 없인 못 살아. 새 마누라 생겼다고 본 마누라를 버리겠다는 게 아니야. 본마누라도 끝까지 책임진다니께. 그런데 왜 들 난린데? 나도 인생을 즐겁게 살 권리가 분명히 있는 사람이라고. 그려, 안 그려?"

자은은 말을 잃었다. 응배를 이해할 수 있는 한편 응배 부인이 이루 말할 수 없이 가엾었다.

"새 여자가 평생 마누라를 형님으로 모시며 정성껏 수발들겠다고 퇴원시키자고 하더라. 그래서 셋이 행복하게 살게 됐다. 솔직히 말해서 요즘 세상에 그렇게 착한 사람이 어디 있냐?"
"그래서 앞으로도 계속 셋이 한집에서 살겠다는 거야 뭐야?"

웅배 얼굴이 고깝다는 듯 일그러졌다.

"왜 안 되는데? 뭐가 문젠데? 내가 좋다잖아?"

"야, 이 새끼 정말 미쳤구나. 자식들도 가만히 있지 않을 텐데?"

"당장 헤어지라고 난리 부루스지. 처가에서도 날 죽일 놈 취급하고. 느덜이 생각해도 내가 그렇게 나쁜 놈이냐? 세상 사람들 전부 나한테 손가락질하더라도 느덜 둘만은 쥐구멍에 볕든 내 처지 좀 이해해 주라. 응? 이렇게 부탁한다!"

여행 목적지인 여수에 도착했다. 버스에서 내려 걷는 동안에도 웅배와 여자는 손을 꼭 잡고 동창 부인들의 질시 어린 눈빛과 비웃음을 받으며 작은 부부 뒤만 졸졸 쫓아다녔다. 식당에서도 자연스럽게 넷이 한 상에 앉았다. 고향에 남아 꾸준히 인삼 농사를 짓고 홍삼 가공공장까지 세워 갑부가 된 새터 덕출이가 이번 경비를 다 부담했다.

부부마다 푸짐한 회가 한 접시씩 놓였다. 덕출이와 총무의 간단한 인사가 끝나고 막 수저를 들기 시작할 때였다. 맨 끝에 앉아있던 불땡끼가 벌떡 일어나더니 멧돼지처럼 씩씩거리며 우리 상으로 돌진해 왔다. 불땡끼는 사납기로 유명한 창수 부인의 별명이었다.

"이 금수만도 못한 인간들. 조강지처가 있는 집안에다 신접살림을 차려? 한창 깨가 쏟아지는데 이까짓 회는 뭐하러 먹냐? 내가 압수할 테다!!"

불땡끼가 웅배와 여자 몫으로 놓인 회 접시를 들고 사라져도 웅배는 아무 말도 하지 못했다. 말로는 당할 자가 없는 천하의 웅배가! 남자 동창들은 하나같이 자신이 그러다 들킨 것처럼 찔끔해서 고개를 숙인 채 젓가락질만 했고 여자들은 박수를 치며 속이 시원하다고 환호성을 질렀다. 모든 것을 훤히 알고 있는 자은은 이편도 저편도 들 수 없었다. 자은은 궁지에 몰려 벌게진 웅배와 여자 얼굴을 차마 쳐다볼 수 없었다.

설록이 아무 일 없었다는 듯 웅배야 어서 먹자! 하며 회 접시를 상 가운데로 옮겨 놓았다. 여자들의 비난이 일제히 설록에게 쏟아졌다.
 "가재는 게 편이라더니 편들게 따로 있지 설록 씨도 그러는 거 아녀!"
웅배와 여자는 밥술은 뜨는 둥 마는 둥 하다 소리 없이 자리를 떴다.

식사가 끝나고 식당 건너편에 있는 노래방으로 몰려갔다. 자은과 설록은 소문난 음치였다. 동창들은 익히 알고 있어서 빈말이라도 같이 가자고 권하지 않았다. 둘은 천천히 걸어서 동백꽃으로 유명한 오동도로 갔다. 빽빽하게 우거진 동백나무 밑에는 피어 있는 꽃보다 떨어져 있는 꽃이 훨씬 더 많았다.

신이 꽃자리를 짜서 펼쳐 놓아도 이처럼 아름답진 못할 것 같았다.

동백꽃은 그리운 사람을 기다리느라고 오래오래 피어 있다. 사무친 기다림에 지쳐도 시들지도 못 하다 어느 날 갑자기 뚝 떨어진다. 행여 기다리던 사람이 늦게라도 오면 예쁜 모습 보라고 꽃송이는 위를 쳐다보며 반듯하게 눕는다.

응배가 미술관 카페에서 말했었다. 마누라가 새 여자를 그렇게 좋아할 수 없다고.
 "애기처럼 언니, 언니 하며 따라다닌다니께. 그러면서 뭐라는 줄 아냐? 맨날 이렇게 맛있는 밥 해주구 세수시켜 주구 머리 빗겨 주면서 셋이 오래오래 같이 살잔다."
그 말이 떠오르자 자은은 코허리가 시큰했다. 응배는 자은과 설록에게 이렇게 물었다.

우리 셋 이렇게 행복하게 같이 살면 정말 안 되는 거냐?

자은은 이렇게 대답했었다.
 "안 돼. 절대 안 돼! 부인이 얼마나 굶주리며 악착같이 저축했는지 너도 잘 알잖아? 너무 고생해서 병이 일찍 찾아왔다는 생각은 왜 안 하니? 여자가 누군지도 모르고 마냥 좋아하는 부인이 너무 가엾어서 안 돼. 응배야. 차라리 이혼해라!"

지나치는 여행객들과 어깨를 부딪치며 나무 산책로를 따라 섬을 돌았다. 그때 요란한 웃음소리가 들려왔다. 무슨 일인가 돌아보니 모자에 동백꽃을 잔뜩 꽂은 응배가 여자의 등에 업혀 덩실덩실 춤을 추고 있었다. 응배는 완벽하게 행복해 보였다. 그 순간 자은은 결혼이란 무엇일까? 부부란 무엇일까? 일부일처제는 무엇이고 꼭 지켜져야만 하는 것인가? 끊임없는 의구심이 색다른 각도로 조명되어 혼란스러웠다.

응배는 검은 머리 파뿌리 되도록 한 여자의 남편으로 살기 위해 안간힘을 쓰고 있는 것이었다. 너무 긴 세월 동안 지나친 희생만 하며 살았다. 그래 맞다. 하지만 온종일 동백 아가씨를 부르며 응배와 새 여자가 돌아오기를 까막까막 기다리고 있을 응배 부인은 어쩐단 말이냐?

여자가 집으로 들어오면서 응배네는 도우미를 쓰지 않았다. 따라서 외출할 때는 현관문 밖에서 자물통을 채웠다. 응배 부인은 요즘 들어 부쩍 배설물을 보약처럼 귀하게 여겼다. 종종 있었던 것처럼 지금쯤, 아니면 훨씬 아까 응배 부인은 여자가 식탁에 차려 놓은 밥에 따끈한 똥을 비벼 수저로 떠먹었을지도 모른다.

울분을 터트리며 응배는 이런 말도 했었다. 마흔도 안됐는데 밤새 울면서 이불 보따리를 싸서 잠을 잘 수가 없었어. 병원에 입원시키면 막내딸이 엄마를 찾느라 울어서 나도 따라서 밤새 울었다. 치매가 얼마나 잔인하고 천형에 가까운 무서운 병인지 느덜은 몰라. 아니, 하늘도 모르고 땅도 몰라. 30년 넘게 겪어본 나만 안다!

응배를 다시 만난 건 회갑 여행 3년 후 부인의 장례식장에서였다. 상처하면 변소에 가서 웃는다고 했는데 응배는 변소까지 갈 것 없이 대놓고 희색이 만면했다. 문상을 마치자 응배는 동창들만 따로 불러 빈소 옆 접객실로 안내했다. 그날은 생명이란 생명은 모두 얼려버릴 듯 동장군이 기승을 부렸다. 상호가 묫자리 파려면 땅이 얼어서 고생스럽겠다고 걱정했다. 그 말을 듣자 응배는 날다람쥐처럼 재빨리 자식들이 있는 빈소 문을 살그머니 닫고 까치걸음으로 걸어와 짓 죽인 목소리로 말했다.

"묘는 무슨? 화장해야지. 이 엄동설한에 죽은 사람 장사 지내다 산 사람 잡을 일 있냐 새꺄?"

남의 일부터 챙기는 응배였다. 내 이익보다 남의 이익을 걱정하던 응배였다. 의리를 지키기 위해서라면 물불을 가리지 않던 응배였다. 무엇보다 도리에 어긋나거나 불의를 보면 목숨을 걸었던 응배였다. 그런 응배였기에 자은은 실망했다. 여자가 생겼다고 했을 때보다 더 실망했다. 투병이 긴 아내한테 지쳤다 해도 저 모습은 아니었다. 우영이가 밥풀 으깨듯 이기죽거렸다. 이제 드디어 네놈 새 여자가 안방마님으로 등극하는 날이 왔구나. 그런데 이 좋은 날 왜 코빼기도 안 비치시냐? 응배는 대답 대신 와락 달려들어 두툼한 우영의 귀를 잘끈 물어뜯었다.

해가 여러 번 바뀌고 지난 주말 응배 둘째 아들이 결혼해서 설록과 호텔 예식장으로 갔다. 값비싼 화환이 즐비했고 하객이 인산인해를 이루었다. 자은은 웅배 옆에 있을 여자를 열심히 찾았다. 웅배가 큰 소리로 불렀다.

"이리와 내 마누라 여기 있다!"

자은과 설록은 웅배 옆 신랑 어머니 자리에 있는 여자를 보고 깜짝 놀랐다. 그때 그 여자가 아니었다. 웅배가 피를 나눈 형제처럼 지내는 친구들이라고 소개하자 학처럼 늘씬하고 지성미 넘치는 아름다운 여자가 우아하게 인사했다.

여자가 자은의 강좌를 신청했던 것은 수업을 듣기 위해서가 아니었다. 생활비를 계속 자식들에게 송금하다 들켜서 쫓겨나게 되자 웅배 마음을 돌려 달라고 부탁하기 위해서였다.

*

툭!

또 동백꽃이 떨어졌다. 꽃이 떨어질 때마다 까닭 없이 가슴이 철렁철렁 내려앉았다. 옆에서 같이 감탄하던 여동생이 말했다.

"너무 아깝다. 싱싱한 젊은 꽃이 요절해서!"

요절! 웅배 부인은 요절한 것보다 더 가엾었다. 빨간색이 지나치게 선연해서 애틋한 꽃. 애틋하다 못해 애절해서 한없이 예쁘면서도 가

없은 꽃. 동백! 젊은 날 연말모임에서 응배 부인은 동백 아가씨를 부르고 또 불렀었다.

어디선가 응배 부인이 부르는 동백 아가씨 노래가 들려왔다.
나무에 피어 있는 꽃들이 따라 부르기 시작했다.
그러자 땅에 떨어진 꽃들도 모두 손을 모으고 합창했다.

그리움에 지쳐서, 울다가 지쳐서~♪

꽃잎은 빨-갛게 멍이 들었오~ ♬♩

終

목강

잠그지 않은 쪽문을 숨죽여 살짝 밀었다.

"또, 또 술 마셨지?"

계단참에서 딱 걸렸다. 저 잔소리를 듣지 않으려고 그렇게 조심했는데 귀신이 따로 없다. 절대 마주치고 싶지 않은 주인아주머니다.

아주머니는 술 퍼마실 돈 있으면 월세를 내라고 했다. 연이랑 편의점에서 맥주 한 캔씩 마셔서 사천 원 들었다. 사천 원으로 이달 월세를 퉁 치면 딱 끊겠노라며 달려들어 얼싸안았다. 작정하고 기다렸는지 주인아주머니는 착착 감겨드는 목소리로 싱거운 소리 그만하고 시집이나 가라고 했다.

나도 그러고 싶은데 사람이 없다고 했더니 눈을 부라리며 없긴 왜 없어? 눈이 눈썹 위로 올라붙어서 그렇지! 했다. 어머, 그래요? 얼른 눈썹을 만지며 깜짝 놀라는 척 소리쳤다.

"어머나, 진짜네. 언제 이렇게 됐지?"

"장난치지 말고 내 말 잘 들어. 전에 소개했던 고위공무원 있잖아? 엊그제도 연락 왔어. 고등학교 다니는 아들 둘은 미국 외가로 보냈대. 직업 좋겠다, 강남에 큰 아파트 있겠다, 양평에 땅도 있겠다, 조건이 너무 좋잖아. 밑져야 본전이니까 한번 만나나 보자. 응?"

"중매를 하려면 제대로 하시던가. 어디다 대고 자식 딸린 늙은 홀아비를 갖다 붙여요, 붙이길?"

"흥, 그런 자리 눈 씻고 찾아봐라, 다시는 없지. 내일모레 오십인 주제에 호박이 넝쿨 채 굴러온 줄도 모르고 튕기기는!"

"됐어요. 그렇게 아깝거든 이 집 나한테 주고 아줌마가 시집가요!"

"엄마 없다고 차마 눈 뜨고 못 볼 만큼 불쌍한 척해서 자식처럼 챙겨줬더니 말하는 싸가지 좀 봐라!"

들기 싫다고 쾅쾅 계단을 구르며 올라왔다. 월세가 2층 전세금을 야금야금 갉아 먹고 쥐꼬리만큼 남았다. 그거라도 지키기 위해 사흘 뒤 지하 창고를 개조해 만든 방으로 내려가야 한다. 주인아주머니가 새 계약서를 쓰면서 말했다. 창문이 없는 게 흠이긴 하지만 월세가 없으니까 얼마나 좋으냐고. 생각 잘했다고. 지금부터 돈 모아서 다시 2층으로 올라가자고. 매달 전세금에서 월세 깔 때마다 얼마나 가슴이 아렸는지 아느냐고.

회사를 그만둔 지 10년 되었다. 언제까지 이렇게 살아야 하나? 구두를 벗다가 절망에 무릎이 꺾여 하마터면 주저앉을 뻔했다. 근면 성실하게 열심히 살면 틀림없이 꿈을 이룰 거라고 굳게 믿었는데 그게 아니었다.

전에 다녔던 회사는 산학협력 사업차 우수 사원을 대학에 강사로 보냈다.

조교가 파견 강사 지원서류에 있는 내 이력서를 보고 대학원도 아니고 대학만 나왔네요? 하더니 학과와 관련 없는 이력은 다 지우겠다고 했다. 타닥! 타닥! 삭제키를 누를 때마다 눈물겹게 쌓아온 아까운 스펙들이 사라지며 저절로 어깨가 쪼그라들었다. 내 마음을 환하게 읽고 있던 조교가 손가락에 과장된 힘을 주며 말했다.

"직장 생활하며 야간대학 다니느라 고생 엄청 많이 했겠는데요?"

오지랖도 넓다. 모른 체해주면 고마운 부분을 굳이 들추어 확인시키다니! 조교는 꿈에도 모를 것이다. 주먹을 휘두르는 것보다 의도적으로 마음을 다치게 하는 것이 더 큰 폭력이라는 사실을. 자격지심 때문인지 자꾸 위축되는 느낌이 들었다. 조교는 새 학기부터 강의하게 되었으니 총장실에 들러 인사하고 가라고 했다.

과하다 싶었으나 명령에 길든 몸은 마음보다 앞서 멀리 떨어져 있는 본관으로 가고 있었다. 총장은 우리 아버지와 나이가 비슷했는데 인상이 아주 푸근했다. 우리 아버지도 살아있다면 저런 모습일까? 가물가물 얼굴도 기억이 나지 않았다. 시도 때도 없이 생각나는 어머니와 달리 한 번도 보고 싶은 적이 없던 아버지였다.

"어서 오세요, 만나서 반갑습니다!"

정중하고 따뜻한 목소리였다. 시간 강사 임용은 학과장 소관이지만 파견 강사는 총장이 직접 서류면접으로 결재한다고 했다. 총장은 고향이 같은 청양이라 반가워서 얼굴 보자고 했다며 칠갑산 소리만 들어도 언제나 가슴이 뭉클하다고 했다. 저만 그런 줄 알았는데 아니었네요, 했더니 기분 좋게 웃었다.

"어린 동생들 데리고 낯선 서울에 올라와 부대끼느라고 많이 힘들었지요?"

나는 대답 대신 비서가 내온 수국 차를 마시며 웃기만 했다. 총장은 내 학교라 생각하고 열과 성을 다해 강의해달라고 했다. 진심으로 그러겠다고 했다.

떨리고 설레는 마음으로 첫 출근을 했다.

어릴 때부터 선생님이 되고 싶었다. 낮에는 공장에서 일하고 산업체 부설 야간 고등학교에 다녀 선생님과는 사뭇 어긋난 길을 걸었지만 한 번도 꿈을 접지 않았다.

개강 날 눈발이 휘날려 한겨울처럼 추웠지만, 마음은 등잔불을 품은 듯 훈훈했다. 강의실 문이 잠겨 있어 학과 사무실로 내려가 비밀번호를 물었더니 고가의 실습 기자재가 많아 과 대표한테만 알려준다고 했다.

왜 그런지 모르지만 그 말을 듣자 갑자기 훈훈하던 온기가 사라지고 추위가 엄습했다. 마땅하게 기다릴 곳이 없어서 학과 사무실 안을 어정거렸다. 겸임과 시간 강사 캐비닛이 즐비한데 내 이름은 없었다. 파견 강사니까 그러려니 하면서도 조금 서운했다. 조교와 근로 장학생 둘은 탁자에 산더미같이 쌓인 서류를 바쁘게 정리하고 있었다. 조교는 내가 몹시 거치적거리는지 싫어하는 기색을 숨김없이 드러냈다.

더는 견딜 수 없어 밖으로 나왔다. 시간 강사의 설움이 피부에 와 닿았다. 천천히, 더이상 천천히 걸을 수 없는 속도로 4층 강의실로 올라갔다. 덜컹거리는 유리창 틈새로 칼바람이 들어와 복도는 춥고 황량했다. 갈 곳이라고는 단 한 군데 화장실밖에 없었다. 무자비하게 넓고 차가운 화장실 거울에 푸르죽죽한 내가 서 있었다. 어쩌면 그렇게 초라해 보일 수 있을까? 그 모양으로 20분을 더 있어야 했다.

번개처럼 빠르던 시간이 그날 그때는 죽어 있었다.

수업 3분 전. 강의실 문은 아직도 잠겨 있다. 3분을 더 떨고 정각이 되었다. 어디선가 패션모델 같은 남학생 과 대표가 바람처럼 나타나 문을 열고 들어가 난방 스위치를 올렸다. 냉동고처럼 싸늘한 강의실로 하나둘 학생들이 옹송그리며 들어섰다.

어수선한 가운데 내 소개를 막 시작하는데 학과장과 조교가 달려와 다급하게 불렀다. 학과장은 나를 강의실 밖 복도 끝으로 데리고 가더니 목소리를 낮게 깔았다. 할 말이 있으면 수업 전에 했어야지 이건 아니었다. 명강의로 소문나서 존경스럽던 학과장 신뢰가 급격히 떨어졌다.

"이소흔 선생 강좌를 폐강해야 할 것 같아요!"
"네—에?"

날벼락을 맞은 것 같아 목소리가 날카롭게 갈라졌다. 쉿! 학과장이 손가락을 세워 입에 댔다. 두 손을 공손하게 모으고 옆에 서 있던 조교가 놀라는 나를 보고 웃으며 그래야 한다는 듯 고개를 끄덕였다. 그렇다면 더더욱 진작 의사표시를 했어야만 했다. 이런 중대 사안을 복도 구석에서 은밀하게 통보하다니! 반듯하고 학구적이던 학과장 옆모습이 비열한 중년 남자로 바뀌고 화장실에서 떨던 초라한 내 모습이 초대형 현수막이 되어 펄럭이는 것 같았다.

그래, 차라리 잘 됐어. 아주 잘 된 거야. 대학 강의는 과욕이었어. 탄탄한 직장 놔두고 내가 왜 여기서 이러고 있는데! 재빨리 마음을 추슬렀다.

그사이 학과장도 조각난 품위를 되찾고 점잖게 말했다.
"너무 놀라진 말고요."

어떻게 안 놀라요? 불손하게 눈을 치뜨며 속으로 반문했다.

"총장님 지시에 따라 이 선생 자리 만드느라고 분반했더니 전부 주임교수 반을 신청했더라고요."

내가 학생이었어도 햇병아리 시간 강사보다 주임교수를 선택했겠다.

대학에 출강하게 되었다고 두 동생은 명품 가방과 옷을 선물하고 친구들한테는 장신구와 화장품으로 넘치는 축하를 받았다. 그랬는데 강의도 못 해보고 잘리다니! 뭐라고 하며 그들의 얼굴을 봐야 할지 한숨부터 나왔다. 학과장은 무척 딱하다는 표정을 지으며 그렇게 크게 실망은 하지 말라고 했다. 극단의 방법으로 강의를 할 수 있게 조처했다고.

이건 또 무슨 소리?

학생 수가 스무 명이 안 되면 폐강인데 내 반에 신청한 학생은 열여덟 명이었다고 했다. 아까는 한 명도 없었다고 하지 않았나? 학과장은 주임교수 반 학생 두 명을 내 반 출석부에 올려 해결했다며 절대 결강 처리를 하지 말라고 했다.

"내 말 무슨 뜻인지 잘 알아들었지요?"

결과적으로 나쁜 소식은 아니었다. 하지만 실컷 조롱을 당한 것처럼 몸과 마음이 너덜너덜해진 것 같았다. 갑자기 학과장의 준엄한 목소리가 복도를 쩌렁 울렸다.

"이 선생. 뭐합니까. 빨리 들어가 수업 안 하고?"

강의실로 돌아와 칠판에 쓰다 만 내 이름을 마저 쓰고 있는데 남학생이 주섬주섬 책과 소지품을 챙겨 들고 반을 바꾸겠다며 강의실을 나갔다. 얼굴에 모닥불을 끼얹은 것처럼 화끈했다. 송곳니로 입안을 꽉 깨물고 나서 아무 일 없었다는 듯 소개를 마쳤다.

"교수님!"

과 대표 부름에 목이 콱 메었다.

"저희는 현장 경험이 풍부한 교수님 같은 분을 기다리고 있었습니다. 지도해주시는 대로 잘 따르겠습니다!"

다른 학생들도 그렇다고 크게 외쳤다. 그 말은 큰 감동과 위로가 되었다. 얼른 책상을 돌려 원형으로 만들고 둘러앉았다. 순전히 기분 탓이겠지만 묘한 동지애가 감도는 것 같았다.

"지금부터 생각할 시간을 5분 줄 테니까 10년 뒤 자신의 모습을 상상하고 기록해 보도록 하자. 정리 끝나는 대로 한 사람씩 일어나 발표하고!"

학생들은 한 번도 그런 생각을 해본 적이 없어 당혹스럽고 발표할 때는 쑥스러우니까 그냥 앉은 채로 하면 좋겠다고 입을 모았다.

"여러 사람 앞에서 자신 있게 나를 소개하는 기회를 만들기 위해서 이런 시간을 갖는 거야. 소극적인 자세로 어떻게 사회생활을 하려고? 평소 꿈꾸던 대로 자신을 성공시켜서 발표하는 것이 포인트야. 과대 포장해서 발표하면 더욱 좋고. 사람은 목표를 세우면 무의식 중에도 끊임없이 노력해서 반드시 이루고 마는 신비스러운 능력을 지니고 있거든. 그런 현상을 심리학적 용어로 피그말리온 효과 또는 자기충족적 예언이라고 하지."

5분이 지났다. 발표를 시작하자고 했더니 시간을 더 달라며 시범을 보여 달라고 했다. 나는 사뿐히 일어나 비행기 승무원 자세로 손을 모으고 깍듯하고 공손하게 인사했다.

"여러분 반갑습니다. 이번에 정교수가 되어 여러분을 가르치게 된 이소흔입니다!"

학생들은 확실하게 감 잡았다고 그만하라며 깔깔 웃었다.

가장 먼저 교직 과목을 이수한다는 여학생이 일어나 질풍노도의 시기에 있는 청소년의 마음을 읽고 공감해 줄 수 있는 친구 같은 선생님이 되겠다고 했다. 그 학생은 바라는 대로 반드시 훌륭한 선생님이 될 것이다.

학생들은 앞다투어 방금 꿈을 이루어낸 사람만이 지을 수 있는 표정으로 10년 뒤 자신의 모습을 당당하게 피력했다. 예상을 뛰어넘는 상상력과 가능성이 무한한 푸르디푸른 청춘들이었다. 이래서 많은 대학교수들이 행복하다고 하는가 보았다.

발표가 끝난 뒤 원하는 수업 방식을 물었다. 4학년이라 현장에서 필요한 기술 습득이 가장 절실하다고 했다. 이론은 실기의 바탕이라 병행할 거라고 했더니 안 된다며 제법 앙탈까지 부렸다.

"사회는 학교와 달라. 사회는 여러분의 지식, 노력, 체력, 금전을 끊임없이 요구하는 곳이기도 하거든. 사회에서 이론 특강 한번 받으려면 학비 열 배가 넘는 비용이 든단 말이지."

학생들이 깜짝 놀라며 정말이냐고 물었다.
"그렇다면 이 시점에서 예비 사회 초년생인 여러분은 이론과 실기 중 어떤 수업이 더 중요할까? 아직도 수업 비중에 불만 있어?"
학생들은 큰소리로 아니라고 했다. 내 말뜻을 금방 이해하고 따라줘서 고맙다고 했더니 학점을 후하게 주면 평생토록 무한 존경하겠다고 했다. 나는 의미심장한 미소를 지으며 선언했다.

"나는 존경이 필요 없는 사람이라 점수가 소금보다 더 짜단다!"

학생들은 에이, 저희 졸업반인데 너무하시는 거 아니에요? 대기업에 들어가려면 성적이 높아야 한단 말이에요! 하고 강의실이 떠나가게 소리쳤다.

"너무 하긴. 1년 동안 열심히 하면 되지. 사회에서 성공하고 싶으면 최고의 무기를 소지하고 있어야 해. 그 무기가 무엇일까? 바로 실력이야. 결석하지 않고 수업 잘 들으면 점수 걱정할 필요 없어."

"교수님, 정말이지요? 약속하신 겁니다!"

춥기만 했던 첫날의 기억은 어디론가 숨어버리고 일주일에 한 번 학교 가는 날을 손꼽아 기다렸다. 많이 풀렸다고는 하지만 3월 둘째 주도 여전히 추웠다. 이제는 화장실에서 기다릴 수도 없다. 첫날과 달리 나를 알아보는 여학생들이 있기 때문이다. 교수님, 여기서 뭐 하세요? 하고 물으면 창피해서 죽어 버리고 싶을 것 같았다.

늦지 않을 만큼 도착해 따뜻한 차 안에서 음악을 듣다가 출석부를 가지러 학과 사무실로 갔다. 조교가 눈이 빠지게 기다리고 있었다며 큰일 났다고 호들갑을 떨었다. 자라 보고 놀란 가슴 솥뚜껑 보고 놀라더라고 이번엔 또 무슨 일인가 가슴이 철렁했다. 왜 그러냐니까 실기 재료가 아직 도착하지 않았다고 했다. 지난주 틀림없이 준비해 놓겠다며 걱정하지 말라고 큰소리를 뻥뻥 치더니 저런다.

"오전에 이론 수업하고 실기는 오후에 할 테니까 빨리 퀵으로 주문해 주세요!"

"그, 그게, 우리 학교는 울산에 있는 본사에서만 납품을 받거든요."

"그렇다면 더더욱 미리 준비했어야지요!"

조교 얼굴에 실뱀 같은 비웃음이 지나갔다.

"주임교수님이 실기수업 안 해도 된대서 준비하지 않았죠."

"그렇다면 나한테 실기수업 여부를 물었어야지요. 안 그래요?"

"그렇게 흥분할 게 아니라 교수님도 대체 수업하시면 되잖아요?"

초보 강사라고 얕보는 것이 분명했다. 슬그머니 약이 올라 첫 실기수업에 대한 학생들 기대가 커서 꼭 해야겠다고 했다. 조교는 어이없다는 듯 히죽거리며 교수님은 학생들이 원하면 무엇이든 다 들어 주실 모양이네요? 했다. 그에 맞서 나도 단호하게 말했다.

"수업에 관한 올바른 것이라면 무엇이든 들어줄 겁니다!"

조교가 한심하다는 듯 충고했다.

"처음이라 잘 몰라서 그러시는 모양인데 오냐오냐 받아주면 한도 끝도 없어요. 학생들한테 질질 끌려다니지 않게 미리 조심하십시오."

"끌려다니던 말든 빨리 실기 재료나 주문해 주세요!"

"안 된다고 아까 분명히 말씀드렸잖습니까?"

조교는 나한테 말귀조차 못 알아듣느냐는 듯 왈칵 짜증을 냈다. 회사에서 이런 식으로 일 처리하면 상급자가 서류뭉치를 집어던지거나 남자 직원은 장부 모서리로 얻어맞을 수도 있다.

"우리 회사에서 거래하는 과학 기자재 상이 있는데 거기서 주문해도 되잖아요?"

"그럼요, 그럼요. 그렇게만 해 주신다면 이루 말할 수 없이 고맙지요. 감사합니다. 교수님, 정말 감사합니다!"

나를 놀려먹던 조교가 갑자기 태도를 바꿔 지나치게 굽실거렸다. 일초 전후가 확연히 달라 아주 기분 나빴다. 한 푼의 이익을 위해 잔꾀를 부리는 장사꾼도 아니고 박사과정을 수료하고 논문만 남았다는 지식인이 저 모양이라니. 정말 가까이하고 싶지 않은 사람이었다.

오후에 실기수업이 시작됐다. 학생들이 얼마나 신나 하는지 축제 분위기나 다름없었다. 휴강인 주임교수 반 여남은 명이 놀러 와 부러운 눈길로 구경을 했다. 첫날 주임교수 반으로 간 남학생이 가장 안타까워하는 것 같아 아주 고소했다.

뒤쪽에서 구경꾼이 된 주임교수 반 학생들이 수군거렸다.

"아까 주임교수 누구 전화 받았게?"
"누구긴 누구야 꼰대지!"
"맞아. 수업 중에도 자기 전화는 꼭 받으라고 했대."
"한 시간 넘게 통화하고 들어와서 겨우 한다는 말이 휴강이라니? 재수 없어!"

과대가 수업에 방해된다며 구경꾼들을 내보냈다. 유치한 기분을 즐기던 나는 이루 말할 수 없이 부끄러웠다. 어리지만 일 처리 하는 게 나보다 훨씬 나았다. 시술 과정을 상세하게 설명하고 1 제와 2 제를 1:1로 정확하게 계량해서 혼합한 뒤 균일하게 도포하라고 했다. 시간이 지남에 따라 발색 정도가 달라지자 수업 몰입도가 절정에 달했다. 강의실은 개미 기어가는 소리도 들릴 만큼 조용했다. 그때였다. 여학생이 조심스럽게 다가와 귓속말로 화장실 가도 되느냐고 물었다.

"안 돼!"
필요 이상으로 크게 대답했더니 눈이 휘둥그레졌다.
"놀랐어? 농담이야, 농담!"

실기는 개인별 진행 속도가 달라 일괄적으로 쉬는 시간을 정하기 어려워서 4시간 연장 수업을 할 수밖에 없다. 나는 학생들에게 단계별 발색을 기다리는 동안 각자 바람 쐬고 차를 마시되 15분은 넘기지 말라고 했다. 긴장했던 분위기가 풀어지자 아까 수군거리던 내용이 이어졌다. 주임교수는 오래전부터 학과장과 부적절한 관계였고 김 교수는 학과장한테 고급 외제 차를 선물하고 전임강사 됐다고 했다.

계절의 여왕 5월이 왔다. 드넓은 캠퍼스는 파스텔로 그린 그림처럼 아름다웠다. 정상적으로 대학 생활을 누려보지 못한 나는 캠퍼스 안에 발을 들이는 것만으로도 행복했다. 학과 사무실에 들러 출석부를 집다 보니 커다란 휴지통 가득 접수 마감이 지난 기능경기대회 홍보 포스터 뭉치가 버려져 있었다. 조교한테 우리 학교는 참가 안 하느냐고 물었더니 그렇다고 했다. 왜 안 하느냐니까 팩 토라지며 자기는 모른다며 주임교수한테 물어보라고 했다.

얼굴도 본 적 없는 주임교수실 문을 노크했다. 네~♪ 아주 맑고 청아한 대답이 들렸다. 학생들이 수군거릴 때 상상하던 농염한 모습과는 정반대의 이미지가 연상되었다.

"처음 뵙겠습니다. 이소흔입니다."

"학과장님께 전해 듣고 어떤 분인지 무척 궁금했어요. 이리로 앉으세요."

주임교수는 맑은 목소리와는 딴판으로 어딘지 천박하고 경망스러워 보였다. 선입견 때문인가 하고 애써서 지적인 모습을 찾아봤지만 마찬가지였다. 나는 기능경기 출전의 필요성과 순기능을 상세하게 설명했다. 주임교수는 왼손가락을 묘하게 돌리며 말했다.

"아유, 바빠 죽겠는데 그딴 것까지 왜 해요?"

"준비하면서 실력이 늘고 입상하면 학생뿐 아니라 학교의 영광이 되니까요. 우리 회사 입상자들도 제가 지도했습니다."

"그땐 운이 좋았나 보죠. 생각해 보세요. 오죽 참가자가 없으면 공단에서 상금과 해외연수라는 떡밥까지 깔았겠나 안 그래요?"

주임교수는 여태 돌리던 손가락을 딱 멈추더니 조교한테 전화를 걸어 홍보물 눈에 띄지 않게 치우라고 했더니 여태 놔뒀었느냐고 마구 신경질을 부렸다.

이런 사람이 주임교수라니!

휴지통에 있던 홍보물은 나만 본 게 아니었다. 강의실로 들어서자 예상했던 대로 대회 이야기가 한창이었다. 학생들은 기능 경기대회에 참가하고 싶은데 학과장과 주임교수가 가로막는다고 정확하게 알고 있었다.

이럴 때 나는 뭐라고 해야 하나? 그렇다고 할 수도 없고 아니라고 할 수도 없었다. 과 대표가 일어나서 말했다.

"교수님, 저희 모두 1·2학년 때는 동아리 활동비나 각종 대회 지원비가 있다는 걸 몰랐어요. 그런데 알고 보니 삼백 개 넘는 학과 중 학과장이 썩어빠진 우리 과만 못 받았던 거더라고요!"

학생들이 분개해서 주먹을 움켜쥐었다. 강의 첫날 동지애를 느꼈던 것이 틀리지 않았다. 주임교수한테 불만이 팽배한 학생들만 내 강의를 신청했던 것이었다. 이제 더는 학과장과 주임교수의 부적절한 관계와 학비 사취를 지켜볼 수 없다고 했다.

"비리를 만천하에 공개해서 뿌리를 뽑아야겠어요. 교수님 도와주세요!"

뜻밖의 요청이라 무척 당황스러웠다. 자칫하면 학생들을 선동한 불온 강사로 낙인찍힐 수도 있다. 하지만 불안도 잠시 피해 보는 학생들을 위해서라면 작은 힘이라도 보태는 게 도리였다. 어차피 회사로 돌아갈 거라 불온 강사로 찍혀도 괜찮았다.

"도울게, 하지만 큰 도움은 못 될 거야. 나는 일개 목강일 뿐이거든."

"목강이 뭐예요? 처음 듣는 말이에요!"

"예전에 쓰던 말인데 임시 선생이라는 뜻이야. 너희들도 알다시피 시간 강사인 내가 무슨 힘이 있겠니?"

"많은 걸 바라는 게 아니에요. 두 가지 중 어떤 방법이 좋은지만 알려주시면 돼요. 신문사나 방송국에 제보할까요? 아니면 총장님을 찾아갈까요?"

"신문사나 방송국은 학교 명예를 실추시킬 빌미를 제공하는 셈이니까 접고 총장님을 찾아뵙는 게 낫지. 증거는 충분하게 확보했고?"

흥분했던 학생들이 물을 끼얹은 것처럼 조용해졌다.

"비리를 고발하려면 현장 사진이나 대화 내용, 통화내용이 녹음된 파일이나 불법 운용된 학비 지출 통장 사본 같은 확실한 증거가 필요해. 심증만으로 섣불리 일 벌였다가 미운털 박히면 제때 졸업 못 하는 최악의 사태가 벌어질 수도 있어."

"주임교수님은 재료비를 다 써서 어쩔 수 없이 대체 강의나 휴강한다고 말도 안 되는 핑계를 댔거든요. 1학년 때부터 계속 실습비를 도용하고 저런 식으로 발뺌을 하는데 이보다 더 확실한 증거가 어디 있어요?"

"현 상황에서 확실한 증거도 없이 그 문제를 우리 반에서 거론하면 안 되지. 주임교수 반은 가만히 있잖아?"

"걔들도 꾹꾹 참고 있는 거라니까요."

"그랬던 친구들이 주임교수님한테 회유당해서 자기네가 이론을

원해서 실기수업 안 했던 거라고 잡아떼면 어쩔 건데?"

같은 학교에서 강의해도 요일과 강의 시간대가 달라 얼굴 보기 어려운 윤 선배를 교내 커피숍에서 만났다. 윤 선배가 강의는 할 만하냐고 물었다. 학생들이 적극적이라 굉장히 재미있어서 한 학기가 눈 깜짝할 새에 지나갔다고 했다. 윤 선배가 한숨을 깊게 쉬며 말했다.

"사학의 명문이라는 명성 때문에 전국의 인재들이 구름처럼 몰려든다. 그러면 뭐 하냐? 학과장이 사람 키우는 방법을 모르는데. 애들이 아깝지. 아까워도 보통 아까운 게 아니라 너무너무 아깝다! 우리나라도 하루빨리 중·고등학교 교사처럼 임용고시로 강사 채용을 해야 해. 그래야 부정부패의 고리가 끊어지지. 투명한 강사임용만이 유능한 강사를 학교에 오래 남게 하는데 말이야!"

새삼 학생들의 울분이 떠올라 마음이 답답해졌다. 한동안 창밖을 내다보던 윤 선배가 커피를 한 모금 마시고 입을 열었다.

"미안, 내가 너무 무거운 주제를 꺼냈나?"
"아니요. 사실이잖아요. 선배 말에 100% 공감하고 있어요."
"처음에 조교가 장난 안 치디?"
"재료비를 안 주더라고요. 울산 본사 영수증 아니면 학교에서 절대 지급 안 해 준다고."
"그 새끼 수법이야. 썩어빠진 학과장 밑에서 보고 배운 게 그거뿐

이거든!"

"미리 말해 주지 그랬어요."

"말해 뭐하니? 이러나저러나 당할 수밖에 없는걸. 시간 강사 좀 해보겠다고 석·박사가 보낸 이력서가 한 트럭이 넘는다더라. 그러니 파리 목숨 같은 우리가 어쩌겠냐 당장 그만둘 거 아니면 멱살을 잡고 흔들어도 찍소리 말아야지!"

계속 그러느냐고 물었더니 신출내기 강사한테만 그런단다. 그 맛에 학기마다 강사를 새로 뽑는 거라고. 나의 강사 생명도 한 학기로 끝난다는 걸 짐작할 수 있었다. 윤 선배는 파견 강사라 어쩔 수 없이 재임용하게 되면 실습 안 해도 되는 다른 과목을 맡길 거라고 했다. 나는 첫날 화장실에서 떨었던 이야기를 했다.

"조교한테 선물 안 했지?"
"조교한테도 선물을 해요?"
"이 학교는 다른 학교와 달라. 조교가 학과장 집사이자 문지기인 거 눈치 못 챘어? 문지기한테 문턱 세를 내야 편하게 드나들 수 있지. 이소흔한테 잔뜩 기대 걸었을 텐데 입 싹 씻으니까 얄미워서 강사 휴게실도 안 알려주잖아!"
"강사 휴게실이 있어요? 조교 정말 밥맛없는 인간이다!"
"밥맛없다기보다 단순한 거지. 뭘 바라는 사람은 다루기가 쉬운 법이잖아. 사회생활을 그렇게 오래 했으면서 왜 그렇게 사람 볼 줄을 모르고 융통성이 없니?"

사람 사는 데는 어디나 똑같다는 윤 선배 말이 옳았다.

회사와 상아탑인 학교는 완전히 다른 세계인 줄 알고 학과장한테도 선물을 하지 않았다. 선물을 건넸을 때 나를 어떻게 평가했기에 이러느냐고 할 것 같아서였다. 어쨌든 나는 조교가 나쁜 사람이라고 선을 딱 긋고 표시 나게 멀리했다. 자기 싫다는 사람을 그 누가 좋아하겠는가? 조교와도 원만하게 지낼 수 있도록 노력했어야만 했다.

기말고사 시험 성적과 출결석, 조별 과제 결과와 참여도, 시약 관리, 기기 처리능력, 교우관계를 집계한 성적표를 배부했다. 학생들이 점수가 짜도 너무 짜다며 나한테 제대로 뒤통수를 맞았다고 거칠게 항의했다. 그 반응을 기다렸던 나는 다음날 바로 현장 해결 능력 위주로 도출한 자료와 재시험 출제 경향과 축약문서를 메일로 보냈다. 효과적인 학습효과를 얻기 위해서였다.

본시험과 재시험을 합산해 작성한 성적표를 넘기는데 조교가 아주 아니꼽다는 표정을 지으며 주임교수가 기다린다고 했다. 달갑지는 않지만 엄연한 직장 상사의 부름인 것이다. 주임교수는 지나친 환대를 하며 간드러지게 말했다.

  "아유, 이 교수님 실력 좋다고 소문이 자자해요. 우리 애들 열심히 지도해주셔서 감사합니다. 한 해 동안 정말 수고 많이 하셨어요!"

나는 어정쩡하게 웃으며 별말씀을 다 한다고 했다.

"회식도 자주 해야 했는데 아시다시피 제가 너~~무 바빠서요."
"아, 네."
"다름이 아니라. 미정이 때문에 뵙자고 했어요."

미정이는 학과장이 출석한 것으로 체크하라던 두 명 중 하나로 시험을 한 번도 치지 않아 유급 처리한 학생이었다.
"교수님께 모든 것 다 말씀드릴게요. 미정이는 가정 형편이 어려워서 유흥업소에 나가고 있습니다."
"네-에?"
뜻밖이라 깜짝 놀랐다. 가끔 화장실에 붙어있던 유흥업소 구인광고 전단이 떠올랐다.
"이 교수님, 우리 미정이 졸업 좀 시켜 주세요. 부탁이에요!"
전단이 눈에 띄면 얼른 잡아떼어 착착 접어 가방에 넣었듯이 입술에 힘을 주며 오금 박듯 말했다.
"시험을 한 번도 안 본 학생을요?"
"그러니까 제가 이렇게 부탁드리지요."
"학비를 벌기 위해 야간 업소에 나가는 것까지는 이해할 수 있다 쳐요. 하지만 돈 버는 목적이 면학은 아니었잖아요. 저는 동의할 수 없습니다!"
"그렇습니다. 교수님 말씀이 다 옳아요. 하지만 정상 참작이라는 예외가 있는 거잖아요. 미정이는 동생이 셋이나 있는 가장이에요. 돈을 많이 벌려고 2차, 3차까지 뛰고 아침에 집에 와서 동생들 학교 보내고 쪽잠 자면서 전신마비 된 어머니 수발까지 들고 있어요!"

병든 어머니라는 말에 가슴이 콱 접질렸다.

나도 중3 때 어머니마저 돌아가시고 가장이 되었다. 순간 병든 어머니라도 옆에 있는 미정이는 좋겠다 하고 몹시 부러웠다. 흔들리는 내 눈빛을 본 주임교수가 이때다 싶었는지 바짝 졸랐다. 나는 얼른 미정이네 집에 직접 가보았느냐고 물었다. 주임교수는 멈칫하더니 금방 밝게 웃으며 아유 그럼요, 그럼요 했다.

"형편이 그 정도면 차라리 등록금으로 생활을 넉넉하게 하지 미정이는 왜 학교에 적을 두었대요?"

"4년제 명문 여대생은 급료를 세 배에서 다섯 배 넘게 받을 수 있어서래요. 교수님, 약소하지만 이거 받으시고 제발 미정이 좀 도와주세요!"

백만 원이 넘는 화장품세트였다. 그걸 받고 나더러 허위문서를 작성하라는 것이었다. 이건 엄연한 위법이었다. 미정이가 나한테까지 이 정도 준 걸 보면 학과장과 주임교수한테는 얼마나 더 큰 선물을 했겠는가? 조금 전 조교 표정이 왜 그랬는지 이제 알 것 같았다. 조교는 이번 일에도 콩고물이 떨어지기를 단단히 기다렸을 것이다. 부탁과 선물을 단호하게 거절하고 문을 나서는 발걸음이 무거웠다. 주임교수는 자신을 무시하는 처사라며 고래고래 소리쳤다.

겨울밤 새벽 1시. 학과장한테서 전화가 왔다. 깜짝 놀라 무슨 일이냐고 물었더니 그냥 걸었다고 했다. 상식 밖의 행동에 매우 불쾌했다.

"3년째 겸임하고 있는 윤주원이가 이 선생 선배라지?"
학과장은 말을 놓았다. 왜, 저한테 반말하세요? 따지고 싶은 것을 참으며 그렇다고 했다. 윤주원은 도대체 어떤 사람이냐고 묻기에 박식하고 매사에 똑 부러져서 많은 후배의 귀감이 된다고 했다.

"그래? 하긴, 삼류 야간대학이라 인물이 없으니까 그럴 만도 하겠다!"

말 한번 참 기분 나쁘게 했다. 다른 사람도 아니고 최고의 지성을 자랑하며 고매한 인품의 소유자라고 대대적으로 TV에 소개되는 대학자가 말이다. 학과장은 나와 윤 선배를 동시에 깔아뭉개고 싶은 모양이었다. 학과장이 잠시 고민하는 척 말을 끊었다 이었다.
"가만, 이걸 뭐라고 표현해야 하나? 윤주원은 말이지. 강의를 잘하는 것 같지도 않고 여러 가지 걸리는 구석이 많단 말이야. 겸임을 다시 맡기기도 그렇고 아주 애매모호해. 만약 이 선생이 나라면 어떻게 하겠어?"
기가 막혔다. 그걸 이 밤중에 왜 나한테 묻는 건데? 학과장 목소리가 느끼하게 변했다.

"오래전에 학력을 위조한 미술관 큐레이터와 청와대 정책실장 스캔들로 한창 시끄러웠는데 이 선생은 그 사건에 대해 어떻게 생각하나?"
나는 둘 다 지탄받아 마땅하다고 했다. 학과장은 딱하다는 듯 쯧쯧! 혀를 찼다.

"사람이 어째 하나만 알고 둘은 모를까? 출세할 수 있는 초고속 엘리베이터가 눈앞에 있는데 안 탈 사람이 세상에 어디 있어? 명심해. 나는 이 선생을 겸임 강사는 물론 정교수까지 만들어 줄 수 있는 엘리베이터 같은 사람이란 말이야!"

학생들 간에 오가던 말이 모두 사실이었다. 소름이 돋아 팔뚝에 있는 솜털이 오소소 일어났다.

며칠 후 학교에 들렀다. 조교는 내가 옆에 있는 데도 아랑곳하지 않고 큰소리로 부인과 통화하며 울분을 터트렸다.
 "대학가가 시궁창보다 더 썩었어. 여자가 출세하기 훨씬 쉬운 더러운 곳이라니까. 자기야, 나 이 더러운 나라 떠나버리고 싶다!"
학과장의 섹스 파트너가 되어 준 대가로 윤 선배가 조교를 제치고 전임강사가 된 것이었다.

감정과 이성을 완벽하게 분리할 줄 아는 윤 선배!
성을 자유롭게 출세에 이용할 수 있는 윤 선배는 역시 고수였다.

해가 바뀌었다. 미정이 졸업을 시켜서 그런지 수업이 하루 더 늘었다는 연락을 받았다. 아무리 파견 강사라지만 회사에서 이틀씩은 봐주지 않는다.

강사료 네 배 넘는 봉급과 팀장 승진이 코앞에 있었다. 회사에 남을 것인가?

가르치는 보람에 따라 새로운 길을 개척할 것인가?

아침이 되면 여전사처럼 단단히 각오하고 출근하던 회사. 하나라도 더 배우려는 학생들에게 알고 있는 것을 남김없이 내주는 강단. 둘은 하늘과 땅 차이가 났다. 사람을 가르치는 일은 만 가지 넘는 직업 중에 단연 으뜸이란 옛말이 맞았다. 서둘러 채용공고를 보고 지원한 두 대학에서도 강의 제의를 받아 일주일에 나흘 출강이 확정되었다. 이대로라면 가르치는 일로도 충분히 성공할 수 있을 것 같았다.

15년 근무했던 회사였다. 사표를 쓰려니까 만감이 교차했다. 회사가 두 동생을 먹이고 가르치고 전세금까지 마련해 준 거나 다름없었다. 정든 팀원들과 헤어지는 것도 생각보다 힘겨웠고 시간 강사의 길이 얼마나 험난한지 진심으로 걱정하며 퇴직을 만류하는 삼촌 같은 본부장한테는 배은망덕한 것 같아 두고두고 마음이 쓰였다.

한 해 동안 입소문이 좋게 퍼졌는지 내 반으로 강의 신청이 몰려 지난해와 반대로 주임교수 반이 폐강 위기에 놓였다. 자존심 상한 주임교수는 나와 마주치면 외면하고 계획에 없던 전공 필수과목을 신설해 다시 한번 학생들의 원성을 샀다.

개강 날 학과장이 불렀다. 우리 학교는 겸임은 물론 시간 강사도 전부 박사라면서 교수하려고 작정했으면 석사를 시작하라고 했다. 오래전부터 대학원에 진학하고 싶은 마음은 굴뚝같았으나 학비가 부담스러워 포기했었다. 왜 대답이 없냐고 물어서 기어들어 가는 소리로 형편이 안 된다고 했다. 학과장은 벌컥 역정을 내며 형편 핑계 대는 사람이 가장 비겁하다고 나무랐다.

"가르칠 학생이 있는 사람은 밥 대신 라면으로 끼니를 때우고 한뎃잠을 자더라도 계속 공부할 각오가 돼 있어야지요. 그게 선생의 올바른 자세 아닌가요?"

맞는 말이었다. 계획에 없어 당혹스럽긴 했으나 강의를 계속하려면 대학원 진학은 필수였다.

"이 선생은 잘 모르겠지만. 우리 학교는 오래전부터 모교 출신 강사를 우선 채용하는 전통이 있어요. 다시 한번 물을게요. 대학원 진학할 거지요?"

이번 학기는 접수가 끝났으니 가을 학기부터 하겠다고 했다. 학과장은 호쾌하게 웃으며 자기가 있는데 무슨 걱정이냐며 모레부터 수업을 듣자고 했다. 나는 우수한 학생이 많고 첫정이 든 이 학교를 절대 놓치고 싶지 않았다. 월세를 내기로 하고 전세금 일부를 돌려받아 대학원 등록을 마쳤다. 그런 내가 안쓰러운 집주인 아주머니는 땅이 꺼지게 한숨을 쉬었다.

"배워서 남 주는 거 아니니까 축하해야 마땅한데, 나는 왜 자꾸 회사를 괜히 그만둔 것 같다는 생각이 드는지 모르겠다!"

중간고사가 끝나자 시험 압박에서 해방된 학생들이 졸업하기 전에 덕망 높기로 소문이 자자한 총장을 꼭 만나보고 싶다고 했다.

"그게 뭐 어려워, 내가 주선할게."

아무 생각 없이 쉽게 대답하고 총장실로 전화를 걸었다. 학생들이 발을 구르고 휘파람을 불며 환호했다.

총장은 회사를 그만두고 강의만 하겠다는 내 의지를 높이 산다며 여러 차례 차 마시러 오라고 했었다. 그랬던 총장은 학생들이 만나고 싶어 한다니까 뛸 듯이 기뻐했다.

"할 일이 없어 심심하니까 학생들한테 총장실 자주 들르라고 하세요. 지금 당장 올 거지요?"

"오늘은 늦었으니 다음 주 수요일 오전 10시에 찾아뵙도록 하겠습니다."

총장실 방문하는 날이 되었다. 첫 시간 수업 중에 과 대표가 학과장실로 불려가더니 한참 있다 코가 쑥 빠져 돌아와 힘없이 말했다.

"학과장님이 총장실 가지 말래요."

"왜?"

"모르겠어요. 그리고 교수님 빨리 오시래요."

학생들이 왜, 왜 그러는데? 하며 웅성거렸다. 뭔가 분위기가 심상치 않았다.

한달음에 달려갔다. 학과장실 문이 활짝 열려있었다. 부장, 학과장,

주임, 전임, 부교수가 모두 모여 웅성거리다 나를 보자 험악한 얼굴로 일제히 비난을 퍼부었다.

시간 강사가 얼마나 자신들을 우습게 여겼으면 위계질서를 무시하느냐?
어떻게 간부급도 아닌 일반 학생들을 데리고 총장실에 갈 생각을 했느냐?
학생들의 곤란한 질문으로 총장이 난처해지면 어쩌려고 그런 무모한 일을 벌였느냐?

듣고 보니 경솔했다는 생각이 들었다. 나는 교육계 조직 특성을 몰라 절차를 밟지 않고 추진한 것에 대해 진심으로 사죄했다.
 "죄송합니다. 만약 불미스러운 일이 발생하면 제가 모두 책임지겠습니다."
학과장이 고함쳤다.
 "이 선생, 지금 장난해? 책임을 지겠다고? 어떻게 질 건데?"
그때 부속실 직원이 뛰어와 총장이 아까부터 기다린다고 어서 가자고 했다. 학과장이 급하게 큼큼 목을 다스리고 말했다.
 "이 교수님. 총장님이 기다리신다니까 얼른 가보셔야지요?"

얼마나 뒤가 켕기면 학생과 총장의 만남에 저토록 신경을 곤두세울까? 학과장 인격에 새로운 의구심이 들었다. 강의실로 와보니 잔뜩 실망해서 풀 죽은 학생들이 총장님 못 만난다면서요? 했다. 나는 아니라며 씩씩하게 앞장섰다.

"누구 빠진 사람 없지? 자, 총장실로 출발!"

학생들은 금세 기분을 회복하고 소풍 나온 아이들처럼 펄쩍펄쩍 뛰며 즐거워했다. 우리는 총장실 옆에 있는 소회의실로 안내되었다. 넉넉한 풍채의 총장이 단상으로 올라갔다. 교무처장이 진행을 맡아 학생 하나하나를 소개하며 그동안 느낀 점과 졸업 후 진로에 대해 허심탄회하게 대화를 나누자고 했다.

총장은 개교 이래 학생 방문은 처음이라고 반가워하며 다른 학교보다 많은 장학제도와 사회환원사업을 설명했다. 졸업 후에도 취업센터의 다양한 프로그램을 활용하고 지원받기를 적극적으로 권하는 것까지 잊지 않았다. 단체촬영이 끝났다. 총장은 학생들과 로비 곳곳에서 수없이 기념사진을 찍으며 총장실 한쪽 벽을 전부 그날 찍은 사진으로 장식할 테니 꼭 보러 오라고 신신당부했다. 총장은 학생 하나씩 안고 등을 두드리며 방문 기념으로 학교 로고가 새겨진 금수저를 선물했다.

석사학위 받던 날 학과장은 내쳐 박사까지 하라고 협박하듯 강권했다. 전세금을 더는 축낼 수 없어 다음 해로 미루겠다고 했더니 그만 나가보라고 소리쳤다.

12월이 속절없이 지나고 1월 10일이 되었다. 시간 강사는 6·7월과 12·1월 학기마다 재계약해서 수없이 채용되고 수없이 잘렸다. 나뿐 아니라 십만 명에 달하는 우리나라 시간강사들은 일 년에 두 번씩 넉 달 동안은 피가 바짝바짝 말랐다. 그해 강의 제의는 두 군데밖에 받지 못했다.

오후 2시에 일어나 TV를 틀어놓고 멍하니 있는데 전화가 왔다. 학과장이었다. 드디어 신학기 강의 제의를 받게 된 모양이었다. 나는 총장의 두터운 신임을 얻고 있었고 무엇보다 박사과정 잠정 고객이었으므로 4년째 되는 해도 강의 제의는 떼어 놓은 당상이었다. 그동안 괜히 가슴 졸였다. 예스! 예스! 기쁨에 들뜬 목소리로 전화를 받았다. 전화기에서 학과장의 격앙된 목소리가 폭포처럼 쏟아졌다.

"이 선생 보기보다 아주 몹쓸 사람이더라. 주임교수를 대놓고 무시했다지? 미정이 때도 그 정도 선물로 어떻게 졸업시키느냐고 더 큰 선물을 요구했다며? 그래 좋아. 그건 그랬다 치자고. 그런데 말이야 무엇보다 이 선생은 팀워크를 못 해. 얼마나 못했으면 조교는 물론 근로 장학생들까지 싫다고 치를 떨겠냐고. 그것뿐이면 내가 말을 안 꺼냈다. 학생들이 작성한 이 선생 강의평가 어떨 것 같아? 최고일 것 같지? 천만에 최하위야 최하위! 게다가 건의 난에 뭐라고 썼는지 알아? 후배들과 학교 앞날을 위해 절대 초빙하지 말라 달래. 이런데도 우리 학교에서 강의하고 싶니?"

전화가 딱 끊어졌다. 분하고 억울하고 어이가 없어 미칠 것 같았다. 주임교수가 준 화장품은 받지도 않았고 무엇보다 학생들 강의평가가 꼴찌라는 말에 큰 충격을 받았다. 절대 그럴 리가 없었다. 누군가가 조작한 게 틀림없었다.

강의를 그만두게 돼서 섭섭하다고 총장한테서 먼저 전화가 왔다.

나 억울한 건 차치하더라도 학생들 불만 사항을 전할까 말까 망설이고 있는데 총장이 말했다. 학교를 명문으로 만든 주역이 바로 학과장이라고. 학과장은 소문난 대로 독보적인 학술체계를 확립한 유능한 인물이라고.

"사람은 신이 아니라 크고 작은 실수를 하면서 살아가는 존재예요. 잠시 정신 못 차리고 샛길로 빠졌다고 무겁게 처벌하면 어떻게 될까요? 진짜 나쁜 사람이 돼 버려서 학과장 자신은 물론 국가와 학교가 다 같이 손해 보는 결과를 초래합니다."

총장은 학과장의 악행과 부정을 훤히 알고 있었던 것이었다. 총장이 말을 이었다.

"우리 학교는 실무자 결정 존중이 원칙이에요. 그 원칙을 정한 게 나였습니다. 나부터 솔선수범해야 그 질서가 전통으로 자리 잡는 거라 이 교수 일에 나서지 않았어요. 그 대신 다른 학교를 추천할게요. 거리가 조금 먼 지방인데 괜찮은가요?"

나는 기꺼이 받아들였다.

학과장과의 마지막 통화는 7년이 지난 지금까지도 방금 끝낸 것처럼 생생하게 아팠다. 억울해서 아프고 팀워크를 못 한다는 지적이 틀리지 않아서 더 아팠다.

다른 학교에서 박사가 되었건만 속절없이 12월이 지나고 1월 하순인데 한군데서만 강의 제의를 받아 아프고 박사가 정교수를 꿈꾸는 게 허영인 현실이 너무 아팠다. 총장이 추천한 학교에서 7년간 주말마다 무보수로 지도해 각종 대회에서 수많은 수상자를 배출했는데 승진은커녕 강사 창이 닫혀 죽을 만큼 절망스러웠다. 절망은 면역도 안 되는 고질병이라 뼛속들이 아팠다. 부산 폴리택 대학까지 특강을 다니며 열심히 뛰었지만, 월세 없는 지하를 선택할 수밖에 없어 아팠다. 교수 품위 유지를 위해 바자 회를 찾아가 만 원씩 주고 산 명품 옷가지들도 아팠다. 지하로 옮기기 위해 한 트럭 넘는 책을 노끈으로 묶어야 하는 것도 아프고 신생 대학 전임교수나 학과장 채용 조건이 학생 숫자 확보라 아팠다. 이 모든 아픔보다 가르치는 보람이 커서 더더욱 아팠다.

연이를 만나 7년간 헌신한 학교에서조차 잘렸다고 실컷 징징거리고 싶었다. 하지만 마음뿐이고 아파서 너덜거리는 몸은 일어나지질 않았다. 사흘간 생의 분기점 바닥까지 치고 나자 간신히 몸을 일으키는 것과 비틀거리며 두 발로 서는 것이 허용됐다.

허기진 배를 손날로 깊게 누르고 키 작은 냉장고 문을 열었다. 주인 아주머니가 끓여준 김치찌개가 얌전하게 기다리고 있었다. 내 곁에는 이렇게 좋은 사람이 있었어! 코끝이 찡했다. 졸업한 지 오래됐어도 꾸준히 연락하는 제자도 헤아릴 수 없이 많다. 시제품 품질이 획기적이라고 벤처 사업을 하자는 제의도 여러 번 받았다. 과학 기자재 사장은 회사 로고만 사용하면 사옥 7층을 무상으로 임대할 테니 직업훈련학교를 세우라고 했다. 실패한 강의 인생 10년 인줄 알았는데 짚어보니 그렇지만도 않았다.

무음으로 설정해 멀리 밀쳐놨던 전화기가 깜빡거렸다. 열 번도 넘게 찍힌 윤 선배였다.
 "왜, 이렇게 전화를 안 받아! 무슨 일 있어?"
 "많이 아팠어요."
 "최종학력 증명서하고 강의 경력서, 각종 대회 입상자 지도경력 증빙서류 떼 가지고 학과장실로 와!"
나는 불에 덴 듯 놀라서 소리쳤다.
 "싫어요. 굶어 죽어도 그 학교는 안 가요!"
 "언제까지 시간 강사만 하려고 싫대? 싫으면 관둬!"

윤 선배 말이 김치찌개와 함께 목을 타고 넘어갔다.

 "학과장과 어쩌고저쩌고하는 내 소문 들었지? 맞아, 호랑이를 잡으려면 호랑이 굴로 들어가야 했으니까. 아이들이 아까워서 무슨 수를 써서라도 부패의 악순환을 끊어버리고 싶었어. 독하게 마음을 먹었더니 일이 비교적 쉽게 풀리더라. 쉬웠다 해도 6년 넘게 걸렸지만 말이야. 이젠 온전히 학생만 위하는 학과로 자리를 잡았어. 학과장은 공대 학장으로 주임교수는 강원도 연수원장으로 보냈고 딴 사람처럼 변한 조교는 주임교수로 승진했고. 지금은 내가 학과장이야!"

"선배, 고마워요."

"나한테 고마워하지 마. 총장님이 먼저 전임교수 시키자고 하셨으니까!"

벅차도록 기뻐야 하는데 너무 갑작스러워 어안이 벙벙했다. 머릿속이 돌덩이처럼 무거운 것 같기도 하고 아무것도 없이 텅텅 비어버린 것 같기도 했다. 이럴 때는 가만히 있지 말고 무엇인가 해야 했다. 무엇을 할까? 무엇을 해야 하나? 얼른 그릇을 치우고 밥상 겸 책상에 A4 용지를 올려놓았다. 볼펜으로 한 자 한 자 새기듯 썼다.

− 이소흔 십 년 뒤 성공한 당신의 모습을 구체적으로 기술하시오! −

終

염생

쇳소리가 귓속 깊숙이 꽂혔다. 갑자기 세상이 하얘지며 오줌을 쌀 것 같아 화장실에 가지 않고는 배길 수 없다. 긴박감에 쫓겨 실습 나온 학생한테 재빨리 마이크를 넘기고 달리기 시작했다.

"야, 어디로 도망쳐!"

그 손에 붙잡혀 실랑이를 벌였다면 대책 없이 실수하고 말았을 것이다. 생각만 해도 끔찍했다. 고령 고객이 많은 우리 병원은 6시 30분에 정문이 열리고 동시에 대기표 발급 기계가 작동한다. 나는 8시 정각부터 접수표를 받는다. 당일 접수한 칠십 넘은 고객이 임플란트 시술을 할 거라고 했다. 높고 날카로운 목소리로 언제 해주며 자비 부담은 얼마냐고 물었다. 진료는 9시부터 시작해서 예약 날짜가 언제일지 모른다고 했다. 금액도 의사와 직접 면담해 봐야 알 수 있으므로 차례 될 때까지 기다려 달라고 최선을 다해 친절하게 설명했다.

임플란트 고객은 빨리 의사한테 가서 물어보고 오지 왜 가만히 있느냐고 거듭 재촉했다. 한 시간 가까이 시달리니까 머리가 빙빙 돌고 미칠 것 같았다. 신기한 것은 나만 괴로울 뿐 대기실에 있는 오십 명 훨씬 넘는 고객들은 그런 그를 전혀 불쾌하게 여기지 않았다. 그만큼 병원과 나한테 불만이 많다는 증거일 것이다. 드디어 9시가 되었고 진료실에서 보낸 날짜와 시간이 화면에 떴다. 재빨리 예약증을 출력해서 건넸다.

"뭐야, 석 달이나 기다려야 한다고?"
"예약 환자가 많이 밀려 있어서 그렇습니다."
"이건 안 해준다는 거나 마찬가지잖아. 너, 이리 나와 봐!"
"저한테 이러시면 안 되지요, 제가 정하는 게 아니잖아요?"
"야!"

임플란트 고객은 소리를 지르며 카운터 안에 있는 내 어깨를 낚아채려고 했다. 쇠꼬챙이로 귀를 찌르는 것 같은 그 소리는 잠재의식 속에 있던 어머니 비명을 건드린 것이었다. 하마터면 정말 큰일 날 뻔했다. 그나마 내부 통로로 화장실을 오갈 수 있어 천만다행이었다. 비누 거품을 내어 오래오래 손을 씻었다.

서벅서벅!

씻어도, 씻어도 손바닥과 손가락에서 끊임없이 소금기가 녹아 나오는 것 같았다.

거울 속에 여섯 살의 내가 소풍을 떠나고 있었다. 버스를 오래 탔지만 좋아하는 풍선을 들고 있어서 마냥 행복했다. 놀이동산 방향이 아니어도 상관없었다.

"삼촌 솜사탕도 사 주세요."

"……!"

솜사탕이라니? 풍선에 홀려 잠시 현실을 잊었다.

"다 왔다!"

삼촌은 나를 소금 동산으로 데리고 갔다. 그곳은 하늘도 산도 집도 사람도 현기증이 날 정도로 하얬다. 소금은 내 생명과 시간을 접수하고 영원히 여섯 살 안에 가두어버릴 것 같았다. 소금에 반사된 죽은 햇볕이 무자비하게 눈을 찌르고 소름 끼치는 보얀 서기가 머리카락을 곤두세웠다.

"삼촌, 앞으로 말 잘 들을게요. 나 여기다 버리지 마세요!"

아무것도 할 수 없는 나이 여섯 살. 하지만 여섯 살은 세상 모든 것을 느낄 수 있는 나이이기도 했다. 나는 알았다. 이곳에 한 번 들어가면 절대 나올 수 없다는 것을!

무표정한 삼촌은 소금으로 빚어 감정이 없는 원장한테 나를 넘기고 간단없이 돌아섰다. 감정과 사랑이 삭제된 하얀 공포가 엄습했고 소금 입자가 코를 막아 숨이 가빴다. 이대로 있다가는 머지않아 죽을지도 몰랐다. 나는 무슨 일이 있어도 어머니를 만날 때까지 살아있어야 했다.

삼촌을 따라가겠다고 마구 뒹굴며 울부짖다 풍선을 터트렸다. 그 바람에 놀라 호흡이 멎었고 동시에 절절절 오줌이 흘러내렸다.

화장실을 다녀와 마이크를 잡고 어깨와 몸을 곧게 폈다.
 "한병주 고객님. 5번 진료실로 들어가십시오!"
스스로 생각해도 기막히게 절제된 멋있는 목소리였다. 주변 사람들이 오줌싸개에 지나지 않는 못난 나를 알아볼 수 없도록 단단하게 무장하고 싶었다.
 "이봐!"
임플란트 고객은 돌아갔는지 보이지 않고 소리부터 지르는 고객이 다가왔다.
 "고객님. 무엇을 도와드릴까요?"
 "말로만 고객이라고 하지 말고 진짜 귀빈 대접을 하란 말이야!"
 "네, 알겠습니다. 귀빈으로 모시겠습니다."
 "귀빈은 개뿔!"
 "어디가 불편하신데요?"
 "안 불편한 데가 한 군데도 없다. 너 같은 게 내 고통을 짐작이나 하겠냐. 하늘도 모르고 땅도 모르는데?"

고객은 점잖은 형, 소리 지르는 형, 깔아뭉개는 형, 시비 거는 형으로 분류되었다. 가장 힘든 고객은 시비 거는 유형이었다. 소리 지르는 유형은 다혈질이라 화가 폭발하는 순간만 지나면 오히려 성격이 시원시원해서 접객이 쉬운 편이었다. 우선 비위를 맞추기로 했다.

"억울하고 분한 게 많으신가 보군요. 참지 마시고 해당 기관마다 민원을 넣으세요."

"망할 놈들이 들어줘야 말이지!"

소리부터 지른 고객은 파월 장병이었다. 3년 동안 무더위 속에서 녹물 나오는 통조림을 먹으며 언제 적이 침공할지 몰라 극심한 불안에 떨었다. 폭격을 맞아 처참하게 죽어간 전우가 떠오를 때마다 살아있다는 죄책감으로 괴로웠고 오십오 년이 지났건만 딱총 소리에도 놀라 머리를 감싸 쥐고 거리 한복판에 납작 엎드렸다. 이상하게 쳐다보는 시선 속에서 흙을 털며 일어날 때의 자괴감은 당해보지 않으면 모른다.

베트남 전쟁 당시 미군은 다량의 제초제를 밀림에 살포했고 많은 파월 장병들이 질병을 얻었다. 소리부터 지른 고객은 보훈청에서 고엽제 후유의증 판정을 받아 우리 병원에서 무료로 치료를 받고 있는데 문제는 악성 피부병을 앓는 아들이었다. 아들은 후유의증 2세라 국가의 혜택을 전혀 받지 못했다. 몸과 마음에 병든 것도 모자라 자식한테까지 병을 물려주게 되어 천추의 한이 된다고 했다.

"정말 속상하시겠네요. 해결될 때까지 자꾸 찾아가세요."

신속하게 일 처리 하면서 성의 있게 이야기를 들어줬더니 하소연을 시작했다.

"얼마 전부터 어금니가 아파서 밥도 못 먹고 잠도 못 자. 치통이 이렇게 호된지 몰랐다!"

"아유, 그렇게 고통스러우셔서 어떡해요?"

"가제나 죽겠는데 어제부터는 송곳니까지 말썽을 부린다."

고객의 예약 날짜가 떴다. 계속 상냥하면 불평할 수도 있어 넓은 어깨를 펴고 말을 빨리하면서 다소 위협적인 태도로 바꿨다.

"환자가 많아서 한 달 뒤에나 가능하시네요. 어떡할까요? 예약하실 거죠?"

소리부터 지르는 고객은 힐끔! 갑자기 거만해진 내 표정을 살피더니 여태도 참았다면서 그러겠다고 했다.

할아버지와 손자가 진료를 마치고 나왔다.

"오늘로 모든 치료가 다 끝나셨네요. 그동안 두 분 고생 많이 하셨어요. 안녕히 가십시오."

손자는 이틀에 한 번씩 4개월 동안 불편한 할아버지를 부축하고 병원을 찾았다. 아침 일찍 오는 것은 치료가 끝나자마자 출근을 하기 위해서라고 했다. 할아버지가 손자 손을 잡으며 말했다.

"가자, 내 강아지야!"

강아지라고 불린 손자는 머리가 훌떡 벗어진 중년이었다.

저 나이에도 강아지라 불러줄 할아버지가 있다니! 굉장히 부러웠다. 나도 누군가의 강아지였던 적이 있었나? 없었던 것 같았다. 얼른 처지를 바꿔 나는 할아버지한테 저렇게 최선을 다할 수 있는 손녀인가 물었다. 고개가 세게 저어졌다. 나는 얼마 전까지 할아버지 이름도 정확하게 모르고 살았다. 서경수였나? 정수였나? 어느 날 심심해서 네이버에 서경수를 쳤다.『서경수에 대한 검색 결과가 없습니다. 서경주로 검색하시겠습니까?』『네』를 치니까 할아버지 사진과 저서와 강연내용이 끊임없이 이어졌다.

검색 창에 이름만 치면 나오는 내 할아버지는 명망 높은 사학과 교수다.

할아버지와 할머니한테 스무 살에 나를 낳은 고졸 아버지는 부끄러운 존재였을 것이다. 할머니는 아버지를 그렇게 만든 사람이 어머니라고 책임을 전가했다. 할머니가 우리 집에 오면 나는 얼른 어머니 치마폭에 얼굴을 묻고 숨었다.
 "맑은 물 나올 때까지 뽀독뽀독 쌀 씻으라고 했지? 애 꼴이 저게 뭐냐? 지나가던 사람들이 거지인 줄 알고 동전 던지게 생겼다. 걸레도 행주처럼 깨끗하게 삶아! 가난하고 배운 게 없으면 민첩하기라도 하던가? 못생긴 데다 키는 난쟁이 똥자루만 하고 어느 구석 마음에 드는 데가 있어야지!"

그럴 때마다 생각했다.

- 아버지의 어머니가 죽어야 내 어머니가 살 수 있겠구나! -

오후 3시가 되면 어머니는 나를 데리고 비디오 가게로 출근을 했다.

재미는 없었지만 다정한 어머니와 함께 있어서 견딜만했고 편하게 잠들 수 있었다. 친척 식당에서 일을 마친 아버지가 밤늦게 우리를 데리러 왔다. 어머니는 언제나 아버지한테 나만 데리고 집으로 가라고 했다. 집이 싫다고!

어머니는 왜 집이 싫었을까?

그날도 아버지 고함에 눈을 떴다. 2 미터 넘는 거구의 아버지가 비디오 가게 주인인 사촌 이모 앞에서 거미 같은 어머니를 때리고 있었다. 비단 자락이 찢어지는 것 같은 어머니 비명에 귀를 막으며 숨죽인 채 오줌을 쌌다. 끝내 나의 우주였던 어머니는 모습을 감췄고 나는 친가로 보내졌다.

내 편 없는 친가는 외롭고 무서웠다. 눈치만 보고 있다가 누구라도 언성을 높이면 어김없이 어머니 비명이 들렸고 그때마다 오줌을 쌌다. 나는 금방 천덕꾸러기가 되었다. 그렇더라도 친가에 계속 살고 싶었다. 여기저기 어머니 자취가 남아 있고 무엇보다 어머니와 가까이 있는 것 같은 거리 적 위안이 컸기 때문이었다.

"얼마나 기다려야 하냐?"
첫마디가 벌써 수상쩍다. 상냥하게 웃으며 예약 시간보다 일찍 와서 많이 기다려야 한다며 다른 진료를 먼저 받고 오면 좋을 것 같다고 안내했다. 팔십 넘은 깔아뭉개는 형의 고객은 내 말은 귓등으로도 안 들고 대기 의자에 버티고 앉았다. 20분 정도 지났다.

"아직도 멀었냐? 왜 이렇게 오래 걸려?"

깔아뭉개는 고객은 정확하게 20분마다 노려보며 소리를 질렀다. 내가 누군지 알아? 육군 대장 이상필이야. 나 푸대접하면 너희들 큰코다친다! 이만저만 거슬리는 게 아니었지만, 꾹 참고 차례가 아직 안 됐다는 상냥한 대답만 되풀이했다.

깔아뭉개는 형의 고객은 더는 못 참겠다는 듯 벌떡 일어나며 호통쳤다.

"싸가지 없는 것. 사람 놀리는 거야 뭐야? 벌써 1시간이 넘었잖아!"

저런 고객은 하루빨리 죽어버렸으면 좋겠다. 저 고객이 죽으면 우선 내가 편하고 병원이 조용해질 것이며 국가는 연금과 의료비를 아낄 수 있어 그만큼 풍요로워질 것이었다. 아버지처럼 목청이 우렁우렁한 나였다. 더 받아주면 안 될 것 같아서 빽 소리를 질렀다.

"11시 반 예약인데 10시에 오셨잖아요. 저보고 어쩌라고요! 청원경찰 부를까요?"

깔아뭉개는 형의 고객은 뜻밖의 반격에 놀랐는지 머쓱한 얼굴로 어디론지 가버렸다. 네모진 얼굴이 할아버지와 흡사해서 더 싫었다.

친가에 있은 지 한 달도 안 되었을 때 아버지가 왔다. 내가 보고 싶어서 온 것 같아 팔짝팔짝 뛰며 기뻐했다. 이러다 보면 어머니도 생각보다 빨리 돌아올지 몰랐다. 아버지는 달려드는 나를 번쩍 안고 여러 번 헹가래를 친 다음 따뜻하게 품고 앉아 할머니한테 새로 사귄 여자 자랑을 늘어놓았다.

어머니와 헤어진 지 얼마나 되었다고?
온몸을 비틀어 짜는 것처럼 아파서 울부짖었다.

"아빠, 엄마는요? 빨리 엄마 찾아다 우리 셋이 같이 살아요!"

아버지는 대답하지 않았다. 할머니는 나한테 눈을 흘기면서 아버지가 건넨 사진을 들여다보며 키도 크고 예쁘다고 거듭 탄복했다. 할머니를 따라 할아버지도 기뻐하며 말했다. 이참에 아파트 하나 마련해 줄 테니 과거지사는 다 잊고 너희 세 식구 행복하게 살아 보거라!

스물여섯 살 아버지는 그 말을 이렇게 받았다.
여자한테 자식 있다는 말을 안 해서 나를 데려갈 수 없다고.

큼큼! 할아버지가 헛기침하며 얼굴을 잔뜩 찌푸렸다. 아버지는 아파트 사 주겠다는 말을 취소할까 봐 전전긍긍하며 할아버지 눈치를 살폈다. 아버지가 여자를 인사시키러 오는 날 풍선을 손에 든 나는 온종일 삼촌과 놀이동산에 있었다.

"이 못된 것들아. 내 이빨 책임져!"

오후 진료가 막 시작되자 또 고함이 터졌다. 한 달 전에 해 넣은 틀니가 불편하다고 당장 고쳐놓으라는 것이었다. 점검 예약 날짜는 열흘 뒤였다. 이런 경우는 오전 7시 전에 접수해야 그날 진료를 받을 수 있었다.

"틀니 없으면 밥도 못 먹는데 나보고 그냥 죽으라는 거야 뭐야?"
번거롭더라도 내일 아침에 다시 와서 일찍 접수하면 제일 먼저 해주겠다고 달랬지만 막무가내였다.

"돌팔이를 앉혔나 이게 뭐야? 당장 원장 불러!"
시비 거는 고객은 접수증 전하랴 안내하랴 예약증 발급하랴 눈코 뜰 새 없이 바쁜 나를 계속 닦달했다.
"빨리 가서 그 돌팔이 의사 나오라고 해!"
이튿날 다시 와야 하는 것이 분해서 화풀이를 하는 것이었다.
"의사 새끼랑 원장 부르라니까 왜 안 불러, 엉?"
시비꾼은 손에 들고 있던 서류 봉투를 카운터로 집어던졌다. 저 시비꾼도 하루빨리 죽었으면 좋겠다.

복지부 장관이 방문했을 때 원장은 자랑스럽게 말했다. 환자와 직원들을 위해 자신의 방문은 항상 열려 있으며 잠시도 쉬지 않고 순시해서 병원에서 무슨 일이 일어나는지 다 알고 있다고. 따라서 불미스러운 일은 목격하는 즉시 현장에서 해결하기 때문에 개원 이래 불만 접수가 단 한 건도 없었다고. 그랬던 원장의 하얀 가운 자락이 복도 끝에서 황급히 꼬리를 감추었다.

"어르신, 무슨 일인지 모르지만 고정하십시오. 제가 모시겠습니다."

원무과장이었다. 원무과장이 시비 거는 고객을 정중하게 응접실로 데리고 갔다. 직원들은 점심시간에 종종 원장 흉을 보았다. '자리 지키기에 눈이 멀어서 직원들 불편은 안중에도 없다니까.' '실력은 하나도 없는데 손 비비는 능력이 뛰어나서 젊은 나이에 원장이 됐다며?' '병원장은 거의 의사지 공무원인 경우는 드물거든 믿을만한 소식통에 의하면 빵빵한 처가 덕이래.' '바다는 메워도 사람 욕심은 못 채운다더니 국립병원장으로는 성에 안 차서 복지부 장관을 노리는 모양이지?'

소금 동산에는 자신감을 밖에 두고 온 내 또래가 아홉 명이나 있었다. 그곳에 발을 들이면 누구나 얼굴색이 소금 빛으로 탈색되고 감정은 여린 입김에도 부서질 듯 바삭거렸다. 하루 세 번 소금밥과 두 번의 소금 간식을 먹고 소금 잠을 잤다. 소금은 입을 베어 먹고 귀를 뜯어 먹는가 하면 눈알도 파먹고 여린 영혼은 물론 꿈도 잘라 먹었다. 하지만 생명의 신비는 소금 동산에서도 어김이 없었다. 우리는 염생 식물처럼 몸속에 수분을 잔뜩 저장하고 무서운 압력으로 파고드는 소금기를 막느라 비틀리고 마디지며 끊임없이 자랐다.

언니 오빠들은 눈에 띄기만 하면 잔심부름을 시켰고 마음에 안 들면 거침없이 욕설과 함께 주먹을 날렸다. 나와 또래들은 언니 오빠들의 시선을 피해 보모나 자원봉사자 그늘로 숨어들어 소리 내지 않고 시간 보내는 법을 익혔다.

- 엄마! -

부르기만 해도 눈물이 났다. 따뜻한 어머니 대답이 귀에 쟁쟁하고 목화솜처럼 포근한 어머니 품이 볼을 스치고 지나갔다. 소금 동산에서 나를 구해줄 사람은 이 세상에 단 한 사람 어머니밖에 없었다. 어머니는 언제 올까? 어머니가 보고 싶어 피를 말리며 안타까워하는 것처럼 어딘가에 있을 어머니도 그럴 것이었다.

- 오늘은 꼭 나를 데리러 오겠지? -

해가 설핏해지면 우리는 가제나 없는 생기를 더 잃고 목을 실타래처럼 늘이며 어머니를 기다렸다. 티 내지 않으려고 노력할수록 더더욱 티를 내면서. 매의 눈으로 살피던 언니 오빠들이 득달같이 쫓아왔다.

극한의 공포에 몸을 떨면서도 마약처럼 지독한 어머니 기다림은 끊을 수가 없었다.

"자, 이거!"
몇 초의 과거에서 현실로 돌아왔다. 칠십에 가까운 고객이 환하게 웃으며 음료수 두 병을 건넸다. 평범하게 자라지 않은 나는 남과 주고받는 것에 익숙하지 못했다. 누구에게 도움을 청하는 건 죽기보다 싫었고 누구를 도와주는 것 역시 싫어서 누가 언제 무엇을 부탁하던 절대 들어주지 않았다. 하지만 욕설을 퍼붓는 것보다는 고마워서 마음만 받겠다고 했다. 그러면 못써! 어른이 주면 얼른 받아야지! 의자에 앉아있던 대기 고객 여럿이 합창하듯 입을 모았다. 음료수 고객은 무척 자존심 상한 얼굴로 다시 권했다.

"받아라, 낯 뜨겁고 손부끄럽다!"

몇 번 거절한 끝이라 또 거절하면 말썽이 일어날 것 같아 감사하다며 받아서 누구의 눈에나 다 띄는 선반에 올려놓았다. 3분이나 지났을까? 귀가 절벽처럼 어두운 고객을 응대하고 있는데 음료수 고객이 카운터 안으로 고개를 들이밀며 왜 순서를 앞당겨주지 않느냐고 했다. 3시 예약이라 앞으로 40분 더 기다려야 된다고 했더니 갑자기 돌변해서 소리를 질렀다.

"주는 건 넙죽넙죽 잘 받으면서 그거 하나 눈치껏 못 해줘?"

귀 어두운 고객은 이때다 싶었는지 왜 못 알아듣게 입만 뻐끔거리느냐고 고함쳤다. 엑스레이 고객까지 덩달아 아까부터 영상의학과가 어디냐고 물었는데 왜 대답을 안 하느냐고 따지고 들었다.

직원과 입씨름을 하거나 고객끼리 싸움이 붙어 며칠에 한 번씩 큰소리가 났지만 이렇지는 않았다. 혼자 골치 아픈 고객 종합세트를 맞이한 셈이었다. 당신 같은 사람들 모조리 죽어버렸으면 좋겠어! 속은 그랬으나 웃으며 큰소리로 또박또박 설명했다. 그러고 나서 공손하게 이거 드시면서 기다리라며 받았던 음료수를 돌려줬다.

"이게 어디다 대고 까불어. 내가 그렇게 우습냐?"

음료수를 되돌려줬다고 화내는 고객의 목소리가 병원을 쩌렁쩌렁 울렸다. 그때였다. 어떤 말썽에도 휘말리지 않던 원장이 홀연히 나타나 음료수 고객의 손을 부여잡으며 무슨 일이냐고 물었다.

"두말할 필요 없어. 저 못된 것 당장 잘라!"

원장이 준엄한 목소리로 얼른 카운터 밖으로 나와서 고객한테 무조건 사과하라고 명령했다. 잘못한 게 없어서 볼멘소리로 항변했다. 분명히 사양했는데도 음료수를 줬으며 순서를 빨리 해 달라고 해서 돌려주었다고. 그 모습을 여기 있는 고객들이 전부 봤다고. 원장이 고객들을 돌아보며 정말 그러냐고 물었다. 그때까지 흥미롭게 구경하던 그들은 언제 무슨 일이 있었냐는 듯 황급히 TV로 시선을 돌리며 외면했다. 음료수 고객이 그거 보라며 물 만난 고기처럼 펄펄 뛰었다.

"저, 저렇게 발칙하다니까. 오죽하면 이 늙은 게 음료수까지 사다

바쳤겠어? 새파랗게 젊은 것이 눈을 똑바로 뜨고 꼬박꼬박 말대꾸나 하고!"

원장의 응원에 힘입은 귀먹은 고객과 엑스레이 고객도 저런 직원은 본보기로 잘라야 한다고 입을 모았다. 고막이 뒤집히며 어머니 비명이 들려 주체할 수 없는 긴박감이 밀려왔다. 말도 안 되는 상황이었지만 어쩔 수 없어 화장실로 달려가야 했다. 이래선 정말 안 되는 것이었다. 원장은 틀림없이 자기 뜻을 거스르려고 황급히 자리를 뜬 것으로 오해할 것이다.

수치스럽고 자존심 상해서 홍당무가 된 얼굴로 다시 원장 앞에 섰다. 원장은 괘씸하기 짝이 없다는 듯 씩씩거리며 세 고객에게 얼른 사과하라고 소리쳤다. 화장실만 안 갔으면 사과할 일이 아니었지만 하는 수 없이 고개를 깊이 숙이며 잘못했다고 했다. 세 고객은 절대 사과를 받지 않겠다고 했다. 로비를 지나던 사람들이 웅성거리며 모여들었다. 원장은 나를 게시판 앞으로 데리고 가서 내용을 읽으라고 했다.

"우리 병원은 청탁 금지 제도를."

원장이 크게 읽으라고 종용했다. 피할 수 없는 일이었다. 분하고 억울하고 창피한 만큼 악에 받쳐 큰 소리로 읽었다.

"실시하는 공공기관이므로 고객으로부터 선물을 일절 받지 않습니다. 따라서 이를 어긴 직원은 중징계 처분을 받게 됩니다!"

음료수 고객은 원장의 처사를 매우 흡족해하며 그것 보라는 듯 나를 향해 가로로 길게 목을 그었다. 그때 치과 카운터에서 마이크 소리가 들렸다. 이진규 고객님 9번 진료실로 들어가십시오. 행정지원실 직원이 나 대신 진두지휘하며 친절한 목소리로 안내하고 있었다.

이럴 수가!
내가 무슨 큰 죄를 지었다고 금방 자리를 빼앗는단 말인가?

포탄 소리에 청력 장애를 입은 고객들은 귀가 어두워 같은 말을 하고 또 해야 했다. 내 목소리가 큰데도 목소리 작다고 소리를 질러 지긋지긋하기만 하던 치과 카운터였다. 하지만 그만둘 생각은 전혀 없었다. 그런데 벌써 내가 필요 없는 모양이었다. 가슴이 철렁했다. 학원에서 만난 친구들이 떠올랐다. 개인병원 간호조무사 근무 환경은 열악하기 짝이 없었다. 침대 커버는 물론 환자복 세탁과 식사 준비에서 설거지까지 가사도우미나 다름없었다.

소금 동산에 온 지 1년이 지났다. 어머니 기다림은 더욱 간절해져서 얼굴과 손등은 물론 온몸이 버석거리며 갈라졌고 옆구리를 긁으면 하얀 소금 가루가 우수수 쏟아졌다. 그동안 소금 동산에서 한 일은 어머니를 못살게 굴었던 할머니와 내가 오줌싸면 요와 함께 두르르 말아 베란다에 내던지던 삼촌과 전통과 혈통의 학문에만 해박할 뿐

피붙이인 나를 거두지 않은 이기적인 할아버지와 나와 어머니를 버린 아버지를 깊이깊이 염장하는 것이었다.

원장 어머니가 사무실로 불렀다.
"고맙게도 후원자 중에 너를 입양하겠다는 분이 계시다."
처음 이곳에 왔을 때 어떤 언니가 내 머리에 침을 탁 뱉으며 나지막이 말했다. 너처럼 작고 순하게 생긴 것들 정말 재수 없어! 그 말이 떠올라 걷잡을 수 없이 가슴이 뛰기 시작했다.
"그분들한테 가서 사랑받으며 행복하게 살도록 해라."
조곤조곤한 말씨였지만 내 말 안 들으면 국물도 없다는 협박이 얇고 싸늘한 입가에 서려 있었다.

소금인형 같은 원장 어머니는 하루에 열 번 스무 번 똑같은 말을 되풀이했다. 해가 갈수록 원아가 늘어서 시설이 포화상태라고. 지원금이 부족해서 입양을 많이 보내 입을 줄이고 일손을 더는 수밖에 없다고.

"가는 거다. 알았지?"

아무리 기다려도 어머니는 오지 않는다는 걸 알만큼 자란 언니 오빠들은 하루빨리 입양되어 부모가 지어 준 이름 대신 새 성과 새 이름을 갖고 싶어 했다. 그러나 입양 부모들은 소금에 절여질 대로 절은 언니 오빠는 질색했고 대소변을 완벽하게 가리는 네다섯 살짜리 여자아이들만 선호했다.

강아지나 고양이 대신 애완의 상대로 사람을 입양하기 때문에 그럴 것이다.

무슨 일이 있어도 나는 이곳에 남아 있어야 했다. 이곳을 떠나면 어머니를 영영 만날 수 없게 된다. 성이 바뀐다? 싫었다. 이름이 바뀐다? 어머니가 지어 불러주던 이름은 죽어도 바꿀 수 없었다. 이렇게 곤란한 할 때는 몸 안의 수분을 밖으로 내보내는 방법밖에 없었다. 우- 왕! 울음을 터트렸고 일곱 달 만에 오줌을 쌌다.

원장이 나한테 준엄하게 명령했다.
징계위원회를 소집할 테니 원장실로 오세요!

10년 묵은 체증이 내려갔다며 기뻐하는 고객들을 뒤로하고 무거운 발걸음을 떼었다. 원장실을 가다 보니 복도 끝에 있는 물리치료실이 보였다. 갑자기 울컥하며 눈앞이 흐려졌다. 병원에 취직해서 처음 근무한 곳이었다.

물리치료사 셋의 손발이 되어 습포[1]하는 고객들을 돌보고 보행 연습 환자에게 보조기를 신겼다. 벽에 붙은 바를 잡을 수 있도록 부축하며 걸음 숫자를 세고 한 고객당 30분씩 타이머로 운동 시간도 체크했다. 치료가 다 끝나면 병실에서 내려온 직원에게 환자와 차트를 인계하는 것도 내 몫이었다. 숨 돌릴 틈 없이 바쁜 일과가 모두 끝나고

---

[1] 습포 : 젖은 찜질을 할 때 쓰는 헝겊.

오후 6시가 되면 침이 바짝 마른입에서 쓴 내가 났다. 몸은 고달팠지만 보람차고 행복한 나날이었다.

소금 동산을 벗어나 내 의지대로 삶을 계획하고 누릴 수 있는 평범한 자유인이 되었기 때문이었다.

물리치료사들이 퇴근하고 나면 기쁜 마음으로 운동기구와 기기들을 반짝반짝 윤이 나게 손질해서 일목요연하게 정리했다. 이제 나도 퇴근이었다. 저녁을 먹기 위해 구내식당으로 내려갔다. 발 디딜 틈 없이 붐비던 점심과 달리 식당은 텅텅 비어있었다. 처음에는 쭈뼛거렸지만 그리 오래잖아 사천 원에 매일 메뉴가 변하는 푸짐한 만찬을 마음껏 즐겼다.

식사가 끝나면 입원 병동 보호자 샤워실로 가서 여유롭게 샤워를 했다. 온종일 흘린 땀을 씻고 나면 상쾌하기 이를 데 없었다. 나는 하루를 열심히 보낸 나에게 자판기에서 250원 주고 뽑은 밀크커피를 선물했다. 보약처럼 소중하게 받쳐 들고 옥상에 있는 공원으로 올라갔다. 그 시간이 되면 꽃들이 무리 지어 피어있는 아름다운 공원에는 아무도 없었다.

시가지는 보석을 뿌린 듯 찬란했고 바둑판같은 아파트에 흰 돌이 놓이듯 하나둘 불빛이 늘어났다. 하루의 일과를 마친 뿌듯함에 가슴이 벅차면서도 대책 없이 쓸쓸한 건 왜인지 모르겠다. 나도 저렇게 불을 켜고 가족들과 오순도순 평범하게 살아보고 싶어서 그런가?

아버지 별명은 산부처였다. 그렇게 온순한 아버지가 할머니 비위 하나 못 맞춘다고 창자가 터질 만큼 어머니를 발로 찼다. 그 잔인한 광경은 시간이 지날수록 선명하고 끔찍하게 되살아나 남자를 만나는 게 두려웠다. 더 정확하게 표현하자면 남자 안에 숨어 있는 폭력과 마주치게 될까 봐 무서운 것이었다. 폭행의 기쁨을 만끽한 경험이 있는 나였다. 남자 못지않은 힘도 있었다. 모욕을 받거나 자존심을 심하게 건드리면 이성을 잃고 죽일지도 모른다. 아무래도 남자 만나는 건 불가능할 것 같았다.

상처만 주고받다 끝날 텐데 어떻게 시작하겠는가?

아린 마음으로 밤늦도록 불빛을 지켜보다 물리치료실로 내려와 전기장판이 깔린 따뜻한 침대에 고단한 하루를 뉘었다. 병원은 식사와 주거를 완벽하게 해결해 주었다. 도랑에 든 소처럼 알찼던 그 생활은 2년 만에 끝이 났다. 방범 시스템을 도입해 곳곳에 CCTV를 설치했기 때문이었다. 물리치료실 안에서 작동을 멈추고 계속 지내도 되긴 했지만 그건 아니었다.

일부러 멀리 돌아 천천히 왔는데도 눈앞에 원장실이 있다.
이대로 치과 카운터로 돌아가 일상을 계속한다면 얼마나 좋을까?

사춘기가 되었다. 같은 반 친구들은 어머니 잔소리가 싫고 어머니 얼굴이 지겹다고 투정을 부리면 뼈저리게 부러웠다. 나도 어머니가 지겹도록 함께 살아보고 싶었다.

– 어머니는 절대 오지 않는다! –

드디어 나도 나한테 최종 선언을 했다. 멀리 눈망울 가득 희망을 담고 어머니를 기다리는 조무래기가 보였다. 여섯 살의 내 모습이었다. 기다린 만큼 상처는 더 크고 깊어진다. 하루라도 빨리 잊는 것이 희망 고문에서 벗어나는 지름길이었다. 이를 악물고 쫓아가며 소리를 질렀다.

"이 병신아, 네 엄마 절대 안 와. 그러니까 기다리지 말란 말이야!"

지난날 언니 오빠들이 나한테 했던 것처럼 눈물이 뚝뚝 떨어지는 조무래기 목을 바짝 틀어쥐고 힘껏 졸랐다.

"그까짓 나쁜 년 잊어. 잊지 못하겠으면 차라리 네가 죽어. 빨리 죽으라고!"

그렇게 어린 나를 수없이 죽이고 나니까 기다림이 엷어졌다. 그 대신 아주 낯선 감정이 찾아왔다. 이성에 대한 그리움이었다. 파도처럼 밀려오는 그리움에 표류하느라 밤을 새우는 날이 허다했다. 소금의 삼투압을 이겨낸 자아가 속삭였다. 사랑은 오로라처럼 신비하고 아름다운 거야. 별과 달도 흐느낄 슬픈 네 이야기를 사랑하는 사람에게 털어놓는 거지. 지난날의 아픔을 모두 위로받는 길은 사랑밖에 없다니까!

절대 속지 않기로 했다.

소금 동산을 떠나던 날 소금 구덩이를 깊게 파고 12년 동안 기다리던 어머니도 묻었다. 영혼의 맥이 흐르는 어머니였다면 날마다 애타게 기다리는 내 마음의 소리를 듣지 못했을 리가 없었다.

심호흡을 여러 번 하고 원장실 문을 열었다. 이 세상에 아무도 없는 나였다. 나를 지킬 사람은 오로지 나 자신밖에 없었다. 불친절한 직원들은 차고 넘치는데 재수 없어서 걸려들었다고 억울하고 분한 내 입장을 천명할 것이었다.

노기등등한 얼굴로 원장이 기다리고 있었다. 금방 어깨가 움츠러들었다. 원장이 음료수를 받은 것이 사실이냐고 물었다. 그렇다고 했다. 그렇지만 분명히 돌려줬다고 했더니 증인이 있냐고 물었다. 고객들은 물론이고 카운터 안에 있던 실습 나온 학생 두 명과 주의사항을 전달하러 나온 치기공사가 처음부터 끝까지 다 봤다고 장황하게 설명했다.

원장은 이맛살을 잔뜩 찌푸린 채 듣다 말고 불쑥 물었다.

"치과 근무한 지 석 달 됐죠?"
강자한테는 약하고 약자한테는 강한 원장이었다. 이제 대놓고 나를 짓밟을 모양이었다.

"서이라 씨. 우리 병원에는 서른일곱 개의 진료과목이 있어요. 그중에서 고객 불만이 가장 많은 곳이 치과인데 왜 그런지 알고 있습니까?"
예상 밖의 질문이라 우물쭈물했다.

"다시 묻습니다. 왜 그럴까요?"
나는 어깨를 펴고 크게 대답했다.

"고객들의 기대치가 지나치게 높기 때문이에요. 국가가 다 해주는데 조금도 감사할 줄 모르고 언제나 불만투성이라 무척 힘이 듭니다."

"질문의 핵심을 파악하지 못하는군요. 왜 유독 치과가 불만이 많은가를 물었습니다."

"······!"

대답을 못 하자 원장이 설명했다. 병이 위중한 고객은 입원해 있고 갑자기 아픈 고객은 응급실에 있다. 따라서 통원 치료 고객 중에는 치과 고객이 가장 고통스러운 상태라는 것이었다. 치통으로 아픈데 예민하지 않을 사람이 어디 있겠느냐며 15년이나 근무했으면서 그것도 몰랐냐고 쏘아붙였다. 나는 속으로 받아쳤다. 그래, 좋다. 실컷 밟아 봐라. 이만한 일로 쫓아내지는 않겠지만 불공정한 처벌을 내리면 나도 절대 가만히 있지 않을 테다!

"조금 아까 우리 병원 고객들이 국가에 감사할 줄 모른다고 지적했습니다. 서이라 씨도 12년 동안 국가의 보살핌 속에서 자란 것으로 알고 있는데 맞지요?"

"네."

"퇴소 후에는 기업에서 학원비와 숙소를 지원했고 우리 병원에서는 시설 청소년 자립을 위해 특채를 했고요. 그렇다면 서이라 씨는 오늘의 서이라 씨가 있게 해준 보육원 관계자와 봉사자, 기업, 병원, 국가에 항상 감사하며 지내고 있나요?"

뜨끔! 양심을 찔려 아무 말도 하지 못하고 고개를 숙였다.
나는 여태껏 나 혼자 살아왔다고 자부했기 때문에
단 한 번도 그 누구에게 감사하다고 생각해 본 적이 없었다.

"고객 특성상 근무한 지 10년 넘어야 발령 내는 곳이 치과예요. 서이라 씨는 고객 대응 평점이 낮아 계속 미루어 오다 15년 지났으니까 잘하겠거니 발령 내봤는데 역시 사고를 치고 마는군요."

원장은 우리 병원 고객에 대해 설명했다.

6·25 참전용사 육십이만 명 중 부상자는 사십오만 명이었다. 전쟁 끝나고 70년이 지나면서 부상자 95%는 사망했고 3%는 입원해서 치

료 중이고 2%만 통원 치료를 받는다. 우리 병원 고객은 국가 유공자, 월남 참전용사, 군 복무 중에 다친 상이군인 등이다.

연례회마다 교육위원장한테 귀에 못 박히게 들었던 내용이었는데 처음 듣는 것처럼 마음이 크게 움직였다. 원장이 물었다.
"우리 병원에서는 그분들에게 무엇을 어떻게 해 드려야 할까요?"
어떻게 더 잘해요? 나처럼 친절한 직원이 어디 있다고? 물론 속으로 한 대답이었다.
"석 달 사이에 치과 민원이 사상 유례없이 폭주했어요. 서이라 씨가 초심을 잃었기 때문에 그런 거예요. 내 지적이 틀렸나요?"

초심을 잃었다는 말이 또 가슴을 찔렀다.

취업 초기 물리치료실에서 걷지 못하는 고객을 땀 흘려 도울 때의 기쁨이 생생하게 도드라졌다. 지금은? 언제까지나 초심으로 살 수는 없으나 암보다 더 무서운 타성에 젖어 일에 대한 보람과 가치를 까맣게 잊은 건 아닌가? 잊을 뿐 아니라 물리치료실에 근무하던 때의 자세가 지금도 계속되고 있다고 착각하고 나만큼 친절한 직원 나와 보라고 속으로 큰소리까지 친 건 아닐까? 손톱만큼도 잘못한 것이 없다고 주장하려던 사고체계가 순식간에 무너졌다.

소금인형처럼 무표정한 원장 어머니 얼굴이 점점 커지며 다가왔다.
그 얼굴은 바로 영혼 없이 고객을 맞는 내 얼굴이었다.

내가 보육시설을 날 선 의무감만 실천하는 소금 동산이라고 했던 것처럼 몸과 마음에 장애를 입은 고객들은 우리 병원을 무성의한 치료와 죽은 서비스만 제공하는 소금사막으로 여겼을 것이다. 어린 염생이었던 내가 나라를 위해 병든 고객들에게 잉여 인간이라고 폄하며 빨리 죽어버리라고 부르짖었던 것이었다.

풀 한 포기도 의미 없이 촉을 틔우지 않는다.
이 세상에 귀하지 않은 생명이 어디 있다고. 감히!
나는 나라를 위해 희생당한 고객들을 더 춥고 슬프게 만든
소금사막의 못된 하수인이나 다름없었다.

원장이 서이라 씨 했다.
　"네?"
놀라서 필요 이상 크게 대답했다.
　"그렇게 크게 걱정은 하지 말고요."
원장은 내가 잠시 딴생각한 것을 근심한 것으로 본 모양이었다.
　"15년 동안 결근 한 번 하지 않고 성실하게 근무한 것과 초과 근무 수당이 없는데도 늦게까지 남아서 뒷정리하는 거 다 알고 있습니다."
　"……!"
　"원장인 내 처지에서는 아까 고객들 앞에서 그렇게 할 수밖에 없었어요. 이해해 주기 바랍니다. 오늘은 이만 퇴근해서 쉬고 내일부터 정상적으로 근무하세요."
동료들과 흉보고 헐뜯던 원장한테 처음으로 존경 어린 감사의 인사

를 했다. 원장실을 나오는데 까맣게 잊고 있던 어머니가 생각났다.

나와 헤어질 때 어머니는 꽃 같은 스물여섯이었다.

그때의 어머니보다 내 나이가 훨씬 더 많은 게 사무치게 가슴 아팠다. 가엾은 어머니는 지금 어디서 어떻게 살고 있을까?

며칠 전 TV에서 시설 아동 한 명당 국가에서 한 달에 이백만 원 넘게 지원한다고 했다. 내가 여섯 살이고 시설에 보내는 대신 양육비 이백만 원을 지원해 준다고 가정해 보았다. 그렇게 했어도 아버지가 나를 소금 동산에 보냈을까? 모르긴 해도 그 돈을 준다면 어머니가 나를 데리고 혼자 살았을 것이다.

아이는 절대 버려져서는 안 된다. 버림받는 순간 불치병에 걸리기 때문이다. 그 병은 중증 질환으로 영혼이 빈 벌집처럼 구멍투성이가 되어 평생토록 회복되지 않는다.

화장실에 들러 수돗물을 세게 틀고 손을 씻었다.

뽀드득! 뽀드득!
이럴 수가?
손에서 소금기가 풀려나오지 않았다.

참으로 많은 일이 일어난 변화무쌍한 하루였다. 일찍 퇴근하는 게 어색해서 모처럼 자판기에서 밀크커피를 뽑았다. 누구의 눈에도 띄고 싶지 않아 직원 통행이 가장 적은 비상계단으로 옥상 공원까지 천천히 올라갔다.

기다리고 있었다는 듯 환하게 웃는 얼굴에 깜짝 놀랐다.
– 서이라. 잘 있어! –

작별 인사를 하는 여섯 살의 나였다.

終

– 네이버 두산백과, 지식백과, cafe.naver.com/nc26, 웹사이트 http/gezip.net, 스물셋님, 승인연님 블로그 내용 일부를 인용했음을 밝힙니다.

슈퍼 썬

오전 5시 15분.
광명역에서 부산행 케이티엑스를 탔다.
새벽인데 빈자리가 별로 없다.
부지런하게 사는 사람이 이렇게 많다니!
세상은 생각보다 일찍 돌아가고 있다.
곤하게 자던 옆자리 남자가
인기척에 놀라 서류를 떨어뜨리며 일어났다.
저 코 골았지요?
아니요.
아, 다행입니다.
남자가 푸근하게 웃었다.
날카로운 비수가 가슴을 긋고 지나갔다.
관우와 닮아서 그런 것 같았다.
남자가 또 웃었다.
따라 웃지 않을 수 없는 웃음이다.
만난 지 3분도 채 안 됐는데
누구한테도 못했던 말을 털어놔도 괜찮을 것 같다.

유비는 낯선 감정에 적잖이 당황했다.

유비와 관우는 도원 결혼을 꿈꿨었다.

어머니한테는 성격이 안 맞아서 헤어졌다고 했다.

진짜 이유를 말하면

그대로 쫓아가 관우네 집에 불을 싸질렀을 것이다.

어머니는 그런 사람이었다.

남자가 스스럼없이 그날 만날 사람들에 대해 말했다.

남자도 관우처럼

지루하지 않게 이야기를 하는 법을 알고 있었다.

부족한 잠을 잘 계획이었는데 다 틀렸다.

남자가 물었다.

대학에 강의하러 가는 길인가요?

아니요.

그럼 무슨 일로?

길게 말하기 싫어서 간단하게 답했다.

감독하러 가요.

남자가 화들짝 놀라며 유비 쪽으로 돌아앉았다.

영화감독이세요?

유비는 못 들은 척 대답하지 않았다.

아침 10시 출근 밤 9시 퇴근.

디자이너 유비 자리에는

준 디자이너, 인턴이 배치된다.

점심 저녁은 회사에서 제공했다.

솜씨 좋은 대표님 처형이 식단을 책임지고 있었다.

꺼칠하던 신입사원도 회사 점심 한 달이면 자르르 윤이 돌았다.

고등학교 졸업이 며칠 앞으로 다가오자

전화기 누르는 어머니 손가락이 유난히 바빴다.

졸업식 끝나자마자 소문난 성형외과 의사와 예약하기 위해서다.

학벌이 최고라던 어머니는

대학 합격자 발표가 나니까 얼른 말을 바꾸었다.

학벌이고 나발이고

여자는 무조건 예뻐야 한다고.

유비는 그런 어머니가 싫었다.

드물지만 어머니를 존경하는 친구가 몹시 부러웠다.

대학 2학년 때 관우를 만났다.

유치원 때부터 알았던 것처럼 편해서

끊임없이 골목길을 누비며 이야기를 나누었다.

관우가 군대에 갔다.

못다 한 이야기를 잇기 위해

주말마다 인제 원대리까지 면회하러 갔다.

턱거리로 간신히 입학한 식품영양학과를 기다시피 졸업했다.

어머니는 번개같이 결혼 정보 업체에 등록했다.

유비가 핏대를 세우며 악을 썼다.

관우가 있는데 무슨 선을 봐?

더 좋은 놈 있으면 갈아타야지!

유비는 그런 어머니를 경멸했다.

가장 예쁠 때 빨리 부잣집 골라 시집가자

엄마 말 잘 듣는 언니 좀 봐라.

얼마나 잘 사냐?

언니는 언니고 나는 나지!

너는 세상을 몰라도 너무 몰라.

유비는 바꿀 수 있으면 어머니를 바꾸고 싶었다.

관우한테 시집갈 거야!

누구 맘대로!!

벌컥 소리쳤던 어머니는 금방 말투를 바꿨다.

당분간 딴생각하지 말고 부지런히 마사지 받아

성형 침도 빼먹지 말고 응?

관우 아니면 평생 혼자 산다니까!

실장한테 뒷돈을 챙겨줬더니 다음 주에 선보재.

엄마, 제발!

다, 너 잘살라고 이러는 거야!

싫어, 싫다고!

엄마가 이렇게 사람 질리게 하니까 아빠가 도망가지?

어머니가 입을 떡 벌렸다.

아차!

이 말만은 하지 말았어야 했다.

어머니는 싸고 누워 며칠을 울었다.

그렇다고 고분고분해질 수 없었다.

이 기회에 하고 싶었던 일을 터트리기로 했다.

어머니도 한꺼번에 속 썩이는 편이 나을 테니까.

졸업 한 달 전에 단골 미용실 점장한테 취업 상담을 했다.

공부하기 싫어서 고등학교 졸업하고 바로 미용 시작하고 싶었어요.

점장이 난감한 얼굴로 말했다.
그렇게 쉽게 생각하면 절대 안 돼
열 명이 시작하면 한두 명만 남을 정도로 힘들거든.
힘든 것은 이미 각오하고 있습니다.
무엇보다 계속 공부해야 하고.
공, 공부요?
공부가 가시처럼 걸렸지만
그것 때문에 접을 수 없었다.
쫓겨날 각오부터 단단히 했다.
조심스럽게 말문을 열었다.
엄마 ~ !
푸짐한 등을 보이고 돌아누운 어머니는 미동도 하지 않았다.
있지
나
보름 전에 미용학원 등록했어요.
뭐라고?
어머니가 벌떡 일어났다.
단단히 각오했는데도 가슴이 덜컥 내려앉았다.
걱정과 달리 어머니 얼굴빛이 환했다.
이상했다.
갑자기 전의를 상실한 어머니가 가여워 가슴이 짠했다.
이제부터라도 어머니와 의사소통이 잘 되면 좋겠다.
이러기를 얼마나 기다렸던가.
어머니는 눈물을 글썽이며 유비를 와락 끌어안았다.

잘 생각했다.

엄마!

그동안 어머니를 경멸했던 것까지 미안해서 울컥했다.

고마워요. 하고 싶은 일 하게 해줘서!

어머니는 유비 등을 두드리며 다정하게 말했다.

학원 다니지 말고 미용 과로 편입하자.

내친김에 석·박사까지 해서 대학교수가 되는 거야.

그러면 그렇지!

유비가 날카롭게 소리쳤다.

공부는 죽어도 하기 싫어

나 미용사 되고 싶다고!

어머니도 지지 않고 베개를 던지며 고함쳤다.

지 애비 닮아 고집이 황소 같은 년!

꼴도 보기 싫으니까 당장 나가!

쫓겨났지만 조금도 겁나지 않았다.

어머니의 지나친 간섭과 잔소리에서 벗어나고 싶었으니까.

콧노래를 부르며 미용학원 기숙사로 갔다.

사흘이 지났다.

어머니가 전화했다.

나 금방 죽을 것 같다.

눈 감기 전에 얼굴이나 보자.

내쫓을 때는 언제고? 다시는 안 들어가!

어머니는 편입은 없었던 것으로 하겠다고 맹세했다.

누구보다 어머니 속셈을 잘 아는 유비였다.

전화를 끊고 다시는 받지 않았다.

독립할 때가 충분히 된 유비였다.

다섯 살 어느 날부터

아버지가 보이지 않았다.

엄마, 아빠는?

어머니가 이를 갈며 소리쳤다.

불여우 같은 년한테 홀려서 우리를 헌신짝처럼 버렸다.

다시는 아버지라는 말 입에 올리지 마!

아버지가 나갔다는 데도 어머니가 무서워서 울지 못했다.

비뚤어지고 어긋난 어머니 사랑 안에는

아버지 부재를 느낄 공간이 없었다.

어머니를 떠나자

비로소

아버지가 있다는 사실이 감지됐다.

어머니 눈치 보느라

의식적으로 아버지를 잊고 살아서 그럴 것이다.

아버지를 만났다.

자꾸 눈이 시었다.

아버지도 눈자위가 붉었다.

아버지는 직업 선택과

독립한 용기에 칭찬을 아끼지 않았다.

이게 그토록 잘한 것인가?

어머니한테는 칭찬을 들어 본 적이 없어 어색했다.

아버지는 이런 존재인 모양이었다.

아버지와 밥을 먹고 차를 마셨다.

미용사 시험 합격 선물로 명품 가방도 받았다.

잠시 침묵하던 아버지가 말했다.

이럴 때일수록 집에 자주 들러 엄마 외롭지 않게 해라.

아주 잠깐

어머니가 갈비뼈 사이를 콕! 찌르고 지나갔다.

어머니 말이 나오자 이야기가 끊겼다.

아버지 없이 살아온 날들이 시리도록 아까웠다.

한참 만에 유비가 아버지한테 물었다.

두 분은 정확하게 언제 이혼하신 거예요?

이혼?

아직 못했다.

네?

엄마가 안 해줘서.

그런 거였어요?

어머니는 아버지한테도 못 할 짓을 하고 있었다.

같이 지내는 분과는 사이좋으시고요?

아버지는 멋쩍게 웃기만 했다.

자식 셋으로부터

아직도 자유롭지 못한 아버지는

매달 일정 금액을 어머니한테 보내고 있었다.

처음으로 아버지도 어머니 못지않게 불쌍하다는 생각이 들었다.

아버지가 나가지 않고 같이 살았다면

어머니한테 시달리는 아버지를 보는 것도

만만찮게 힘들었을 것 같았다.

고1부터 단골이던 미용실로 출근했다.

온종일 문 앞에 서서

퉁퉁 부은 다리로 인사만 하는 데도 자꾸 웃음이 났다.

3개월 뒤 샴푸 실에 배치되었다.

가슴이 설레어 잠이 오지 않았다.

샴푸는 모든 스타일의 기초야!

이제는 스승이 된 점장이 말했다.

샴푸를 잘하면 피로회복이 빠르고

호르몬 불균형을 조절해 탈모도 지연시킬 수 있어.

샴푸는 고객 재방문 일등 공신이거든.

샴푸를 정석대로 배워야 해

그래야 후배나 제자들에게 잘 가르쳐 주지.

미용실 숙소는 네 명이 같은 방을 썼다.

밤이 깊어지면 거실로 나와 스승이 준 자료를 읽었다.

두유 - 양쪽 프런트 사이드 포인트 깊숙한 곳.

　　　손가락으로 수 초간 눌렀다 떼기를 반복하면

　　　두통이 사라지고 얼굴색이 밝아지며 모근이 튼튼해진다.

백회 - 정중선 중앙에 있는 경혈.

　　　이마에서 약 15cm. 후두부에서 21cm 지점.

　　　여러 차례 지압하면 스트레스가 해소되고

　　　비염, 이명, 변비, 중풍, 건망증을 예방한다.

두피 지압만으로도 이렇게 큰 효과를 얻는다니!

뇌, 강간, 전정, 신회….

이 혈 자리들은 어떤 효능을 나타낼까?

유비는 시간 가는 줄 몰랐다.

네년 때문에 정보회사에 준 돈이 얼만 줄이나 알아?

어머니는 2년 넘도록 선을 보라고 끊임없이 닦달했다.

견디다 못해 관우한테 어머니 만행을 모조리 일러바쳤다.

제대하고 막 4학년이 된 관우였다.

관우 얼굴이 심각해지더니 졸업 전 취업을 서둘렀다.

내년 봄 복숭아꽃 필 때 우리 과수원에서 결혼하자.

도원 결혼? 대박 낭만!

내 원룸에서 신접살림 시작해도 괜찮지?

괜찮고말고.

보험회사 들어간 주제에 감히 누굴 넘봐?

어머니는 관우한테 갖은 행패를 다 부렸다.

애틋해서 더 자주 만났다.

유비는 입사 4년 차에 헤어 디자이너가 되었다.

고객이 소문 듣고 왔다며 강한 웨이브 파마를 해달라고 했다.

검고 거칠고 숱 많은 곱슬머리가 허리까지 내려왔다.

전체적인 분위기가 칙칙해서 머리 색을 밝게 할 것을 제안했다.

염색은 죽어도 하기 싫어요.

눈동자와 눈썹이 검은데

머리카락만 밝으면 밸런스가 안 맞잖아요!

초등학교 선생님이라 그런지 미적 고정관념이 강했다.

머리카락은 두상의 반을 차지합니다.

머리카락 명도를 몇 단계 높여

얼굴까지 밝아 보이는 동반 효과를 얻는 거지요.

파마도 하기 싫은데 너무 말라보여서

어쩔 수 없이 하는 거니까 예쁘게만 해주세요.

유비가 단호하게 잘랐다.

염색하지 않으면 절대 예뻐지실 수 없습니다.

자존심이 상했는지 선생님 얼굴이 실룩거렸다.

생각할 여유를 주기 위해 차와 쿠키를 대접했다.

선생님은 차를 오래오래 마시며

유비 손을 거쳐 달라지는 고객을 눈여겨보았다.

저기요

저도 한 번 믿고 맡겨 볼게요.

키가 크고 지나치게 홀쭉한 얼굴이었다.

유비는 어깨선에서 머리카락을 싹둑 잘랐다.

선생님은 가위가 지나갈 때마다 머리카락이 아까워 움찔거렸다.

머리숱도 대폭 감소했다.

옆머리는 공기 감을 주기 위해 새기 커트를 했다.

매직 스트레이트로 머릿결을 매끈하게 펴고

황금 반사 빛 갈색으로 염색했다.

모발 손상을 줄이기 위해

폴리펩타이드로 전처리하고 세팅파마를 했다.

밝고 살랑거리는 웨이브로 화사해진 선생님이 말했다.

이 일을 어쩌면 좋죠?

네?

우리 반 아이들이 더 좋아할 것 같아요!

고객보다 유비가 더 기뻤다.

일이 주는 보너스였다.

고객이 많은 유비는 기본급 다섯 배 넘는 성과급을 받았다.

잘나가는 변호사 연봉 수준이었다.

어머니는 항상 비웃었다.

흥! 그까짓 연봉?

미용사 만든 게 챙피해서 입도 뻥긋 못하는

에미는 불쌍하지도 않냐, 이 불효막심한 년아!

참으로 존경할 수 없고 사랑할 수 없는 어머니였다.

관우는 직장과 공부를 병행해서 6년 만에 회계사가 되었다.

어머니는 그 소식을 듣자마자 관우를 이 서방이라고 불렀다.

드디어 상견례 날이 잡혔다.

아들만 셋인 관우 아버지는 유비를 딸처럼 예뻐했다.

쉬는 날 관우 아버지가 만나자고 했다.

관우가 너를 굉장히 좋아하더라!

어쩐지 불길한 예감이 들었다.

별일 아닐 거야

예감이 한 번도 맞은 적 없었잖아.

유비는 스스로 위로했다.

관우 아버지 말투가 전과 달리 무거웠다.

유비야

연애와 결혼은 엄연히 다른 거란다.

잘 알고 있습니다.

여태껏 네가 청렴한 공직자의 딸인 줄만 알고 있었다.

관우 아버지가 말을 잊지 못하고 이맛살을 찌푸렸다.

엊그제 관우가 모든 이야기를 하더구나.

불길한 예감은 예감으로 끝나지 않고 처음으로 적중한 것이었다.

부모님이 별거하신다고 해서 적잖이 놀랐고

어머니가 여관을 하시는 것에 큰 충격을 받았단다.

어제 여관에 가 보았단다.

이를 어쩌나!

가슴이 덜컥 내려앉았다.

차마 관우한테도 말하지 못했던 치부를

관우 아버지한테 먼저 들키고 만 것이었다.

어머니는 틀림없이 관우 아버지한테 성매매를 알선했을 것이고

거절하는 관우 아버지 팔에 매달리며

서비스 좋고 값싼 당신을 강권했을 것이다.

유비는 부끄러워 고개를 들지 못했다.

관우한테 헤어지라고 했더니 죽어도 못 헤어진다고 하더라.

관우 아버지는 유비에게 간곡하게 부탁했다.

네가 먼저 관우를 떠나면 안 되겠니?

못 헤어져요.

차라리 저보고 죽으라고 하세요.

저희는 결혼식만 안 했을 뿐 부부나 다름없어요.

그 어머니에 그 딸이라고 생각하시겠지만 그렇지 않습니다.

믿어주십시오!

이러고 싶었으나 입이 떨어지지 않았다.

여관업을 한다는 것만도 반대할 판인데

어머니 문제는 심각한 결격사유였다.

부끄러워서

평생 관우 아버지 얼굴을 보며 살 자신이 없었다.

목이 잠겨 간신히 그러겠다고 했다.

관우 아버지가 안타까운 눈길을 멀리 두며 말했다.

너한테 참 못 할 짓을 하고 있구나.

아, 아닙니다.

미안하다.

관우 아버지와 헤어지는 길로 미용실에 사직서를 제출했다.

스승이 예약 고객은 어쩔 거냐고 길길이 뛰었다.

끊임없이 머리를 조아리며 사죄했다.

권태 없이 슬픔과 기쁨과 불꽃 같은 욕망을 함께했던 관우였다.

갑자기 뇌 반쪽이 잘린 것처럼 휑-! 했다.

허둥지둥 챙긴 캐리어를 끌고

관우가 제집처럼 드나들던 아파트를 나섰다.

사실대로 적은 긴 문자를

관우한테 보냄과 동시에 휴대전화 번호를 바꿨다.

이메일도 탈퇴했다.

관우 원룸과 멀리 떨어진 동네 부동산에

빨리 이사할 수 있는 집을 구해달라고 했다.

호텔에 묵으며 풀벌레처럼 끊임없이 울었다.

관우 발길을 모르는 새 아파트로 이삿짐이 도착했다.

손도 대기 싫었다.

그 누구도 만나지 않았다.

아니, 만날 수 없었다.

유비 아는 사람 중에 관우가 모르는 사람이 없기 때문이다.

석 달간의 칩거를 끝내고 다른 미용실에 입사했다.

김유비는 프로다!

프로 헤어 디자이너다!

허수아비가 되려고 할 때마다 속으로 외치고 또 외쳤다.

퇴근하려고 미용실 문을 나서다 그대로 얼어붙었다.

관우가 밖에 서 있어서였다.

유비는 얼른 화장실로 뛰어 들어가 머리를 벽에 짓찧었다.

미쳤어, 미쳤어!

서울 시내에 미용실이 얼마나 많은데

관우가 어떻게 알고 여길 와?

퇴근이 빠른 관우는 언제나 미용실 앞에서 유비를 기다렸었다.

하루가 일주일이 보름이 한 달이 지나도

똑같이 관우가 있었다.

이대로는 있으면 정신병에 걸릴 것 같았다.

관우 환영을 쫓아내려면 극약처방이 필요했다.

관우와 완벽하게 헤어지기 위해

어머니와 형제들한테도 바뀐 번호를 알려주지 않았다.

모르긴 해도 어머니는 반쯤 미쳐 있을 것이다.

미용장 교육센터를 찾아갔다.

미용장 시험은 법적 경력 8년 이상이면 응시할 수 있다.

기술을 예술로 승화시킬 수 있으면 합격한다고 했다.

3년 준비는 기본이고 4년은 돼야 기대할 수 있다고 했다.

매주 화요일 오전부터 밤 10시까지 실기 교육을 하고
강의실은 매일 새벽 2시까지 개방했다.
커트, 파마, 핑거웨이브, 염색, 업스타일.
목숨 걸고 연습할 것이었다.
이 정도면
몸과 마음을 혹사하기 충분했다.
이튿날 퇴근하고 9시 반에 교육센터에 도착했다.
에어컨 사각지대만 빼고 자리가 꽉 찼다.
왜 이렇게 사람이 많은 거야?
더워서 실기는 어렵고 필기 공부를 했다.
미용학 총론, 미용 역사, 색채학, 모발 과학, 두피 및 모발 관리, 피부학, 피부관리, 화장품학, 소독학, 메이크업, 공중보건학, 환경보건, 산업보건, 식품위생 및 영양, 질병 관리, 가족관 노인 보건, 및 위생 법규.
유비는 헤어 디자이너 되기까지 일곱 번의 이론과 실기 승진시험을 치렀다.
관우는 밥상에 앉아 회계사 공부를
유비는 누워서 관우 무릎에 다리를 올려놓고 흔들며
승진 공부를 했다.
가끔 발가락으로 관우 목을 간질이면
관우는 유비 발등을 잘근잘근 깨물었다.
그때 접했던 과목이 많아서 마음이 가벼웠다.
그 가벼움이 틈을 만들었는지
수시로 관우 얼굴이 책갈피를 파고들었다.

얼른 볼펜으로 쫓아냈다.

필기시험에 합격했다.

2년 동안 4번의 실기시험을 볼 자격을 얻었다.

학창 시절 내내 공부와 담을 쌓았던 유비는

스스로 장하고 대견스러웠다.

점심을 막 먹으려다

불쑥 어머니한테 자랑하고 싶어졌다.

빌어 처먹을 년!

부잣집에 시집이나 가지 무슨 시험을 본다고 지랄이야?

학교 다닐 때 그렇게 열심히 하지!

그랬으면 벌써 좋은 데로 팔려 가서 그 고생 안 하고 편하게 살잖아.

아이고 말해 뭐해?

회계사까지 발로 차는 통 멍청이를

더 미련 떨지 말고 다른 년한테 뺏기기 전에 빨리 관우나 붙들어!

불 보듯 뻔한 답이 돌아올 것이다.

이루 말할 수 없이 쓸쓸했다.

관우가 옆에 있었다면 둘러업고 남산까지 뛰어갔을 텐데.

관우야!

우리 결혼은 하지 말고

평생 연애만 할까?

유비는 깊게 한숨을 쉬며

입도 대지 않은 수저를 힘없이 내려놓았다.

교육센터 좋은 자리를 잡기 위해 8시에 퇴근했다.

커트는 기본이 테크닉을 우선한다.

명심 또 명심!

교육할 때마다 스승이 강조했던 말이다.

맞다.

학문이든 기술이든 기초가 가장 중요하다.

제1과목 헤어 커트

두상이 인쇄된 종이를 폈다.

네이프 왼쪽 25cm, 오른쪽 20cm, 비대칭 콘케이브 라인.

탑 포인트 12cm, 백 포인트 19cm, 인크리스 레이어.

센터 포인트와 탑 포인트는 그래듀에이션.

설정된 길이대로 정확하게 도해도를 그렸다.

건물 짓기 전에 설계도를 그리는 것처럼.

스승은 미용장이었다.

그 영향을 받아 유비가 관우를 잊기 위한 자구책으로

대뜸 미용장 시험을 선택했는지도 모른다.

스승은 헤어스타일을 즉석에서 스케치해 고객과 이견을 조율했다.

부럽고 존경스러웠다.

스승 주변은 언제나 슈퍼 문이 뜬 것처럼 휘영청 밝았다.

그 말을 들은 관우가 말했다.

너는 모르지?

뭘?

유비는 언제나 슈퍼 썬처럼 눈부신 거!

옷깃만 스쳐도 전생에 억겁의 인연이 있어야 한다고 했다.

일 겁은 사방 십 리에 걸쳐 있는 큰 돌이

백 년에 한 번씩 하늘에서 내려온 선녀의 치맛자락에

스쳐 닿아 없어지는 시간이다.

관우와 유비는

전생에 부부가 될 만큼의 인연은 쌓지 못한 모양이었다.

관우야,

너

잊기 정말 힘들다!

한숨을 길게 쉬고 커트를 시작했다.

관우를 잊기 위해 이를 악물고 가위 잡은 손에 힘을 더했다.

정확한 파팅, 시술 각도, 분배에 따라 디자인 라인이 섬세해진다.

완성작은 안정감이 없고 산만했다.

집중이 덜 된 탓이다.

도해도를 따라 다시 커트했다.

또 마음에 안 들었다.

마음에 들 때까지 할 것이었다.

손가락과 가위 각도를 정확하게 90도로 유지했다.

상상상 - !

예리한 가위 날에

손상 없이 머리카락 잘릴 때 나는 소리였다.

경쾌하고 감미롭다.

갑자기 센터 직원이 들어오더니 에어컨을 껐다.

미쳤나, 왜 저래?

놀라서 시계를 보니 밤 2시였다.

갑자기 맥이 탁 풀리며 피곤이 몰려왔다.

미용장 시험은 탁월한 선택이었다.

편의점에서 사 온 죽을 데워먹고

세수도 하지 않고 침대에 쓰러졌다.

유비는 문득

자신이 일에는 프로지만 연애는 초보라고 판단했다.

관우가 보험회사 취직했을 때

곧바로 동거하고 아이를 가졌어야 했다.

그랬으면 결혼하여 지금 학부모가 되었을 것이다.

어머니 말 어기기 선수가

왜 그런 사고는 치지 않았는지 모르겠다.

제2과목 퍼머넌트 와인딩.

기출문제 40작품과 예상 문제 30작품이 실린 교재를 폈다.

퍼머넌트 와인딩도 커트처럼 분석을 잘하는 것이 관건이다.

혼합형은 형태, 볼륨, 방향감이 생명이었다.

기법, 패턴, 순서, 로드 호수가 틀리면 오작 처리해서 0점이다.

도구를 준비하고 와인딩을 시작했다.

완벽하게 했더니 2시간이나 걸렸다.

풀어서 정리하는 시간도 만만치 않았다.

속도를 내 보았지만 1시간 반이 훌쩍 넘었다.

제한 시간은 35분!

언제 70작품을 마스터 하나 싶어 눈앞이 캄캄했다.

시간을 재면 몸과 영혼이 함께 타들어 가는 것 같았다.

와인딩 두 번밖에 못 했는데 벌써 교육센터 문 닫을 시간이다.

며칠 전 아버지를 만났다.

관우와 헤어져 힘들다고 펑펑 울었다.

아버지는 눈물을 글썽거리며 유비 등을 끊임없이 토닥였다.

아버지가 나가고 그리 오래지 않아

어머니는 외할머니와 시 외곽에서 여관을 시작했다.

아버지가 득달같이 쫓아와서

아이들 혼사 운운하며 당장 때려치우라고 호통을 쳤다.

그래선지 어머니는 유비 형제들의 여관 출입을 철저하게 막았다.

초등학교 때 재산세 고지서를 보고 상호가 장미라는 걸 알았다.

대학교 2학년 때 갑자기 어머니를 만나러 여관에 갈 일이 생겼다.

두말할 것 없이 돈이 필요해서였다.

저긴가?

그럴듯한 곳만 골라 쫓아갔다.

어머니 씀씀이로 보아 사업이 잘되는 것 같아서였다.

어렵사리 찾아간 여관은 형편없이 작고 초라했다.

저런 곳에서 어머니가 돈을 벌다니?

가슴이 저렸다.

진즉 와 봤으면

어머니한테 따뜻하게 대했을지도 몰랐다.

애틋한 목소리로 카운터에 있는 어머니를 불렀다.

어머니는 유비가 온 줄 꿈에도 모르고 투숙객을 응대하고 있었다.

또 수인이 찾니? 오늘은 정화밖에 없다.

정화는 맛대가리 없어서 싫다니까!

어쩐지 대화 내용이 수상쩍었다.

그럼, 서비스 좋고 가격 착한 나는?

큰언니는 늙어서 더--- 싫고!

투숙객이 낄낄거리며 2층으로 달아났다.

너 이 새끼, 오늘 나한테 죽어봐라!

어머니가 투숙객 팔에 매달리며 계단을 뛰어 올라갔다.

계단참에서

투숙객이 어디를 어떻게 하는지 어머니가 교성을 질렀다.

귀를 막고 돌아서서 마구 달렸다.

아까 어머니가 수인이라고 했다.

수인이는 옆집 꼬마 경석이 엄마 이름이다.

어머니는 옆집뿐 아니라

아파트 단지 안의 유부녀들과 과하다 싶게 친하게 지내고 있었다.

설마!

그녀들 모두?

머릿속이 벌집이 된 것처럼 윙윙거렸다.

무엇을 어떻게 해야 좋을지 몰라 쩔쩔매다가

관우한테 전화를 걸었다.

유비야,

내 방에 먼저 가 있어.

결강하고 금방 갈게.

관우를 붙들고 죽을 듯 울었다.

무슨 일인데 그래?

창피해서 말을 할 수 없었다.

관우는 무슨 일인지 모르지만

괜찮다며 해가 지도록 머리를 쓰다듬었다.

어머니는 함부로 살면서 왜 그토록 자식들은 출세하기를 바랐을까?

함부로 살지 않게 하려고?

제3과목 핑거웨이브

영화제나 연예 대상 시상식에

여자 연예인들이 앞머리나 옆머리에

물결 모양의 격조 높은 웨이브 머리를 하고 나온다.

그것이 핑거웨이브다.

컬의 기본형은 알파벳 C자이다.

C자 컬에 C자 컬을 뒤집어

아래로 연결하면 S자 웨이브가 형성된다.

핑거웨이브는 고난도 기술을 요구하는 과목이다.

스템 방향과 컬 종류를 분석했다.

스컬프쳐컬? 크로키놀컬? 메이폴컬?

미끈미끈 끈적끈적한 젤은 초록색이라 더 기분 나빴다.

젤을 듬뿍 바르고 웨이브를 만들기 위해 빗질을 곱게 했다.

가르마를 타고 45도로 꺾어 C컬을 만들었다.

C컬이 되기 직전 머리카락은 왼손을

미꾸라지처럼 빠져나가 순식간에 엉망이 되었다.

빗 잡은 오른손 엄지와 약지에

힘을 많이 줘서 빨개지고 뒤틀어지며 쥐가 났다.

웨이브 다섯 단에 교차시킨 핀 컬이 50개나 된다.

늪지대 같은 핑거웨이브를 어떻게 극복해야 하나?

스승은 승진시험 지도 때 이런 말도 했다.

반복이 곧 지름길이라고.

집에 와서도 연습했다.

한숨도 자지 않고 그대로 출근하는 날이 늘었다.

유니폼을 갈아입는데 인턴이 걱정스러운 얼굴로 물었다.

선생님, 어디 편찮으세요?

아니, 컨디션 아주 좋은데. 왜?

프로는 힘들어도 절대 티 내지 않는다.

디자이너가 흔들리면

팀 전체가 다운되어 클레임 고객이 급증한다.

제4과목 염색

밝은색부터 순차적으로 어두운색을 도포한다.

제시되는 색상은 3차 색 세 가지.

바탕색과 혼합될 비율을 계산했다.

헤어피스에 번지지 않게 도포하는 연습을 수없이 반복했다.

유비는 어렵다고 소문난 염색이 가장 쉬웠다.

제5과목 업스타일

업스타일은 헤어스타일의 꽃이다.

색, 형태, 질감의 3요소가

조화를 이루어야 최고의 작품이 탄생한다.

매듭, 땋기, 꼬기, 겹쳐 땋기, 고리, 롤 중 기법 종류를 파악했다.

업스타일은 염색하지 않으면 예술적인 연출을 할 수 없다.

건강한 머리카락은

얹은머리, 트레머리, 어여머리 등 고전 머리 재현에 적합했다.

건강한 머리카락을 네 번 탈색했다.

묶은 자리부터

딥 퍼플, 미디엄 핑크, 라이트 핑크 삼 단계 그러데이션으로.

머리끝 10cm는 하얗게 될 때까지 탈색했다.

대학 다닐 때 외모를 가꾼다고 하면

어머니는 아끼지 않고 용돈을 건넸다.

한창 유행하던 레게 파마를 했다.

관우가 별로라고 했다.

얼른 매직 스트레이트를 해서 찰랑 머리로 바꾸었다.

변화를 주고 싶어 매혹적인 인디고블루로 염색했다.

관우는 예쁘다고 했지만 금방 싫증이 났다.

탈염과 탈색을 하고 환상적인 샤이니 핑크로 바꾸었다.

빗이 들어가지 않게 머리카락이 상했다.

매일 시그니처 트리트먼트 시술을 받았다.

머릿결이 회복되자 색이 부옇게 바랬다.

퇴색한 샤이니 핑크를 지우기 위해 디디 카키로 염색했다.

유비는 미용실에 머무는 시간이 마냥 좋았다.

하루빨리 누군가의 머리를 마음에 들게 해주고 싶었다.

학교를 그만두려고 수없이 들썩거렸다.

그때마다 관우가 말렸다.

옛날과 달리 고객들이 전부 고학력이야.

대학 졸업하고 시작해도 절대 늦지 않아.

시간이 흐를수록 관우 말이 맞았다는 걸 절감했다.

미용사는 많은 것을 알아야 하는 직업이니까.

그런 관우를 이를 악물고 잊어야만 한다.

모르는 사이에 길게 한숨이 쉬어졌다.

먼저 난도가 낮은 스타일을 선택했다.

관우 생각만 하면

언제나 한숨이 나왔다.

머리카락을 위로 빗어 올려 크라운에 단단히 고정했다.

옆얼굴 턱끝에서 직각으로 45도 올라간 위치가 크라운이다.

왕관은 머리 묶었을 때 가장 예쁜 자리에 씌운다.

머리카락을 정확하게 분배하고 한 가닥 잡아 올렸다.

방향이 결정되면 아기 다루듯 조심스럽게 돌려 웨이브를 만든다.

형태가 유지되도록 장침보다 긴 고정핀을 두피 깊숙이 찔렀다.

으드득!

소름이 끼쳐 멈칫했다.

마네킹은 아프다고 하지 않잖아

더 깊이 찔러 어서!

머리카락 한 올 한 올에 숨결을 실어

정성껏 돌리며 끌어올린다.

페일 핑크 머리카락이

우아한 곡선을 그리며 여신의 옷자락처럼 펼쳐졌다.

초강력 스프레이로 고정하고 다음 가닥을 집었다.

퍼머넌트와 핑거웨이브는 매일 연습하고

업스타일과 커트는 1주일에 한 번으로 비중을 조절했다.

관우와 헤어진 지 1년 지났을 때 실기 접수를 했다.

시험이 코앞인데 여동생한테서 전화가 왔다.

여동생 졸업식장에서 번호를 알려주지 말았어야 했다.

언니야, 엄마 많이 아파 빨리 와.

바빠서 못 가.

엄마 진짜 아프다니까!

어머니는 지치지도 않고 꾀병 수법을 썼다.

관우 아이를 가지라고 잔소리하려고 저럴 것이다.

관우한테 딴 여자가 생겼다고

거짓말을 했는데도 어머니는 막무가내였다.

다음 날 아침 일찍 동생한테서 또 전화가 왔다.

화가 나서 소리를 버럭 질렀다.

야. 나 정말 바쁘다고!

도대체 엄만 왜 그렇게 엄살을 떤다니?

언니야, 그게 아니고

아침에 눈 떠보니

엄마가 돌아가신 거 있지.

뭐라 ~ 컥?

놀라서 말이 목에 걸렸다.

이건 아니었다.

정말 이건 아니었다.

유비는 어머니가 자신을 시험하는 거라고 믿고 싶었다.

어머니는 영원히 곁에 머물며 귀찮게만 하는 존재인 줄 알았다.

공기처럼 햇볕처럼

귀해도 귀한 줄 전혀 몰랐던

그런 어머니가 예고 없이 떠나다니!

한걸음에 집으로 달려가 현관문을 열었다.

집안이 텅 빈 것처럼 썰렁하고 싸했다.

외할머니가 달려들어 마구 쥐어뜯었다.

내 딸 속을 두엄 썩이듯 썩인 나쁜 년!
어젯밤에 왔으면 내 딸 안 죽었잖아!
내 딸 당장 살려내, 이 몹쓸 년아!
참 얄궂기도 하지.
어머니 발인과 시험이 같은 날이었다.
아버지를 비롯한 온 가족이 걱정하지 말고 시험을 보라고 했다.
외할머니가 바닥을 뒹굴며 안 된다고 악을 썼다.
내 딸 잡아먹은 년이 가긴 어딜 가!
어머니한테 느꼈던 거부감과 반감이 고스란히 살아났다.
갈팡질팡하던 유비는 시험을 보기로 했다.
다른 가족 그 누구 하나라도 반대했으면
기꺼이 포기했을 유비였다.
화장로에서 어머니가 타고 있을 시간에 퍼머넌트 시험을 보았다.
탁! 탁!
불꽃 튀는 소리가 눈동자와 귀를 쏘았다.
어머니는 소화가 안 돼 죽겠다고 엿새 전에도 전화했었다.
돌아가시기 전날에도 아프다며 형제들을 모아 놓고
손수 맛있는 저녁을 지어 먹이고
밤늦도록 이야기꽃을 피우다 잠들었다.
사인은 급성 심근경색이었다.
시험은 또 있으나 어머니 장례는 단 한 번뿐이다.
이건 어머니에 대한 예의가 아니었다.
그토록 바꾸고 싶어도 바꿀 수 없었던
이 세상에 단 하나뿐인 어머니!

유비는 시험 보러 온 걸 발등을 찍고 싶게 후회했다.
스승은 이런 말도 했다.
인성이 형편없는 사람은 미용장 자격이 없다고.
유비는 미용장 인성 자격 미달자이었다.
예상대로 불합격했다.
두 번째 시험에 미용장이 되었다.
대학에서 신학기 강의 제의를 받았다.
가슴이 너무 아팠다.
엄마, 조금만 더 살지 그랬어!
대학에서 시간강사는 1·2회용 소모품이나 다름없다.
하지만 어머니가 살아있었다면
우리 유비가 대학교수 됐다고
아는 사람마다 밥을 사며 자랑했을 것이다.
조퇴하고 추모공원에 가서 어머니를 만났다.
어머니 죽음을 애간장이 녹도록 슬퍼한 사람은
뜻밖으로 아버지였다.
아버지는 어머니 산소를 선산에 쓰겠다고 했다.
작은아버지와 친척들이 거세게 반대했다.
아버지가 미운 어머니는 우리를 친가에 보내지 않았다.
할머니 돌아가셨을 때조차도.
유비는
어머니 장례에 불참하고 시험 보러 간 것이 큰 상처가 되었다.
그 누구한테도 말 못 할 거리가 하나 더 생긴 것이다.
그 말까지도 스스럼없이 털어놓을 뻔했던 남자가

상행 열차는 몇 시냐고 물었다.

예매하지 않았다고 거짓말했다.

엮이고 싶지 않아서였다.

남자가 명함을 건넸다.

게임 디렉터 강예모

게임자가 붙어서 어머니가 펄쩍 뛰며 싫어했을 직업이다.

유비는 씁쓸하게 웃었다.

역 앞에서 남자가 택시 문을 닫아주며 말했다.

전화할게요.

나쁜 사람은 아닌 것 같았다.

아니,

썩 괜찮은 사람인 것 같았다.

관우는 유비 어머니 반대를 10년이나 견뎠다.

그런데 유비는 관우 아버지 말 한마디에 이별을 통보하고 잠적했다.

관우는 유비를 도무지 이해할 수 없었다.

그런 일일수록 자신을 찾았어야 했다.

13년 만남의 이별을 혼자 결정하다니!

이 사안은 연인 규약 1조에 의거 중범죄에 해당했다.

관우는 유비가 돌아오기를 기다렸다.

관우는 알고 있었다.

유비 없이 살 수 없는 자신과

관우 없이 살 수 없는 유비를.

해가 떴어도 해가 진 것 같은

한 달이 두 달이 일 년이 지났다.

어지간히 애를 태웠으면 돌아와야 했다.

관우는 약이 바짝 올라 소개팅을 거절하지 않았다.

끌리는 대로 만나고 다녔다.

기어코 타죽을 만큼 강렬한 햇살을 찾아내고 말 것이었다.

하지만 그 어디에도 눈 부신 햇살은 없었다.

관우는 가족 생일은 물론 명절에도 집에 가지 않았다.

유비는 관우가 배우자로 선택한 사람이었다.

관우가 선택한 유비를 가족으로 받아들이지 않은 아버지였다.

자신의 선택을 무시한 아버지는 만나기 싫었다.

집에 가지 않는다고 아버지 아들이 아닌 것은 아니다.

밤 1시에 전화벨이 울렸다.

언제나 휴대전화 벨이 울리면

끝내 견디지 못하고

자신을 찾는 유비인 것 같아 가슴이 두근거렸다.

아버지였다.

마지못해 받았다.

얼근하게 취한 목소리였다.

아버지는 술을 마시지 않는 사람이라 조금 놀랐다.

무슨 일이냐고 싸늘하게 물었다.

내가 졌다.

유비와 결혼해라.

관우는 퉁겨지듯 일어났다.

유비야! 유비야!

전화 걸기에 너무 늦은

아니, 너무 이른 시간이었다.

징! 징! 징!

유비 가방 속에서 휴대전화 진동이 계속 울렸다.

틀림없이 강예모일 것이다.

헤어졌어도 관우가 있는 유비였다.

따지고 보면 미용장은

관우가 준 선물이나 다름없었다.

남자는 관우에 견줄 무게를 지니고 있어 전화받기 두려웠다.

택시가 산업 인력 관리공단 앞에 도착했다.

유비는 미용장 시험 실기 감독을 하러 부산에 온 것이었다.

공단에서는 부정행위를 막기 위해

수험생은 물론 시험 감독 휴대전화도 압수했다.

유비는 계속 징징거리는 전화기를 꺼냈다.

모르는 번호였다.

終

— 네이버 지식백과. 블로그 zerro의 글 창고

■ 발문

스타일리스트,
그리고 예술 메이크업 아티스트

― 김범순 첫 소설집 『삼포』에 부쳐

류달상 / 소설가·문학박사

소설가 김범순은 스타일리스트(Stylist)다. 비평 용어로서의 스타일(Style)이 문체를 가리킨다는 맥락에서 스타일리스트란 자기 문체를 가진 작가를 말한다. 여기서 문체란 문장 안팎에 걸쳐진 내포와 외연을 두루 포함한다. 학교 문학 교실의 한 시절을 암기의 추억으로 환기시키는 간결체, 만연체, 우유체, 강건체 등속과 문장 안에 들어 있는 톤(Tone)과 뉘앙스, 보이스 컬러 등 오감의 존재론적 소통을 통해 형성되는 문장들의 모든 이미지와 느낌들이 문체를 구성해낸다. 그것이 스타일이다.

의문이 있을 수 있다. 문장을 다루는 소설가가 자기 문체를 갖고 있다는 게 그 무슨 특기할만한 일인가. 기술자가 도구를 사용하여 작업을 하고, 운동 선수가 공을 다루거나 칼날 달린 신발을 신고 빙판 위를 내딛을 때, 관중들의 시선은 그들의 몸동작이나 그들과 연결된 운동 도구 그 자체에 크게 주목하지 않는다. 그것은 너무나 자연스런 일이기 때문이다. 공으로 할 수 있는 걸 하고 달리기로 닿을 수 있는 최대치의 기록을 성취해내는 것이 문제지 그걸 하는 스타일이 중요한 건 아니라는 뜻이다. 그러나 예술가에 이르면 문제가 달라진다.

소설에 국한하여 살펴보자. 소설가가 자기 문체를 갖는다는 것. 여기엔 조금 다른 함의가 깃든다. 그것은 자연스러운 일이고 어떤 면에서 필수불가결한 자격이기도 하지만 쉬운 일이 아니다. 쉽게 말해서 '스타일리스트-되기'란 무척 어려운 일이라는 말이다. 스타일리스트란 작가로서의 예술가에게 붙는 아주 특별한 라벨이다. 단언컨대 스타일리스트라는 라벨은 작가에게 헌정할 수 있는 최대한의 찬사다. 예술의 나무에서 스타일리스트라는 이름의 열매를 딴 작가가 그리 많지 않기 때문이다.

스타일리스트 소설가 김범순은 자기 문장을 쓴다. 자기 문장을 통해 김범순은 자기 문체에 도달한다. 그것이 그녀만의 문체다. 김범순의 문체는 그녀의 소설을 김범순 자신의 이야기이게끔 만든다. 김범순은 문장을 길잡이로 삼아 문체로 심화시키고 그녀의 소설을 소설가 김범순 자신만의 이야기로 형상화한다. 김범순의 소설은 최종심급에 이르러 소설가 자신에게로 귀납된다. 문장에서 시작하여 자신에게로 이르는 이 모든 과정은 관념의 조작에 의해서가 아니라 구체적 경험으로 채워진다.

어떻게 입증할 수 있는가. 부재증명의 방법을 이용하면 이야기가 쉬워진다. 실천하기도 아주 쉽다. 1단계, 먼저 소설의 제목과 본문은 그냥 둔 채 작가의 이름이 들어갈 자리를 빈 칸(Tabulra rasa)으로 남겨둔다. 그리고 2단계, 독서를 마친 다음 비워둔 칸 속에 작가의 이름을 넣어보자. 김범순 소설에 대한 독서 경험이 조금이라도 있는 독자라면 이 책에 실린 12편의 소설 원작자가 누구인지 금세 알아낼 것이고, 단 몇 줄의 독서만으로 저 빈칸 안에 정답을 적어넣을 수 있다.

예를 들면 다음과 같은 문장이다.

> 돌고 돌고 또 돌고. 밤이 깊어 은하수가 안개치마를 입고 춤추는 시간이 되면 계속 걸으면서 잠을 잤다.
>
> —「삼포」중에서

지독한 남아 편애자 어머니의 딸로 태어난 죄과로 인삼 재배 노동에 착취당하는 등장인물이 보내고 있는 밤이다. 밤새 삼밭을 감시하면서 피로와 졸음을 쫓고 있는데 하늘에는 은하수가 깔려있다. 새벽이 오려는지, 땅에서 스멀스멀 피어오른 안개가 은하수를 춤추게 한다. 이 문장은 김범순의 스타일이 예사 내공에서 나온 것이 아님을 알려준다. 이 문장은 복합적이다. 고된 노동이 있고 그 노동의 현장인 삼밭, 그것을 굽어보고 있는 은하수가 있다. 은하수를 감싸고 흐르는 안개의 시간도 있다. 한 문장 안에 시공간을 다 담고 있다. 주인공이 서 있는 현장(공간)이 있고 돌고 돌고 돌고 안개가 피어나는 동안의 시간의 흐름이 있다.

그리고 놀랍게도 김범순의 문장에는 시청각과 촉각, 미각, 후각 등을 무작위로 뒤섞은 듯한(Randum suffling) 공감각이 있다. 그것은 정지해있는 감각의 낙인들이 아니라 맴돌고 흐르는, 움직이는 감각의 흔적과 그 흔적이 만져지는 듯한 물성들이다. 문장을 읽는 독자는 그 현장을 한 폭의 그림으로 상상할 수 있고 돌고 돌며 춤을 추는 음악과 몸짓을 듣고 또 감촉할 수 있다. 그림이 있고 음악이 있고 춤이 있고 또 안개의 냄새 같은 게 있다.

이 문장을 구축한 것은 상상의 힘만이 아니다. 여러가지 복합성을 한 문장으로 형상화해 낸 힘은 오래고 고된 경험을 통해 얻어낸 것이다. 현실의 경험은 오래고 고되었고, 문학의 경험은 고되고 오래였다. 그 경험이 문학예술 속으로 들어갈 때 재능있는 소설가는 새로운 현실을 보여준다. 보여주지만 성실한 소설가의 문학예술은 선언적인 방식으로서가 아니라 실천적 방식으로서 그 세계를 보여준다. 소설은 이러한 경험이 귀납적으로 실천되는 가장 핍진한 장르다. 그래서 이때의 경험과 실천을 승화한 미학체로서의 문체는 형식미에만 머물지 않는다. 일찍이 비평가 김현이 썼듯이 "형식은 내용과 내용은 형식과 분리될 수 없는 것"이고 "문학작품이란 내용+형식이 아니라 '내용형식'이다."[1] 스타일리스트 김범순의 문체는 바로 이 '내용형식'을 한 몸으로 통일한 미학적 성취인 것이다.

김범순 소설이 경험의 소산이고 귀납의 결과물이라는 점은 그녀의 소설이 대부분 소수자들의 서사이며, 소설의 현장이 소수자들의 노동 현장을 배경으로 한다는 데서도 입증된다. 카프카에 대한 저작에서 질 들뢰즈와 펠릭스 가타리가 쓰고 있는 바와 같이 "소수적이지 않은 위대한 문학이나 혁명적 문학은 없다."[2] 위대한 소수자 문학은 상상이나 관념만의 구성물일 수가 없다.

김범순의 소설은 소수자에 대한 사랑의 서사다. 선언의 말로 쟁취하고 종결할 수 있다면 사랑의 서사가 아니다. 사랑을 진실로 실천하는

---

1) 김현, 〈문학은 무엇을 할 수 있는가〉, 『한국문학의 위상/문학사회학』, 김현 문학전집1, 문학과 지성사, 2002, p. 49.
2) 질 들뢰즈/펠릭스 가타리, 이진경 옮김, 〈소수적인 문학이란 무엇인가?〉, 『카프카』, 동문선, 2001, p. 67.

사람의 사랑은 경험적으로 구성된다. 그 사랑의 현장은 소수자가 서 있는 노동의 현장이다.

김범순의 소설은 들뢰즈와 가타리의 천명에 곧바로 부응한다. 위 예시 문장을 채집해온, 전근대적인 성차별을 심리적 알리바이로 삼고 있는 가혹한 삼밭 노동의 현장을 그린 『삼포』를 비롯하여 권위와 위선으로 점철된 교육현장을 고발하고 있는 『목강』, 웨딩홀 대표가 부도를 내고 튀는 바람에 매달 32일에 새경을 준다는 약속에 평생 헛된 노동을 하는 정신박약자, 그리고 그와 같은 처지임을 확인하는 섬처럼 외로운 주인공 섬이의 이야기를 다룬 『32일』, 산업체 부설학교를 졸업하고 골프장 캐디를 거쳐 자영업자로 성공했다가 허영심으로 몰락하는 한 여자의 생애를 연대기로 서술한 『시간의 얼굴』. 그리고 그 밖의 서사들의 현장은 소수자의 현장이며, 거기 서 있는 인물들은 대부분 여성인 소수자이고 소외된 노동자들인 소수자이다. 그래서 김범순 소설은 소수자이며 노동을 하는 존재의 육체성을 띠고 거기 담긴 이야기들을 통해 독자들의 감각과 기억에 지문처럼 또렷하게 새겨진다.

발터 벤야민은 독자들에게 '이야기를 지속적으로 기억하도록 하는 가장 효과적인 방법은 심리적 분석이 배제된 정결하며 간결하게 짜여진 집중적 문체'[3]라고 쓰고 있다. 벤야민의 언급에 들어있는 '집중적 문체'라는 표현은 문체가 다양한 요소로 구성되고 있음을 시사한다. '집중적 문체'를 구사하기 위해서는 소설 쓰기가 다양한 경험들을 다양한 소설적 모티브로 치환하고 그것을 내적인 일관성을 지닌

---

3) 발터 벤야민, 반성완 편역, 『발터 벤야민의 문예이론』, 민음사, 2002, p.174.

구성물로 조직해내는 노동이지 않으면 안 된다.

그러한 노동으로서의 글쓰기에는 여러 요소들을 일이관지하는 역량과 섬세하고 격조 높은 미적 감각이 요구된다. 여기에 합리적 사유를 일부러 방기하고 무의식적 흐름에 서사의 손을 맡긴 초현실주의자들의 자동기술법 따위는 개입할 여지가 없다. 이 글쓰기는 악력이 센 손으로 하는 수공업적 노동이어야 한다. 소설을 쓰는 김범순의 손은 일이관지할 수 있는 역량과 등장인물들의 삶을 예술작품으로 승화시키는 미적 감각을 두루 겸비한 손이다. 그 손은 스스로 소설가로 서기까지 그녀가 오랜 시간 집적해 온 체험과 추체험들로 만들어졌다. 김범순의 체험과 추체험은 여러 소설의 페이지에 나타나 있다. 그녀는 알려져 있다시피 20년 경력의 대한민국 미용장이다. 아마도 대한민국을 통틀어(외국의 경우는 잘 모르겠다.) 미용장 소설가는 김범순 그녀 단 한 사람뿐일 것이다. 미용 현장은 손노동의 현장이다. 미용 노동은 생활의 필요에 맞게 머리를 다듬고 자르는 실용성과 육체의 외양을 아름답게 가꾸는 미학적 요구를 실현시키는 노동이다. 미용은 철저히 현장에서 실시간으로 이루어진다. 여기서 머리를 깎고 다듬는 실용적 필요도 결국은 미학의 부분집합이므로 미용은 그 자체로 예술이다.

미용노동은 현장예술이며 육체를 대상으로 하는 육체예술이다. 미용 노동과 그 성취를 소설로 쓰고 있는 김범순은 대한민국에 미용 소설을 개척하고 있는 미용예술가의 효시다. 미용장 김범순의 소설은 손노동의 결실이므로 미용과 마찬가지로 일종의 수공예품이다. 김범순의 소설에는 손으로 만들어낸 것으로서의, 눈앞에 현시된, 있는 그대로, 보이는 그대로의 진실이 담겨있다. 그래서 소설가 김범순은 스타일리스트이자 동시에 손노동을 통해 미용을 하듯, 손노동으로 소설을 한땀 한땀 엮어내 수공예품으로 만드는 예술 메이크업 아티스트다. 수공예로서의 미용과 소설 쓰기는 여기서 쏙 빼닮은 일란성 쌍생아의 모습으로 하나 되어 만난다.

그런데, 그녀가 만들어내는 수공예품은 폐쇄된 건축물 내부에 전시된 관상품이 아니라 삶의 열린 현장에서 위선과 비리, 억압을 고발하고 깨부수는 예술기계로써 작동한다. 여기에 김범순 소설 미학의 본질이 있다. 삶에 대해서, 지금에 대해서, 그리고 여기에 대해서 말하지 않는 작가는 작가가 아니다. 지금 여기의 삶이란 작가 자신의 삶일 뿐이다. 자기 얘기를 하지 못하는 예술가는 예술가가 아니다. 개성이란 존재의 본질이지 한 존재에 부수되는 거품 같은 형이상학이 아니다. 김범순의 소설이 영원히 김범순 자신에게 회귀한다는 점에서 김범순 소설은 김범순 자신이다.

스타일리스트는 세상에 단 한 사람뿐인 예술가다. 그는 세상에 단 하나 뿐인 예술세계를 만들어냄으로써 예술가가 된다. 이 말은 어렵지 않다. 예술가는 자기 자신의 작품을 창조하는 사람이다. 나는 김범순의 소설에서 텍스트로서의 비평적 가치에 앞서 김범순 그 한 사람을 본다. 더 부연할 게 무어란 말인가.

세계와 사람들의 삶이 정의와 아름다움에 가닿기를, 평생 미용과 소설쓰기로 실천해 온 스타일리스트, 예술 메이크업 아티스트 김범순 소설가의 첫 소설집 출간을 마음을 다해 축하드린다. (*)

삼포

펴낸날 _ 2025년 7월 25일 (초판 1쇄)
지은이 _ 김범순
펴낸곳 _ 기획출판 오름 / 발행인 _ 김태웅
       등록번호 _ 동구 제364-1999-000006호
       등록일자 _ 1999년 2월 25일
       주소 _ 대전광역시 동구 대전로 815번길 125 2층 (삼성동)
       전화 _ 042.637.1486
       E-mail _ orumplus@hanmail.net

ISBN _ 979-11-94471-09-7

값 13,000원

· 잘못된 책은 바꾸어드립니다.
· 지은이와의 협의에 의해 인지는 생략합니다.
· 본 책 내용의 전부 또는 일부를 재사용하려면 반드시 저자의 동의를 얻어야 합니다.

※ 이 책은 대전광역시 | 대전문화재단에서 발간비를 보조 받았습니다.